"이 아이가 『작은 마법사 씨』구나.
듣던 대로 사랑스러운 아가씨네."

"라티나,
작지 않은걸."

언짢은 듯이
작게 뺨이 부풀었다.

"그치? 이 정도로
뛰어난 인재……
그리 간단히 만질 수는
없으니까."

클로에와 실비아는 매우 즐겁게
이러쿵저러쿵하면서 라티나의 얼굴에
다양한 것을 발랐다.
라티나는 태어나 처음으로
화장하는 중이었다.

"후후후…… 클로에, 이건 살짝 즐겁네."

"······읏, 그레고르

저, 저······

"······무사해서 다행이야

그다지 감정을 얼굴에 드러내지 않는 그레고르가
안도하여 목소리에 다정한 울림을 담았다.
그와 동시에 로제는 그레고르의 품에 안겼다.

우리 딸을 위해서라면, 나는 마왕도 쓰러뜨릴 수 있을지 몰라.

3

For my daughter,
I might defeat
even the archenemy.

저자 **CHIROLU**

일러스트 Kei
옮긴이 송재희

For my daughter,
I might defeat even the archenemy.

Contents

1. 크로이츠에 돌아오다.

어린 소녀,

데일과 라티나가 크로이츠로 돌아온 것은 티스로우 마을을 떠나 예정대로의 일정을 거쳐서, 계절이 초여름을 지나 본격적인 여름으로 바뀔 무렵이었다.

"다녀왔습니다!"

라티나는 말의 고삐^{브라오}를 데일에게 맡기고 『춤추는 범고양이』가 보인 순간 달리기 시작했다. 얼굴 가득 미소를 띠고 가게 입구를 지나 크고 밝은 목소리로 인사했다.

평소의 위치에서 서류 작업을 하고 있던 리타가 손을 멈추고 고개를 들었다. 목소리 주인을 확인하자 리타는 놀람과 기쁨이 섞인 얼굴로 웃었다.

"라티나."

"다녀왔습니다, 리타!"

"어서 와."

리타의 그 말을 듣고 라티나는 더욱 기쁜 얼굴이 되었다. 『얼굴 가득 미소』보다 더 환한 웃음이 있었던 모양이었다.

"있지, 있지! 선물 잔뜩 있어!"

"그건 무척 기대되네. 그런데 데일은?"

"……어라?"

리타에게 질문받아 조금 냉정해진 라티나가 고개를 갸웃하고서 뒤돌았다. 바로 뒤에 있었을 터인 그는 그곳에 없었다.

"어라?"

"내가 왜?"

그 대화를 들었는지 카운터 너머 주방 안에서 데일의 목소리가 들렸다. 말을 데리고 가게 안에 들어올 수는 없기에 그는 뒷문으로 돌아갔던 것이다.

"앗!"

어쩐지 매우 당황한 모습으로 라티나는 주방에 뛰어들었다. 케니스가 평소처럼 재료 준비 작업을 하고 있었다. 데일과 이야기하고 있던 케니스는 라티나를 알아차리고 미소를 보냈다.

"돌아왔어? 어서 와."

"흐아아!"

폴짝폴짝 두 번 뛰고서 살짝 실망한 얼굴이 된 그녀는 「다녀왔습니다, 케니스.」하고 말했다.

케니스는 고개를 갸우뚱할 수밖에 없었다. 라티나가 낙담하는 이유를 알 수 없었다.

"왜 그래?"

"라티나, 리타랑 케니스한테 제일 먼저 『다녀왔습니다.』말하려고 했는데…… 데일한테 선수를 뺏겨버렸어……."

"그건 데일이 눈치가 없었네."

"잘못한 건 나냐."

"그럼 라티나가 『잘못』했어?"

"라티나의 즐거움을 빼앗은 나한테 모든 책임이 있는 게 당연하잖아."

"변함없네."

여전한 데일의 모습을 보고 케니스는 쓰게 웃었고, 작업이 일단락되자 손을 멈췄다.

상당히 정교하게 만들어진 리본을 맨 그녀의 머리를 『평소』처럼 쓰다듬었다.

"무사해서 다행이야. 어서 와, 라티나."

되풀이된 말에 라티나는 다시 웃음을 되찾았다.

『춤추는 범고양이』 점내로 돌아온 라티나는 재차 리타를 보고 눈이 동그래졌다.

"리타 배, 커다래!"

카운터 안쪽의 『평소 장소』에 앉아 있는 상태로는 알기 힘들었지만, 라티나가 여행을 떠나기 전에는 임신했음이 겉으로도 겨우 드러나게 된 정도였던 리타가 지금은 분명하게 커다란 배를 안고 있었다.

"이제 아기가 움직이는 걸 배를 만져도 알 수 있어."

"우와아아! 아기……! 굉장해!"

라티나는 흥분하여 리타의 배를 살며시 쓰다듬었고, 그리고서 뭔가를 눈치챘는지 진지한 표정으로 리타를 올려다보았다.

"배가 이렇게 크면…… 무거워?"

"무거워. 허리라든가 등이 아파서 큰일이야."

"회복 마법 걸까?"

"……라티나가 돌아와 줬으니 그것도 부탁할 수 있겠구나."

요통 정도로 굳이 『회복 마법』을 걸어주는 마법사는 없다. 하지만 이 작고 착한 소녀에게라면 어른 상대로는 부탁하기 힘든 일도 편히 부탁할 수 있다는 이점이 있었다.

"여행은 즐거웠어?"

"응! 편지에 못 쓴 것도 잔뜩 있어."

그대로 여행 이야기를 시작할 듯한 라티나를 보고 데일이 쓰게 웃으며 끼어들었다.

"그 전에 옷부터 갈아입고 오는 게 어때? 라티나. 짐도 내려야 하고."

"응!"

빙글, 한 바퀴 돌며 주방으로 뛰어드는 라티나의 모습에 어른들은 서로 온화한 표정을 나누었다.

"라티나, 기운차구나."

"흥분해 있네. 첫 장거리 여행이었으니까."

"크게 다치거나 병에 걸리지 않아줘서 천만다행이야."

데일의 보고에도 무사히 돌아온 것에 대한 안도가 배어났다.

"리타도 그 모습을 보니 순조로운 것 같네."

"처음이라 모르는 것투성이야."

"지금은 장인어른이 『초록의 신 전언판(아크다르)』 업무를 도와주고 계셔. 나 혼자서 주방과 동시에 처리하기는 어려우니 말이지."

리타의 결혼을 계기로 그녀의 부모님은 가게를 젊은 부부에게 맡긴 뒤, 남구 주택가에서 은거 생활을 보내고 있었다. 하지만 『춤추는 범고양이』의 업무 중에서도 『초록의 신 전언판(아크다르)』 조작은 다룰 수 있는 인원이 한정되어 있다. 『신전』의 허가가 필요하기 때문이다. 일종의 면허제라고 바꿔 말해도 좋다. 그렇기에 단순히 임시 종업원을 고용하면 해결되는 문제가 아니었다.

그래서 다른 누구도 아닌 딸과 손주를 위해, 은거 중이던 선대 — 리타의 아버지 — 가 열심히 출근하며 보조해주었다.

"……케니스, 괜찮았어?"

"나는 품격을 갖춘 어른이니까 괜찮아. 다만 여기에 라티나가 있으면 좋겠다는 생각은 몇 번 했지."

자리를 온화하게 만드는 그 사랑스러운 소녀의 능력은 이미 특기의 영역이었다.

외동딸인 리타의 남편으로서 케니스는 선대에게 인정받고 있기는 하지만, 그렇다고 전부 원만한 관계라고는 잘라 말할 수 없었다. 사이가 나쁘지는 않았다. 그래도 함께 있으면 반발하기도 했다.

선대 부부가 은거한 것도 그것이 이유였다.

"그렇게 아빠가 무섭나?"

"……윽."

"……나**한테는** 무섭지 않은 아저씨였어. 나한테는."

거친 무리의 대명사인 모험가들을 상대로 오랫동안 장사하면서 한 발자국도 물러서지 않은 성격의 남자다. 케니스와 데일은 서로 마주 보면서 미묘한 표정을 지었다.

바쁘고 발랄한 발소리가 들려와 라티나가 돌아왔음을 알 수 있었다. 여장을 풀고 평상복인 원피스로 갈아입은 라티나가 빼꼼 얼굴을 내밀었다.

"데일, 빨래 모아서 할 테니까 한군데에 놓아줘."

"그래."

이 짧은 대화가 『당연』해졌다는 점에서도, 집안일 대부분을 라티나가 맡는다는 체계가 완전히 확립되었음을 엿볼 수 있었다.

여행을 떠나기 전부터 라티나는 부지런했지만, 이 몇 달간 티스로우에 머물면서 라티나는 데일의 엄마인 마그다 밑에서 착실하게 집안일 스킬을 연마했다. 고향이라는 편안함에 집안일로부터 멀어진 데일과는 정반대였다. 그 결과, 자연스러운 흐름으로 집안일 대부분을 라티나에게 의존하려 하고 있음을 보호자는 아직 깨닫지 못했다.

"뭔가…… 라티나, 더더욱 착실해졌네."

리타가 무심결에 중얼거렸다.

신나게 가게 안으로 돌아온 라티나는 리타와 케니스가 보는 앞에서 『범고양이』의 탁자 위에 부지런히 짐을 펼치기 시작했다. 손님이 적은 시간대임을 알고 있기에 나온 행동이었다.

"리타한테 주는 선물!"

그렇게 말하고 자루 안에서 꺼내 든 것은 소녀가 한 손으로 들 수 있을 만한 크기의 호부(護符)였다. 복잡하게 짜인 끈으로 만들어진 소박한 외관이었다.

"이건…… 주황의 신^{코르모제이}의 호부인가?"

"어머. 고마워, 라티나."

『주황의 신^{코르모제이}』은 풍요를 관장하는 신. 또한 순산 기원이나 자손 번영을 기도드리는 신이기도 했다. 임신부나 그 주변 사람이 호부를 원하는 것은 자주 있는 일이었다.

"……이거, 네가 만든 거야?"

케니스가 데일에게 묻자 데일은 멋쩍은지 시선을 피했다.

"라티나가 리타한테 호부를 선물하고 싶다고 하고…… 일단 나는 신관 지위가 있으니까……."

"그래."

데일이 자신의 『가호』를 그다지 호의적으로 여기고 있지 않음을 아는 케니스는 짧게 대답하고서 온화한 표정을 지을 뿐이었다.

†

─그것은 데일과 라티나가 티스로우에 도착하여 체재 기간의 절

17

반을 보냈을 무렵의 일이었다.

"응. 리타는 배 속에 아기가 있어."

그렇게 라티나가 벤 할멈에게 말한 것은 코르넬리오 사부에게 빌린 책을 읽으며, 크로이츠에서 지내던 모습을 한창 이야기하고 있을 때였다.

"호오. 그럼 『주황의 신』의 호부라도 만들어주면 되겠군."

"호부? 부적? 라티나, 만들 수 있어?"

"호부를 만들 수 있는 건 『가호 소지자』, 즉 신관뿐이야. 하지만 주변의 장식 부분은 라티나가 만들어주면 돼. 알맹이는 바보 손자한테 해달라고 해."

"데일한테?"

"그래. 그 녀석도 그 정도 『신관다운 일』은 할 수 있겠지."

평소 데일의 모습에 『신관다운 부분』은 조금도 없었으므로 라티나는 고개를 갸웃했다. 그런 소녀를 보고 벤 할멈은 크게 껄껄 웃었다.

데일은 자신의 『가호』를 그다지 호의적으로 여기지 않기에, 자신이 『가호』를 가지고 있다는 것 자체를 스스로 이야기하는 일이 적었다. 하지만 그래도 그는 일반적인 제사장의 역할을 소화할 수 있을 정도로는 제례 기술을 확실하게 주입받았다. 그것을 그에게 가르친 것은 다른 누구도 아닌, 현재 티스로우에서 최고위 『신관』이기도 한 벤넬가르드 할멈이었다.

티스로우라는 토지는 마을 전체가 『신전』이라고 해도 좋을 만큼

신의 은총이 깊은 곳이다. 오랫동안 조상 대대로 계승해온 문화와 풍습 대부분은 깊은 신앙에 기초한 것이었다.

많은 자가 『가호』를 지니고 태어나는 이 토지에서는 『신관』으로서의 기본적인 훈련도 특별하게 행해지는 것이 아니라 일상의 풍습 속에 편입되어 있었다.

라티나는 티스로우의 그런 특수한 사정까지는 몰랐지만, 순수한 성품의 그녀는 벤 할멈에게 들은 대로 그날 밤 데일과 방에 둘만 있게 되자 호부 이야기를 꺼냈다.

"할머니가 그런 말을 했어?"

"응. 라티나, 리타한테 부적 만들어주고 싶어. 데일, 부탁해도 돼?"

그 대사와 함께 그녀는 『부탁』하는 얼굴을 했다.

본인에게 그런 자각은 없겠지만, 살짝 시선을 올리고 고개를 기울인 표정은 앳된 모습을 제하더라도 파괴력이 뛰어났다. 심장을 꿰뚫려 까무러치는 것도 어쩔 수 없었다.

이대로 성장한다면 이 아이는 수많은 남자를 울릴 것이 틀림없다. 하지만 라티나의 이런 표정을 외간 남자에게 보일 수 있을 턱이 없었다. 라티나에게 『부탁』받는 것은 『보호자』^{자신}의 특권이었다. 그리고 그 끝에 있는 「고마워.」와 「정말 좋아!」의 특권 역시 다른 누구에게도 양보할 생각이 전혀 없었다. 빼앗길까 보냐.

"으음…… 재료는 뭐, 있네."

특별히 희귀한 재료를 사용하는 것도 아니었다.

호부 제작에는 『주황의 신』과 가까운 존재, 즉 대지의 결실이라

19

고 여겨지는 식물을 이용했다.

그렇다고 화초를 그대로 쓰는 것은 아니고 식물성 섬유를 화초로 염색하여 사용한다. 도시의 신전이 수여하는 호부에는 복잡한 문양이 들어간 호사스러운 천을 사용하지만, 티스로우풍의 호부는 좀 더 소박하게 끈을 짜서 장식했다.

"내가 『알맹이』…… 기도해서 만드는 호부의 본체를 만들 테니까 라티나는 그걸 넣을 자루 부분을 만들어줄래?"

"응!"

데일이 준비한 재료는 놀라우리만큼 다채로운 끈 뭉치였다. 데일은 그중에서 끈 몇 개를 빼내더니 라티나 앞에서 능숙하게 엮어갔다.

"데일, 굉장해!"

"……여기서는 어릴 때부터 꽤 도와야 하니까."

관혼상제 때 쓰는 장식 제작에는 아이들도 동원된다. 그렇게 대대로 이어받은 장식 제작법을 전승하고 있었다.

"천천히 할 테니까 잘 봐."

"응!"

데일은 일찍이 자신이 부모에게 배웠던 것처럼 작은 소녀의 손을 잡고 모양을 만들어내는 독특한 뜨개법을 가르쳐주었다.

†

그리하여 라티나가 만든 『호부』는 아무리 그녀의 손재주가 뛰어나다고는 해도 서툰 것이 눈에 보였다. 그래도 보통 신전에서 수여하는 호부와는 비교도 안 될 만큼 『마음』이 담긴 물건이었다.

리타는 그것을 기쁘게 가슴에 품고 미소 지었다. 그 웃는 얼굴에서는 이제껏 없었던 『엄마』로서의 표정이 슬쩍 내비쳤다.

"정말로 고마워, 라티나."

그리고 좀처럼 보이지 않는 미소를 데일에게 보냈다.

"데일도 고마워."

리타가 건넨 솔직한 감사 인사를 흘려버리지도, 얼버무리지도 못한 데일은 남이 보기에도 확실히 알 수 있을 만큼 동요했다.

그렇게 기뻐하는 리타의 모습에, 선물한 라티나도 만족스러운 표정이 되었다. 그녀는 선물 하나하나를 상대를 생각하며 열심히 골랐다. 좋아해 준다면 무척 기쁜 일이었다.

"케니스한테 줄 선물로는 크발레에서 물고기랑 향신료를 사 왔어."

그렇게 말하며 정성스럽게 포장된 꾸러미를 케니스에게 내밀었다.

"물고기라니…… 생선? 말린 게 아니라?"

꾸러미를 받아 안을 확인한 케니스가 깜짝 놀란 표정을 지었다. 신선 그 자체라고는 할 수 없지만 상하지 않은 커다란 생선이 얼음 상자 속에 갇혀 있었다.

"말린 물고기도 남아 있어."

"아니, 그런 게 아니라……."

라티나가 의아하다는 얼굴로 다른 꾸러미를 케니스에게 내밀었다. 그곳에는 이동 중 식사에 사용하고 남은 건어가 포장되어 있었다.

"라티나가 나한테 물어봤거든. 어떻게 항구에서 크로이츠까지 해산물을 수송하고 있냐고."

그렇게 대답한 데일의 표정에서는 일종의 달관을 읽어낼 수 있었다.

"가게에서 사용하는 『마도구』랑 똑같은 거지? 라티나, 물 마법은 못 쓰지만 데일한테 부탁했더니 문제없었어!"

케니스와 리타의 뭐라 말할 수 없는 표정을 보고 데일도 미묘한 얼굴로 고개를 저었다.

"아니, 나 혼자서는 절대 무리야. 평범한 마법사가 할 수 있는 일이 아니라고. 라티나는 내가 만든 얼음을 크발레에서 크로이츠까지 줄곧 유지해 왔어."

"데일이 몇 번이나 얼음을 다시 만들어줬는걸?"

갸웃, 고개를 기울이며 의아해하는 라티나는 자신이 얼마나 규격에서 벗어난 일을 했는지 자각하지 못한 것 같았다. 여전히 이 소녀의 마법 『제어 기술』은 빼어났다.

"보통은 유지하기 위한 마도구를 쓰는데 말이지……."

무엇이든 일정한 힘을 계속해서 행하려면 높은 집중력과 기술이 필요했다. 그런데 이 소녀는 그것조차 간단한 모양이었다.

"크발레에서 먹었던 요리는 전부 맛있었지만 케니스가 만든 생선 요리도 먹고 싶어!"

"……그럼 오늘 저녁은 이걸 쓸까."

하고 싶은 말은 많으나, 저렇게 기대에 찬 표정으로 말하면 『스승』으로서 호기를 부릴 수밖에 없을 것이다.

얼음 너머로 생선을 바라보며 즉시 메뉴를 생각했다. 그런 케니스 앞에서 라티나가 또다시 짐을 뒤적였다.

"그리고 멧돼지 고기도 있어."

"멧돼지?"

"……멧돼지?"

라티나가 끄집어낸 소금에 절인 고기와 말린 고기 꾸러미에, 리타는 신기하다는 시선을 보냈고 케니스는 살짝 눈썹을 찡그렸다.

크로이츠 주변에는 산이 없으므로 『숲』등지에서 대형 마수를 보는 일은 있어도 『평범한 짐승』 종류는 한정되어 있었다.

"데일, 이거 멧돼지야?"

"아~ 이른바 『괴물 멧돼지』야. 내 고향 쪽에서는 흔한 마수지."

고깃덩어리의 크기를 보고 수상쩍다는 표정을 지었던 케니스가 납득한 얼굴을 했다. 평범한 『멧돼지』치고는 고기 부위와 덩어리가 부자연스럽게 컸다.

"요제프네서 받아 왔어."

"음…… 수인족 혼혈인…… 너희 친척 남자였던가?"

"그래."

케니스는 현역 시절, 티스로우를 방문하는 대상(隊商)을 호위한 적도 있다. 그것을 계기로 벤 할멈의 눈에 들어서 신출내기인 데일을 돌보게 된 것이었다. 도중에 수인족 마을이 있다는 것도 잘 알고 있었다.

"라티나 있지, 마야랑 친해졌어. 엄청 귀여웠어!"

"잘됐네."

"그리고 엄청 복슬복슬했어!"

웃으며 보고하는 라티나에 비해 그것을 옆에서 듣고 있는 데일의 표정에는 조금 미묘한 그림자가 있었다.

"……무슨 일 있었어?"

"아니…… 라티나가 즐거웠다면 됐어……."

데일은 아득한 눈으로 수인족 마을에서의 일을 회고했다.

†

티스로우 마을을 나선 뒤, 왔을 때와 똑같은 길을 반대로 이동하여 두 사람은 수인족 마을을 방문했다. 라티나는 마을에 도착하기 전부터 매우 들떠 있었다.

"마야, 라티나 잊어버리지 않았을까? 괜찮을까?"

들떠 있나 싶었는데 멈춰 서서 불안한 얼굴로 데일을 올려다보았다.

"음. 금방 떠올려줄걸? 그렇게 빨리 친해졌었으니까."

"그럴까?"

기쁘게 폴짝 뛰는 동작에, 화초가 복잡하게 수놓인 리본이 흔들렸다. 벤 할멈에게 받은 그것은 그녀가 지금 가장 『애용』하는 것이었다.

티스로우 체재 중에 계절은 초여름으로 옮겨 갔다. 하지만 수인족 마을은 녹음이 짙은 토지라서 더위를 느낄 정도는 아니었다. 저번보다도 색이 진해진 녹색 나뭇잎이 무성히 매달린 나무들 사이를 누비듯이 나아갔다. 이윽고 보이기 시작한 소박한 풍경의 마을 모습에 라티나는 환성을 질렀다.

"마을이야!"

"뛰지 마."

라티나가 달리기 직전에 못 박는 데 성공하여 두 사람은 그대로 나란히 수인족 마을에 들어갔다.

라티나는 헤매는 일 없이 곧장 분테가로 향했다. 작은 집의 문 앞에 멈춰 서더니 노크하려고 손을 뻗었다가 이내 말아 쥐고서 데일을 올려다보았다. 그 표정에는 긴장한 기색이 있었다. 아까 말했던 대로 불안한 모양이었다. 데일은 쓰게 웃으며 그녀의 머리를 한번 쓰다듬고 대신 방문을 고했다.

잠시 기다리자 요제프가 문을 열었다. 변함없이 『행복 부분』이 출렁이고 있었다. 그는 데일과 라티나의 모습에 놀란 기색은 보이지 않았다. 저번에 묵었을 때 대략적인 귀로 예정도 전해두었기 때문이리라.

"요제프, 미안한데 이번에도 묵……."

"아띠아—!!"

데일의 말은 끝까지 이어지지 못했다. 기쁨이 용솟음치는 외침과 동시에 검은 털 뭉치 탄환이 습격해 왔기 때문이다.

"윽! 마야!"

황급히 손을 뻗은 아빠를^{요제프} 비웃듯 그 푸근한 체형의 사각지대를

황급히 손을 뻗은 아빠를[요제프] 비웃듯 그 푸근한 체형의 사각지대를

노리고 발밑을 빠져나갔다. 꾸욱, 한순간 힘을 모으나 싶더니.

표옹, 복슬복슬한 털 뭉치(여름털 사양)가 라티나를 향해 달려들었다.

—하지만.

"위……험해!"

직전에 데일이 포획에 성공했다. 아무리 어린아이라고는 해도 이 기세로 달려들면 라티나와 함께 넘어지고 말 것이다. 그녀의 가느다란 체격으로는 온 힘을 실은 어린아이의 체중에 가속까지 더해진 살아 있는 탄환을 완전히 받아낼 수 없다. 덩치 큰 아빠처럼은 되지 않는다.

"아띠아, 아띠아!"

마야는 데일의 팔 안에서 바동바동 날뛰었다. 아무래도 그의 품속[그곳]은 몹시 마음에 안 드시는 모양이었다.

"시러어어!"

"으윽!"

마야의 박치기가 데일의 턱에 클린 히트 했다.

거친 일의 프로이며 늘 단련하고 있는 데일이지만, 급소로 들어온 강습은 역시 그런대로 아팠다. 어린아이가 했다고는 생각할 수 없는 일격이었다. 우연히 먹힌 것이라고 생각하고 싶었다. 이 나이에 인체의 급소를 정확히 노렸다고는 생각하고 싶지 않았다.

"아띠아~!"

"마야!"

데일이 바들바들 떨면서도 어떻게든 마야를 떨어뜨리지 않고 라티나에게 건넸다. 걱정스럽게 자신을 올려다보는 라티나와 눈이 마주쳐서 웃어 보였다. 그것을 보고 겨우 안심한 라티나는 마야의 폭신폭신한 털에 얼굴을 묻고 끌어안았다.

물론 데일의 미소는 허세였다. 은근한 고통은 회복 마법을 써야 할 통증은 아니었다. 그래도 인간, 아픈 것은 아팠다.

"아띠아……."

끌어안긴 마야도 라티나에게 꼭 매달렸다. 그 표정은 행복 그 자체인 만족을 나타내고 있었다. 하지만 갑자기 무언가를 눈치챘는지 고개를 갸웃했다.

"아띠아?"

실룩실룩실룩, 그녀의 작은 코가 움직였다. 라티나의 냄새를 열심히 맡고 있는 것 같았다. 그러더니 점점 마야의 표정이 험악해져 갔다.

"마야?"

"뭐야?"

"오?"

라티나와 요제프뿐만 아니라 수인족의 표정을 읽지 못하는 데일마저도 마야의 분위기가 험악하다는 것을 알아차렸다.

요제프는 살짝 상체를 내밀어 흠, 하고 턱에 손을 댔다.

"데일, 너희 커다란 짐승 같은 거랑 만났어?"

"뭐?"

27

데일이 요제프의 말에 반문했을 때, 라티나의 냄새를 맡고 결론에 이른 듯한 마야가 못마땅해하며 소리쳤다.

"시러—!!"

"마야?"

라티나가 깜짝 놀라든 말든, 마야는 전력으로 라티나에게 몸을 문지르기 시작했다.

비비적비비적비비적비비적비비적비비적비비적비비적— 하고, 그것은 그야말로 액셀을 끝까지 밟은 기세였다.

"흐아아?!"

마야의 기세에 완전히 삼켜져서 자세가 무너진 라티나 위에 올라타고서도 마야는 몸을 문지르는 기세를 늦추려 하지 않았다. 자신의 전신을 사용하여 라티나에게 냄새를 묻히려는 행동이라고밖에 생각할 수 없는 몸짓을 되풀이했다.

문지르기의 대상이 된 라티나는 눈을 끔뻑이며 그저 몸을 내주고 있었다. 어떻게 대처하면 좋을지 알 수 없는 모습이라고도 할 수 있다. 때때로 묘하게 안쓰러운 비명을 지르며 마야에게 굴려졌다.

"음…… 이거 뭐야?"

"그러니까 너희, 커다란 짐승 같은 거랑 만났지? 수인족은 막연하게 『냄새』라고 할까, 그런 기척 같은 걸 맡을 수 있거든. 정말로 막연한 감각이지만 말이야."

"호오…… 그래서, 그게 왜 이렇게 된 거야?"

"뭐라고 해야 하나…… 그래. 비유하자면…… 바람피우다 들켰을

때 부인이 저런 얼굴이 된다고 할까……."

"바람피웠어?"

"비유라고, 비유."

데일은 라티나가 티스로우 체재 중에 저지른 다양한 행위 — 티스로우의 개들을 길들이고 게다가 환수마저도 장악했다는 사실 — 를 간추려 이야기했다. 일련의 사건을 다 듣고서 요제프는 반쯤 질렸다는 얼굴로 고개를 끄덕였다.

"그거네."

"그건가."

즉 마야는 자신 이외의 『누군가』의 냄새가 라티나에게 친밀히 묻어 있는 것이 마음에 들지 않은 모양이었다. 그것이 자신보다도 『약한 존재』라고 단정할 수 없다는 것조차 본능적으로 감지하여 더욱 심기가 편치 않은 것이다.

멍하니 주저앉은 라티나에게 파고들어 식식 거친 콧김을 내는 마야는 뭔가를 달성한 표정이었다.

그 후에도 마야는 라티나를 놓아주려고 하지 않았다.

"시려!"

마야는 분명히 말하고 고개를 좌우로 휙휙 흔들었다.

"그러지 말고 슬슬 이쪽으로 오렴, 마야."

"시러! 아띠아, 조아!"

"마야……."

요제프의 삼각형 귀는 이제 뭐라 말할 수 없는 한심한 형태가 되어 있었다. 몇 번째인지 모를 이 대화를 반복하고 사랑하는 딸에게 계속 거절당했다. 그의 정신적 라이프 포인트는 죽죽 깎여 나가는 중이었다.

그에 반해 라티나를 부둥켜안고 있는 마야는 형형하게 눈을 빛내며 뭐랄까, 임전 태세 그 자체였다.

"아띠아, 마야 거!"

"흐아아아아……."

그리고 그런 부녀 사이에 낀 채 마야에게 포획되어 있던 라티나는 여전히 혼란 속이었다.

"라티나…… 인기 많네……."

데일은 조금 떨어진 위치에서 일동의 그런 모습을 바라보고 있었다. 후루룩, 예의 없이 차를 홀짝이며 아득한 눈으로 약간 현실 도피에 들어선 상태였다. 티스로우 체재 중에 여러모로 생각할 것이 있었다. 인간, 포기하는 것도 중요했다.

"너무 못할 짓은 하지 마……."

현실 도피 중이기에, 나오는 코멘트도 어린아이에게 말하기에는 뭔가 좀 적합하지 않은 종류였다. 하지만 지금 데일은 자신의 발언을 전혀 깊이 생각하고 있지 않았다. 그리고 듣는 쪽인 라티나 역시 그 말을 깊이 생각하지 않았다.

"아띠아, 마야, 가치!"

"흐아아……."

라티나는 그저 어쩔 줄 몰라 하며, 큰 목소리로 소유권을 주장하는 마야와 서로 부둥켜안고 있을 뿐이었다.

그때 집 문이 열렸다. 본 적 있는 하얀 털과 녹색 눈동자, 요제프의 아내인 우테였다. 한 손에 든 바구니 안에 반들반들한 열매채소가 잔뜩 들어 있었다. 모습이 안 보인다 싶더니 아무래도 채소를 수확하러 갔었나 보다.

"어머, 와 있었네."

데일과 라티나의 모습을 알아차리고 우테가 느긋하게 말했다. 데일은 자세를 바로 한 뒤 인사했다.

"우테 씨. 죄송합니다, 신세 좀 지겠습니다."

"우테 씨……."

"아띠아, 떽!"

데일에 이어 인사하려던 라티나를 마야가 그대로 눌러버렸다.

지금 상태의 마야에게는 라티나가 다른 사람에게 의식을 돌리는 것조차 질투의 대상이 되는 모양이었다. 「나 말고 보지 마!」라는 말일 것이다.

"마야는 왜 저래?"

지금까지의 상황을 모르는 우테가 딸의 모습을 보고 이상하다는 듯이 고개를 갸웃했다. 데일은 메마른 미소를 지으며 간결하게 대답했다.

"그게…… 라티나를 독점? 하고 싶은 것 같아요."

"아빠가 엄하지 못해서 어리광쟁이로 자랐으니까."

그 대답을 듣건대 우테는 마야의 이 폭주에도 전혀 동요하지 않은 것 같았다. 좋게도 나쁘게도 도량이 넓었다.

"……요제프."

마침내 라이프 포인트가 완전히 깎여 나간 요제프가 축 풀이 죽어 방구석에서 무릎을 끌어안고 있는 모습을 보며 데일은 그에게 말을 걸었다. 두 사람의 시선 끝에서는 마야가 나른한 모습으로 라티나에게 배 쓰담쓰담을 받고 있었다.

"저번에 그 뒤로 금방 울음 그쳤어?"

"아니……."

요제프의 시선이 방황했다.

"전설이 탄생했어."

"……그건 큰일이었네."

굳이 어떤 『전설』인지는 묻지 않았다. 두 남자는 한동안 침묵했다.

"이번에는……."

"마야가 일어나기 전에, 이른 아침에 출발하는 건 어때?!"

쫓아내고 싶은 것은 아니겠지만 그렇게 말을 꺼낸 요제프의 목소리에는 필사적인 심정이 배어났다. 저번 대성통곡이 상당히 힘들었던 모양이다.

데일조차도 그 파워에는 압도됐었다. 이웃들의 주목을 모았으리라고 쉽게 상상이 가는 음량이었다.

"좋아하는 음식을 배불리 먹으면 마야는 코~하거든! 그때가 떼어놓을 기회야."

아무렇지도 않게 어린아이 말을 섞어 쓰는 중년의 친척 남자를 앞에 두고, 자신도 언젠가 아이가 생기면 저렇게 되는 건가— 하고 머리 한구석에서 생각한 데일은 자신도 남들이 보기에는 어지간하다는 것을 자각하지 못했다.

그런 피차일반인 두 남자 앞에는 엎드린 채 쓰다듬을 즐기며 기분 좋은 듯이 꼬리를 흔드는 마야의 모습이 있었다.

라티나에게 잔뜩 쓰다듬 받고 다소 안정을 되찾은 마야는 그 후, 라티나의 무릎 위를 자신의 본진으로 정한 것 같았다. 떨어진다는 선택지는 없어 보였다. 눈을 뗀 틈에 또 어디 사는 개나 멍멍이 같은 털북숭이들에게 빼앗길까 보냐! 일 것이다.

자신이 『제일 좋아하는』 언니의 『제일』은 자신이어야만 했다. 어린 마야의 자존심과 논리는 거기로 귀결되었다.

라티나는 라티나대로 마야의 독점욕이 곤혹스럽기는 해도 아주 싫지만은 않은 듯했다. 『작고 귀여운 마야』에게 『언니』로서 사랑받는 것은 낯간지러우면서도 기쁜 일이었다.

우테를 도울 수는 없었지만 그만큼 마야와 잔뜩 함께 노는 데 시간을 썼다. 인간족만큼 빈번히 목욕하는 습관이 없는 수인족은 가옥에 욕조 같은 것이 없었고, 기껏해야 물을 끼얹을 수 있을 만한 대야 정도뿐이었다. 그래도 거기에 따뜻한 물을 채워 마야를 거품

투성이로 만드는 라티나의 환성이 집 안까지 들렸을 때는 그 화목한 정경이 간단히 머릿속에 떠올라 데일의 표정도 부드럽게 풀어졌다.

우테가 큰 냄비에 준비한 것은 고기와 여름 채소가 듬뿍 들어간 수프였다. 신맛이 나는 빵에는 부드러운 치즈를 발라 먹었다. 오늘은 설탕에 절인 과일 크럼블이 디저트로 곁들여졌다.

메뉴에는 요제프의 의도도 들어가 있던 모양으로 수프도 디저트도 마야가 좋아하는 음식인 것 같았다. 작은 어린아이인데도 라티나의 두 배 가까운 양을 순식간에 먹어치웠다. 경쟁심을 느꼈는지 드물게도 한 그릇을 더 소망한 라티나의 접시에는 아직 디저트가 잔뜩 남아 있었다.

배가 부른 마야는 요제프가 말한 대로 몽롱한 눈이 되었다. 언제나 전력을 다하는 그녀는 갑자기 배터리가 다 된 것처럼 힘이 다하는 모양이었다. 역시 아빠라고 해야 할까, 요제프는 딸의 그런 부분을 잘 이해하고 있었다.

마야는 처음에는 식사도 라티나의 무릎 위에서 하겠다고 주장했지만, 저녁을 먹기 위해 일어서려던 라티나가 다리 저림으로 움직이지 못하게 된 일이 발생하여 옆에 앉는다는 타협안을 받아들였다.

보통 생활 속에서 발 저림을 체험할 일이 없는 라티나에게 혈류의 악화가 가져오는 저릿저릿함은 주저앉아 움직일 수 없게 될 만큼의 충격인 모양이었다.

꾸벅꾸벅 졸기 시작한 마야를 확인한 남자들이 시선을 주고받았다.

요제프가 체격에 어울리지 않는 기민한 동작으로 일어났다. 가볍게 마야를 안아 올리더니 익숙하게 흔들기 시작했다.

"우뉴우…… 우우……."

꼬물꼬물 움직이던 마야는 이윽고 자신의 베스트 포지션에 도달했는지 아빠 품속에서 안정된 모습이 되었다. 얼마 안 있어 기분 좋아 보이는 고른 숨소리가 들려왔다.

그와 동시에 데일은 라티나를 확보했다.

"데일, 밥 먹는 중에 노는 건 예의 없는 짓이야."

정론으로 야단맞았다.

등 뒤에서 끌어안고 있던 팔을 풀고, 조금 전까지 어린아이가 점거하고 있던 그녀 옆자리를 차지하고 앉았다. 어린아이를 상대로 대항하고 있다고밖에 안 보이는 동작이 한심스러웠다.

"라티나, 내일은 아침 일찍 출발할 거야."

"그래?"

"응. 날씨가 걱정돼서 빨리 숲을 나가는 편이 좋을 것 같거든."

그냥 하는 말이 아니라, 살짝 구름이 많은 하늘 모습에 실제로 불안하기는 했다. 비 대책은 당연히 되어 있고, 긴 여행 중에 악천후 속에서의 이동은 물론 불가피한 일이다. 그래도 되도록 라티나가 가혹한 상황을 겪게 하고 싶지 않았다. 보호자라면 당연한 감정일 것이다. 비 오는 날 물웅덩이에 일부러 들어가서 물을 튀기는 모습이라든가, 빗방울이 떨어지는 곳을 확인하는 것처럼 얼굴을 적시는 물방울도 아랑곳하지 않고 하늘을 올려다보는 모습이라든가. 비 오는 날 한정의 사랑스러운 동작도 다 셀 수 없을 만큼 많지만. 날씨와 상관없이 질리지 않고 바라보고 있을 수 있지만. 그것은 그것대로 별개의 이야기였다.

라티나도 흐린 하늘을 쳐다보고 있었기에 데일의 대답에 납득한 것 같았다. 순순히 「응.」 하고 고개를 끄덕였다.

저녁 식사 후에는 저번과 마찬가지로 거실 한쪽을 빌려서 취침 준비를 했다. 모포를 덮은 뒤에 데일은 당연하다는 듯이 라티나를 끌어안아 품속에 넣었다. 숲 속이라서 마을에 비하면 아직 야간 기온은 낮았다. 그것을 면죄부 삼아 그녀의 온기에 뺨을 가까이 붙였다. 라티나도 데일의 팔을 베고 완전히 안심한 미소를 보냈다. 꿀잠 확정이었다. 엄청난 힐링이었다.

그 행동 자체가 어떻게 봐도 마야가 라티나를 독점하고 있던 것에 대한 울분의 반동이었다.

역시 요제프와 큰 차이는 없었다.

"……."

"……."

다음 날 아침. 두 남자는 딸바보 패배감에 고개를 푹 숙이고 있었다.

쿨쿨 자고 있는 라티나의 모포가 어째선지 부자연스럽게 볼록했다. 이상하다 싶어서 슬며시 젖혀보니 어느새 잠입한 마야가 라티나의 허리를 단단히 끌어안고 자는 중이었다.

어린아이를 따돌리는 데 실패한 순간이었다.

"아침밥 준비할 테니 든든히 먹고 가도록 해."

축 처진 등을 향해 우테가 말했다.

✝

그렇게 기억을 되짚은 뒤, 데일은 눈앞에 있는 『친형 같은 존재』
를 보았다.

"케니스도 아기 앞에서는 어린애 말을 쓰게 되는 걸까……."

"갑자기 뭐야."

"그거 알아? 케니스. 아이는 말이지…… 그래…… 응. 굉장
해…… 여러 가지로 말이야……."

"진짜 무슨 일이 있었던 거야?"

마야의 대폭발은 저번보다 더했다.

따라 울기 시작한 라티나와 폭탄 같은 마야를 남자 둘이서 필사
적으로 떼어놓고 그 자리를 이탈했다. 전설은 간단히 갱신되었다.
숲 너머에서 메아리처럼 희미한 울음소리가 들려왔을 때는 정말로
어쩌나 싶었다.

"아이를 키운다는 건 큰일이라는 생각이 들었거든……."

"겁주는 거냐."

"라티나는 진~~~~짜 힘들게 안 하는 착한 아이라고 통감했어."

"뭐, 라티나를 기준으로 삼으면 안 되긴 하지."

케니스가 평가하기에도 라티나는 너무할 만큼 착한 아이였다.

케니스는 라티나에게 받은 고기 꾸러미를 한 손에 든 채 그녀에게 물었다.

"라티나, 이거 어떻게 써?"

"있지, 보존용 고기라서 소금을 잔뜩 쳤어. 그대로 쓰면 짜니까 물에 담가서 소금기를 먼저 빼야 해."

케니스는 사용법을 몰라서 질문한 것이 아니었다. 일종의 깜짝 테스트였다.

"채소를 같이 넣어서 수프 같은 걸 만든대."

"그래?"

조리법도 제대로 이해하고 있음을 확인하고 케니스는 살짝 표정을 풀었다. 일단은 합격점이라고 해도 좋을 것이다. 여기에다 재료에 맞춘 요리를 스스로 만들어낼 수 있게 되면 완벽한 합격이었다.

"도중에 식사는 잘 만들었어?"

"응. 케니스한테 배운 대로 됐어. 가끔 실패했지만……."

"실패한 건가."

"응. 불 세기 같은 게 어려웠어. 태우기도 했어."

케니스와 라티나가 스승과 제자로서 대화하다가 동시에 데일을 보았다.

"……데일은 있지. 항상 다 맛있다며 먹어줬어."

"어? 그치만 정말로 라티나는 항상 제대로 만들었는걸?"

39

"……뭐, 아무런 반응도 안 하는 것보다는 만드는 보람이 있지만 말이지……."

"응? 정말로 맛있었다니까?"

그런 데일의 주장은 무시하고, 요리에 관해서는 타협하지 않는 사제는 똑같이 고개를 끄덕였다.

"이번 일로 과제가 뭔지 확실히 보였어?"

"응. 라티나, 더 열심히 해야겠다고 생각했어."

소녀는 야무진 표정으로 스승에게 앞으로의 포부를 말했다.

반쯤 발언을 묵살당한 데일은 리타에게 미묘한 얼굴을 돌렸다.

"야영 때마다 매번 라티나가 밥을 만들었다고."

"열심히 했네."

"그것만으로는…… 불만인 건가……."

"라티나…… 이상한 부분에서 케니스의 영향을 크게 받은 모양이구나."

그런 대화를 나누는 데일과 리타와 반면에 열정이 넘치는 사제 사이에는 뚜렷한 온도 차이가 났다.

라티나를 보고 있던 리타는 그녀의 머리에 묶여 있는 리본에서 시선을 멈췄다.

"어라, 그러고 보니 상당히 예쁜 리본이네."

"있지, 부적이야. 여행 중에 달고 있으라고 했어."

리타가 알아차려 준 것이 기쁜지 라티나는 들뜬 음성으로 대답했다. 부드럽게 반짝이는 폭넓은 그것은 상당히 정교하고 호화롭게 만들어진 아름다운 리본이었다.

"티스로우에서 생긴 친구한테 받은 걸로 만든 거야."

"친구가 생겼구나. 잘됐네, 라티나."

리타의 미소와 그에 답하는 라티나의 웃는 얼굴은 환했으나, 그 말을 들은 데일의 표정은 뭔가 하고 싶은 말을 삼킨 듯한 미묘한 것이었다.

지금 대화의 어느 부분에 그런 미묘한 반응이 되는 것인지 케니스는 전혀 짐작이 가지 않았지만, 그래도 데일의 반응을 보고 한 가지 추측해 보였다.

"……라티나, 뭔가 저지른 건가."

이 소녀의 규격을 벗어난 능력은 케니스도 충분히 알고 있었다.

"그보다 우리 마을 옆에 환수 서식지가 존재한다는 사실에 깜짝 놀랐어."

"……그건 상당한 여행담이네."

"섣불리 손대면 위험하니까 정보는 공식적으로 드러내지 않는 편이 좋겠지. 번식지 수준이 아니야. 무리 지어 살고 있었어."

"그 말투를 보니 네가 직접 확인하고 온 건가?"

"일단 보고 오기는 했어. 장소가 장소다 보니, 욕심이 생긴 모험가 등이 쳐들어간다고 해도 뼈도 못 추릴 거야."

"너라도 무리야?"

"무리의 리더와 얘기했는데…… 그다지 싸우고 싶지는 않았어…… 한 마리씩이라면 불가능하지는 않겠지만 어쨌든 수가 많아. 점점 힘들어지겠지."

"그런가."

고향인 티스로우에 체재하면서 『상식』이 마비되기 시작했었으나 케니스의 반응을 보고 소중한 무언가를 떠올렸다. 환수와 담소하는 감각으로 교류한다는 것은 원래 『있을 수 없는 일』이었다.

"그 무리를 이끄는 리더의 마음에 든 모양이야."

"누가?"

"라티나가."

"그런가."

데일의 이야기를 듣는 도중부터 그런 결론에 이를 것이라고 추측하고 있던 케니스는 놀라지 않았다. 하지만 데일과 비슷하게 미묘한 표정이 되었다.

당연하지만 역시 『규격을 벗어난』 여행담이었다.

†

잔뜩 혼난 뒤에 똑같은 일을 되풀이할 만큼 라티나는 이해력이 나쁜 아이가 아니었다. 데일이 자신을 걱정하기에 잔소리한다는 것도, 어른들이 잔소리하는 이유도 이해하는 똑똑한 아이였다.

천상랑 서식지에 놀러 가고 싶다면 제대로 허가를 받고, 혼자서는 산속에 들어가지 않는다. 그렇게 약속하면 그녀는 분명하게 그것을 지켰다.

기본적으로 라티나는 매우 성실했다.

천상랑의 존재 자체가 『당주』의 비밀이기도 해서, 벤 할멈이나 데일이 시간을 낼 수 있을 때로 한정되었지만 — 당주 대행으로 늘 바쁜 랜돌프에게 부탁한다는 발상은 라티나에게 없었다. 다른 사람의 일을 방해하면 안 된다고 생각하는 라티나는 결과적으로 랜돌프와 접하는 시간이 벤 할멈이나 데일의 엄마인 마그다와 보내는 시간만큼 길지 않았다. 그래서 라티나는 랜돌프에게 미묘하게 조심스러운 마음을 씻을 수 없었다. 「랜돌프 아빠, 부탁해도 돼?」 하고 시선을 올리며 물어봤다면 아마도 그는 흔쾌히 들어주었을 것이다. 어쨌든 랜돌프는 그 데일의 부친이었다. 하지만 라티나는 그런 사실을 몰랐다. — 라티나는 그 후에도 그런대로 천상랑과의 교류를 즐겼다.

데일 입장에서도 『천상랑 역시 라티나와의 교류를 바라고 있다』는 것이 피부로 느껴지는 이상, 간단히 만남을 금지할 수 없었다. 라티나를 보려고 천상랑이 마을에 우르르 나타나기라도 하면 대참사였다. 조상 대대로 이어온 천상랑과의 『상호 영역 불가침』이라는 맹약이 깨진다는 이중 사태에 대혼란이 펼쳐질 모습밖에 안 떠올랐다.

그리하여 데일 또한 몇 번에 걸쳐 천상랑의 『취락』을 방문하게 되었다.

크로이츠로 돌아가는 일정이 결정된 뒤, 그것을 천상랑에게 보고하러 간 라티나와 동행한 것도 데일이었다.

"라티나, 크로이츠로 돌아가. 즐거웠어. 건강해야 해."

"푸우?"

라티나의 말을 들은 새끼 늑대는 의아해하며 라티나를 올려다보았다.

"크로츠?"

"크로이츠. 저쪽에 있는 인간족 마을이야. 사람이 엄청 많은 커다란 도시야. 라티나, 거기 살아."

라티나는 태양 위치를 확인하고서 팔을 뻗어 남서쪽을 가리켰다. 도중에는 험한 산맥 지대가 있지만 직선으로 잇는다면 크로이츠는 그 방향에 있었다.

"사람의 아이는 하늘을 달릴 수 없으니 불편하겠군."

천상랑 우두머리의 걱정거리는 라티나에게 한정되어 있는 것 같았다. 딱히 상관없지만.

"모피도 이빨도 없는 그와 같은 연약한 모습이어서야 작은 짐승에게도 해를 입겠어."

바쁘게 꼬리를 움직이는 거대한 육식 동물에게서는 어째선지 처음 만났을 때의 위압감은 더 이상 느껴지지 않았다. 왠지『춤추는 범고양이』에 모이는 아저씨들이 갑자기 떠올랐다.

데일은 그런 생각을 하며『우두머리』와 함께『아이들』을 바라보았다.

"이걸 주마."

"……깃털?"

『그』는 그렇게 말하고 자신이 앉는 위치에 떨어져 있던 깃털 몇 개를 데일에게 가리켜 보였다.

"우리의 마력을 머금은 것을 가지고 있으면 지혜가 없는 짐승이더라도 우리를 두려워하여 곁에 오지 않을 것이다."

"그건 감사한 일이네…… 고마워."

라티나를 예뻐한다는 공통 사항 앞에서 그들은 종족을 뛰어넘어 이문화 커뮤니케이션을 성립시킬 수 있었다.

데일은 저택으로 돌아온 뒤, 천상랑에게 『깃털』을 받았음을 벤 할멈에게 보고했다. 그것을 들은 벤 할멈은 들고 있던 곰방대를 한 번 탁, 울리더니 태연하게 말했다.

"사냥 때는 못 쓰지만, 여행이나 밭일할 때 짐승 쫓는 용으로 입는 외투 있지?"

"그러고 보니 그런 게 있었네."

"거기에 천상랑의 털이 들어가 있어."

간단히 튀어나온 터무니없는 말에 데일은 저도 모르게 뿜었다.

"뭐……."

"그리고 밭에 치는 밧줄에도 쓰이지. 올해는 라티나가 잔뜩 모아 줘서 말이다. 한동안은 재료가 부족하지 않을 듯해."

그러고 보니 라티나는 브러싱 작업 후, 빠져서 산을 이룬 털을 자루에 열심히 담았다. 할머니의 지시였던 모양이다.

"평소에는 이 계절에 멋대로 빠진 털들을 랜돌프 녀석한테 모아

오라고 시키지만 말이야. 그 녀석도 라티나 덕분에 일이 하나 줄어서 편해졌군."

봄에서 여름으로 바뀌는 이 계절은 여름털이 새로 나는 털갈이 시기이기도 했다. 정말이지 가렵다는 듯이 뒷발로 목 부근을 벅벅 긁는 천상랑에게서 빠진 털이 둥실둥실 허공을 나는 모습을 데일도 몇 번인가 보았다.

천상랑 취락의 존재가 아무리 당주만의 비밀이라고는 해도, 바쁜 와중에 짬을 내서 짐승 주변을 청소하는 아버지의 모습을 상상하니— 라티나에게는 감사해야 할지도 모른다는 생각이 들었다.

그렇다고 해서『고작 청소』라고는 할 수 없었다.

마수의 가죽이나 이빨, 뼈 등은 마력을 띠고 있는 것도 있어서 『소재』로써의 가치가 높다. 마도구의 재료로 쓰이는 물건도 많았다. 모험가들의 손쉬운 현금 수입원이기도 했다.

마수보다도 강력한 존재인『환수』의 소재라면 가치는 더욱 껑충 뛴다. 주워 모으는 정도의 수고를 마다할 이유가 없었다.

그것을 이용해 만든『마도구』를 밭일용 작업복으로 쓰고 있었다. 모험가들뿐만 아니라 상인들도 피눈물을 흘릴 만한 이야기일 것이다.

"재료의 입수 방법은 공식적으로 밝힐 수 없어.『바깥』용 상품으로 쓸 수는 없으니까."

"⋯⋯확실히 그러네."

벤 할멈은 훌쩍 일어나 옆에 있는 서랍을 뒤적거리더니 이윽고 길쭉한 천을 끄집어냈다.

"시험 삼아 만들게 했다. 되도록 가는 털을 선별해서 짰지."

티스로우의 전통 의장인 화초 문양을 바탕천에 곁들이고 그곳에 자수를 놓은 호화로운 리본이었다.

"돌아가는 동안 달아주도록 해. 마음의 위안은 될 게야."

"……값을 매기면 터무니없는 가격이 되겠네."

가는 털을 썼기 때문인지 천의 질감은 반들반들하고 매끄러운 광택을 띤 새틴 같았다. 마도구가 아니더라도 고가임을 한눈에 알 수 있었다.

"마을 안에서는 안 쓰는 편이 좋을지도 모르겠어……."

"축제 때 같이 『특별』한 날용으로 쓰면 돼."

껄껄 웃는 할머니에게 어이없다는 표정을 돌려주며 데일은 온화한 반짝임을 휘감은 그것 리본을 살짝 높이 들어 빛에 비추었다.

†

"그런고로 신작 『마도구』인 리본이야."

"어처구니없는 물건이네."

마수 퇴치가 생업인 모험가들에게는 필요 없는 물건이지만 행상 인이나 여행자 중에는 원하는 사람도 많을 것이다. 이동할 때뿐만 아니라 야영 시 습격받을 위험도 낮추고 싶은 법이다. 과신은 금물 이겠으나 안전성을 높여준다면 무엇에든 매달리고 싶다고 생각할 정도로 세상은 위험으로 가득했다.

"장식에서도 티스로우의 진심이 느껴지는 일품이야." ^(우리 집)

"나는 장식품에 관해서는 잘 모르지만, 기합이 들어간 물건이라는 건 알겠어."

"정말로 예쁜 솜씨네."

"……."

갑자기 더해진 여자 목소리를 듣고 데일은 말문이 막혔다. 그는 한 번 움직임을 멈췄다가 어색하게 뒤돌았다.

"……헤, 헤르미네……?"

"오랜만이야, 데일. 슬슬 돌아올 때일 것 같아서 마중 왔어."

그곳에는 생긋 미소 지은 금발 미녀의 모습이 있었다.

"누구?"

모르는 여성이 데일과 친밀하게 이야기하는 모습에 라티나가 고개를 갸웃하고서 헤르미네를 보았다.

평소 라티나는 처음 보는 사람에게 즉시 인사한다. 이렇게 버릇없이 행동하는 일은 드물었다.

작게 웃은 헤르미네는 라티나의 그런 의심하는 시선도 별로 개의치 않는 것 같았다.

"이 아이가 『작은 마법사 씨』구나. 듣던 대로 사랑스러운 아가씨네."

"라티나, 작지 않은걸."

언짢은 듯이 작게 뺨이 부풀었다.

"어, 어째서 네가 여기에……."

"마중 왔다니까? 네가 돌아오면 왕도로 데려오라는 분부를 받아서 여기 왔고, 그대로 기다리고 있었어. 다음『일』은 나도 참가하니까."

　데일은 너무 동요한 나머지 라티나의 무례함을 꾸짖을 여유가 없었다. 그는 사실 이 미녀가 불편했다.

　그런 상대가 불쑥 눈앞에 나타났다. 조금쯤은 동요할 것이다.

　"……여전히 넌 헤르미네를 불편해하는구나."

　"부, 불편하다고 할까……."

　"어머, 너무해라. 내가 불편해?"

　대화에 끼어든 케니스의 목소리에는 어이없다기보다 동정의 울림이 있었다. 헤르미네는 그런 데일과 케니스의 모습에도 기분이 상한 것 같지 않았다.

　"『옛날』에는 그렇게나 귀여운 말을 해줬으면서."

　"……그래서 불편해하는 거잖아. 진짜 너는 내가 신출내기였을 때부터 변함없네."

　"너는 날 상대해주지 않았잖아."

　질렸다는 얼굴의 케니스를 향해 헤르미네가 작게 고개를 기울이며 대답했다. 목에서 어깨로 이어지는 라인이 요염했다. 자신을 남에게 보이는 것에 익숙한 동작이었다.

　"내 취향은 우리 부인 같은 여자니까."

　"확실하게 말하는구나."

　쿡쿡 웃는 헤르미네의 표정은 그런 말을 들었음에도 불쾌해 보이지 않았다.

　리타는 그런 대화를 나누는 일동에게서 살짝 시선을 돌려 라티나를 보았다. 라티나는 언짢은 듯이 볼을 부풀린 채였다.

"……어머."

확실히 이 헤르미네라는 여성은 동성의 반발을 부르기 쉬운 사람이었다. 이성의 시선을 늘 의식하며 여자라는 성을 어필하는 존재를, 여성은 본능적으로 자신의 적으로서 꺼린다.

리타 자신은 철저히 사무적으로 대응하고 있기에 그렇게까지 큰 불쾌감은 나타내지 않았다. 남편인 케니스가 헤르미네에게 관심 없음을 분명히 밝히고 있다는 점도 컸다. 이러니저러니 해도 『범고양이』의 젊은 부부는 금실이 좋았다.

"라티나도 여자아이니까."

라티나가 항구 도시에서 사 온 선물인 소품을 손안에서 돌리며 리타는 쓰게 웃었다.

라티나는 리타에게 들킨 뒤로도 한동안 부루퉁한 얼굴로 침묵하고 있었지만 이내 무언가를 깨달은 것 같았다. 의자에서 내려와 데일 곁으로 가더니 폭 안겼다.

"……라티나?"

"데일, 일 나가? 또 오래 걸려?"

그 표정에는 쓸쓸함과 슬픔이 감돌았다.

몇 달이나 걸렸던 여행 기간은 라티나가 데일을 가장 오래 독점할 수 있었던 기간이기도 했다. 낮에 나가더라도 밤에는 반드시 함께 시간을 보냈다. 같이 식사하고 이야기하고, 때로는 체온을 나누며 잤다.

그것이 『특별』한 것임을 알고 있었을 텐데 끝나 버린다고 생각하니 너무나도 안타까웠다.

　"……그래. 미안해. 또 계속 혼자 두게 되겠네."

　"아니야. 괜찮아. 라티나, 제대로 집 볼게."

　그 말에는 행동이 따르지 않았다. 라티나는 자신의 얼굴을 데일에게 더욱 세게 눌렀다. 그리고 그대로 얼굴을 들 수 없게 된 모양이었다.

　데일의 표정이 흔들렸다. 갈등하고 있었다.

　"……웬일이래. 견디고 있네."

　"헤르미네가 있어서 그렇겠지."

　리타와 케니스 부부가 작은 목소리로 상황 해설을 넣었다.

　"라티나…… 데일 기다릴 거야. ……하지만 조금만 더 같이 있었으면 좋겠어."

　"……윽!"

　데일의 양손이 꿈지럭꿈지럭 수상하게 움직였다. 뭐라고 말할 수 없는 미묘한 얼굴이 되었다.

　"어머, 어리광쟁이구나."

　갈림길에서 버티고 있던 데일의 등을 향해 그렇게 일격을 넣은 것은 헤르미네의 한마디였다.

"항상 혼자 두기만 하는 내 잘못이야! 라티나는 이렇게나…… 이렇게나 노력해주고 있으니까!!"

"아하. 어리광쟁이는 네 쪽인 것 같네."

데일은 시무룩해 하는 라티나를 꽉 안아 올리며, 그 사이에 헤르미네를 위협하듯이 말을 던졌다.

유쾌하게 웃는 헤르미네는 아주 재미있는 것을 찾았다는 표정이었다.

"긴 여행에서 돌아왔는데 바로 출발하라고는 안 해. 나도 크로이츠에서 할 일이 있거든."

그렇게 말하며 헤르미네는 발길을 돌리고 생긋 미소 짓더니 가볍게 손을 흔들었다.

"그럼 나중에 또 봐. 데일."

헤르미네가 향한 곳은 『범고양이』 2층이었다. 2층은 객실로 쓰고 있었다. 헤르미네는 거기에 체재하고 있는 모양이었다.

"……데일, 방금 그 사람, 같이 일하는 사람?"

헤르미네의 모습이 2층으로 완전히 사라지자 라티나가 작은 목소리로 물어보았다.

"그래. 저래 봬도 헤르미네는 우수한 마법사야."

데일은 한숨 섞어 대답하고서 끌어안고 있던 라티나를 바닥에 내렸다.

"단순한 동료?"

커다란 눈망울로 가만히 자신을 바라보며 거듭 묻는 라티나의 말을 듣고 데일의 시선이 살짝 방황했다.

"단순한 동료 관계야."

거짓말은 아니었다.

하지만 어쩐지 심문받고 있는 심경인 것은 왜일까.

"……."

라티나는 무언가 말하려다가 그대로 입을 다물었다. 어딘가 평소와 다른 라티나의 반응에 데일은 더욱 동요했다.

"라…… 라티나?"

"라티나, 어른이 되면 커질 거다 뭐. 아직 어려서 작을 뿐인걸."

부루퉁하게 볼을 부풀리고 있는 모습을 보니 그녀의 긍지는 상처 입은 듯했다.

이 아이는 또래 아이들보다도 약간 왜소했다. 종족적인 이유 때문이 아니라 개인차인 것 같았다. 하지만 신장도 체중도 건강하게 성장하고 있었다. 문제 되지 않는 정도일 것이다.

그래도 주변 사람들에게 「작다」는 말을 듣는 일이 많은 만큼 그녀 나름대로 신경 쓰고 있는 모양이었다.

데일도 그 기분은 이해했다.

자신의 능력 때문이 아니라 어리다는 이유로 깔보는 것에 분노했던 경험은 결코 적지 않았다. 스스로 어떻게 할 수도 없는 부분에 관한 평가에는 그도 반발을 느꼈다.

알고 있지만.

"라티나는 작은 채로 있어도 괜찮은데…… 귀여우니까."

"라티나, 작은 채로는 곤란해. 커지고 싶은걸!"

그래도, 라티나가 신경 쓰고 있는 것을 이해해도, 무심코 입 밖
으로 말을 꺼내고 말았다. 어쩔 수 없었다. 작은 것조차 귀여우니
어쩔 수 없었다.

데일과 라티나의 모습을 곁눈질하며 리타가 한쪽 눈을 감고 남편
에게 말했다.

"라티나도 여자아이인걸. 어렴풋하게 알아차린다고."

"여자의 감이란 건 무섭네……."

라티나보다 데일과 더 오래 알고 지낸 두 사람은 데일과 헤르미
네의『관계』가『업무상』임을 알았다.

―거기에 **단서**가 붙는다는 것도 알고 있었다.

오랜만에 돌아온 다락방에서 짐을 풀고 정리하는 라티나를 바라
보며 데일은 등에 식은땀이 흐르는 것을 느끼고 있었다.

아무래도 라티나의 기분은 회복되지 않은 모양이었다.

오늘 라티나는 케니스의 일을 돕지 않고 짐 정리에 몰두했다. 묵
묵히 작업에 열중하고 있었다.

데일이 끼어들 틈도 없이, 결코 적지 않은 짐이 착착 정리되어갔
다. 그것은 이 침묵의 시간이 만들어낸 성과였다.

"……라, 라티나……?"

"왜?"

"기…… 기분, 풀어주면, 안 될까……?"

"딱히 기분 나쁜 거 아니야."

대화가 멈췄다.

'라티나의…… 기분이 이렇게나 안 좋았던 적은…… 지, 지금껏 없었으니 말이지…….'

주르륵 흐르는 식은땀을 닦지도 못하고 가만히 경직되어 독백하는 데일은 차라리 『기분 나쁘다.』라고 확실하게 말해주는 쪽이 편하겠다며 눈물을 삼켰다.

"데일."

"예?!"

목소리가 뒤집혔다. 라티나는 그렇게 동요를 감추지 않는 데일을 똑바로 응시했다.

"라티나, 화 안 났어. 그러니까 데일, 신경 쓰지 않아도 돼."

"……하, 하지만."

"신경 안 써도 돼."

딱 잘라 말했다. 이 소녀는 훨씬 어렸을 적부터 완고한 부분이 있었다. 이럴 때 라티나는 아마도 이 이상 이야기하지 않을 것이다.

"……나, 1층에 있을 테니까……."

"응. 라티나가 정리해둘게."

대답해주었다는 사소한 일에 기쁨을 음미하면서 데일은 허둥지둥 전략적 철수를 선택했다.

그래서 그는 라티나가 홀로 남은 다락방에서 다시 볼을 부풀린 모습을 볼 수 없었다.

"라티나…… 역시 빨리 어른이 된다면 좋을 텐데……."

그렇게 중얼거린 그녀의 불만은 『어린아이』인 자기 자신을 향한 것이었기에, 데일은 신경 쓰지 않아도 된다는 말도 진심이었다.

1층에 내려온 데일은 식당 쪽으로는 가지 않고 주방 테이블에 앉아 고개를 푹 숙였다. 케니스는 그런 『동생 같은 존재』 앞에 김이 나는 컵을 탁 놓았다. 깊은 물빛 차가 조용히 흔들렸다.

"좀 진하게 끓였어. 술은 피해서 만일에 대비해."

"……그런 실수는 안 해. **그 무렵**과는 다르고."

불퉁하게 볼을 부풀려 보였지만, 물론 다 큰 사내자식한테 라티나 같은 사랑스러움은 존재하지 않는 개념이었다.

마침 일이 없는 케니스는 그대로 데일 앞에 털썩 앉았다.

"이제 미련은 없잖아?"

"그런 건 한참 전부터 없었어. 『하나 배웠네.』 정도야."

"그렇겠지. 그러니 문제 되지는 않겠다 싶어서 헤르미네를 묵게 했어. 우리 가게는 여관이니까."

"그게 그쪽 장사이니 날 배려할 필요는 없어."

데일은 그렇게 말하고 차를 홀짝였다가 쓴맛에 얼굴을 찡그렸다.

"……뭐. 네 모습을 보아하니 헤르미네보다도 그녀 때문에 라티나의 기분이 나빠진 쪽이 중대 사항인 것 같으니 말이야."

"맞아! 어째서…… 라티나, 저렇게 심기가 불편한 거냐고……!"

"그야……."

말하려다가 케니스는 그 이상 말하는 것을 그만두었다.

『아빠』의 재혼 이야기가 나왔을 때 『딸』이 상대 『여성』에게 질투
하는 것은 흔한 일이었다. 어떻게 봐도 라티나의 그 모습은 지금까
지 자신이 독점하던 데일 옆에 나타난 여성에 대한 경계와 질투의
표현이었다.

하지만 왜인지 그것을 알아차리지 못한 데일에게 그 사실을 지적
한다면 「라티나, 그렇게나…… 나를……!」 하는 식으로 감격의 눈
물을 흘리면서 외칠 것이다. 그대로 라티나를 끌어안고 찰싹 달라
붙을 것이 틀림없다. 그것으로 끝난다면 그래도 다행이지만, 그 후
끝없이 『우리 딸 자랑』을 늘어놓으리라. 누가 그것에 어울려 줄 것
인가. 나인가.

성가시다. 귀찮다.

그리고 어쩐지 짜증 난다.

그래서 케니스는 찻주전자의 뚜껑을 열어 꽉 들어차 있는 찻잎
을 바라본다는 의미 없는 행동으로 어물쩍 넘겼다.

"왜 그래?"

그런 두 사람의 모습을 보고 계단을 내려온 라티나가 고개를 갸
웃했다. 양손에 안고 있는 짐은 청소가 필요한 도구류와 빨랫감이
었다. 아무래도 어느 정도 정리와 분류는 끝난 모양이었다.

"……라티나 쪽이 『어른』이구나……."

케니스가 무심코 그렇게 중얼거린 것은 일에 열중하는 사이 기분도 정리한 소녀가 평상시 표정으로 돌아와 있었기 때문이었다.

2. 어린 소녀, 친구와 회고담.

몇 달 만에 찾은 크로이츠의 『노랑의 신』 학교 앞에서 라티나는
살짝 망설이는 모습으로 문을 올려다보고 있었다.

어째선지 발이 떨어지지 않았다. 왠지 부끄러운 기분이 들었다.
익숙한 장소일 텐데 묘하게 마음이 진정되지 않았다.

"똑같은 『노랑의 신』 학교인데 사부님네랑은 역시 전혀 달라……."

중얼거리면서 새삼 자각한 그 사실에 고개를 주억거리며 납득했
다. 세상에는 자신이 모르는 것이 잔뜩 있다는 생각이 들었다.

그런 생각을 하며 이유 없는 창피함으로부터 눈을 돌리고 있던
라티나의 등으로 잘 아는 목소리가 말을 걸어왔다.

"라티나!"

"클로에!"

희색을 띠며 뒤도는 라티나의 얼굴에는 안도가 있었다.

절친을 본 순간, 가슴속을 꽉 채우고 있던 무거운 기분이 사라지
는 것을 느꼈다.

"어서 와! 건강해 보여서 다행이다. 여행 얘기, 잔뜩 부탁해!"

"응! 다녀왔어, 클로에!"

그렇기에 클로에와 나란히 문을 지났을 때, 라티나의 표정은 몇

달의 시간이 느껴지지 않는 평소 모습으로 돌아와 있었다.

잘 닦인 복도를 지나 배정된 교실로 향했다. 크로이츠 전역에서 모인 아이들의 수는 그런대로 많아서, 교실은 2년에 걸친 학습 기간 연도에 따라서도 나뉘었다. 고등학교는 다른 건물이지만 도서실 등의 시설은 공유하고 있기에 연상의 아이들과도 스쳐 지나갈 때가 있었다.

햇빛이 충분히 들어오는 교실은 밝고 개방적인 분위기였다. 긴 의자와 책상이 규칙적으로 늘어서 있는 그곳에 『정해진 자리』라는 것은 없었다. 하지만 매일 다니면서 자연스럽게 항상 앉는 곳이 정해지게 되었다.

"오랜만이야, 라티나."

"실비아도 건강해 보여서 다행이야."

"크로이츠는 평소와 똑같았으니까. 변함없어."

교실에는 또 한 명의 친한 친구가 이미 와 있었다. 오랜만에 만나는 실비아를 보고서 라티나의 표정이 더욱 밝아졌다.

실비아는 라티나의 반응은 상관없다는 모습으로 느긋하게 상체를 앞으로 뺐다. 녹색 눈동자가 내면의 호기심을 나타내듯 반짝반짝 빛났다.

"그보다 여행 얘기를 들려줘. 클로에한테 들어서 이동 루트는 대충 아는데. 장비라든가 식량 등은 얼마나 갖추고 갔어? 역시 마수가 잔뜩 나왔어? 그리고……."

"한꺼번에 다 말하긴 어려워."

『초록의 신[아크다르]』의 가호를 지닌 실비아가 여행에 품는 동경을 잘 아는 라티나는 난처한 미소로 응답했다.

라티나는 실비아의 앞자리에 앉고서 뒤돌았다. 나란히 앉은 클로에와 실비아 옆에 앉지 않는 것은 오히려 이 위치가 두 사람과 이야기하기 편하기 때문이었다. 세 사람의 위치 관계는 비교적 유연하여, 어느 날은 앞에 앉는 사람이 실비아나 클로에가 되기도 했다.

"처음에 『숲』부터 갔으니까 마수는 잔뜩 봤어."

"괜찮았어?"

"흐응~, 어떤 거?"

라티나의 대답에 클로에는 걱정했고 실비아는 흥미를 나타냈다.

"데일, 엄~청 강했어! 전혀 문제없었어. 라티나도 방어 마법 배워서 도울 수 있었어!"

"라티나도 싸운 거야?"

"살짝 도왔을 뿐이야. 데일, 혼자서도 괜찮았으니까."

"무섭지 않았어?"

"라티나, 크로이츠로 오기 전에 『숲[거기]』에 있었을 때, 정말 무서웠어. 하지만 이번엔 데일이랑 같이 있어서 무섭지 않았어."

그렇게 『보호자』에 관해 이야기하는 라티나의 표정에서는 신뢰와 애정이 넘쳐흘렀다.

변함없는 라티나의 모습을 보고 클로에와 실비아는 쓴웃음에 가까운 표정을 지었다.

"가도 근처에서는 마수 안 나왔어. 산속에 들어간 뒤에는 가끔

봤으려나. 도적이랑은 한 번 만났어."

"큰일이었네!"

클로에의 반응은 옳았다. 하지만 라티나는 고개를 살짝 갸웃하고서 아무렇지도 않게 대답했다.

"데일의 마법으로 전부 잡아서 근처 마을에 연락하고 끝. 마수보다도 안 무서웠어."

그렇게 매우 간단히 말했다.

†

데일과 라티나가 도적단과 조우한 것은 해안을 따라 뻗은 가도로 나오고서 얼마 지난 뒤였다. 그 길은 항구 도시 크발레에서 각지로 물자를 운반하는 길로서, 물류의 대동맥이라고도 할 수 있는 중요한 가도였다. 여행자의 왕래도 많고 상인이나 대상의 모습도 많았다.

마침 그곳은 차폐물이 많은 숲 속 길이기는 했지만, 사전에 모은 정보에서는 도적 등이 나타난다는 이야기도 없었다.

먼저 눈치챈 사람은 라티나였다.

"데일……."

"왜 그래?"

그의 옷자락을 쭉쭉 잡아당기더니 불안한 얼굴로 눈썹을 찡그렸다. 그런 그녀의 모습에 이상하다는 반응을 보이는 데일을 향해 라티나는 무언가를 말하려다가 당황한 얼굴로 데일에게 찰싹 달라붙었다.

"뭔가 있어?"

"있지…… 뭔가 싫은 느낌이 들어."

라티나는 발돋움하여 데일의 귓가에 입을 가까이 댔다. 큰 목소리를 내지 않는다면 누가 엿들을 걱정도 없을 텐데, 그녀 나름대로 열심히 경계하고 있는 모양이었다.

"싫은 기척이야?"

"응. 저기 숲 쪽…… 뭔가 싫은 느낌이야."

데일도 그 말을 듣고 발을 멈췄다. 그녀가 가리킨 방향으로 시선을 집중했다. 라티나의 『능력』을 의심하지 않는 데일에게 그것은 확인을 위한 행위였다. 처음부터 『있음』을 알고 있었기에 본래는 눈치채지 못할 『존재』도 지각할 수 있었다.

"……저건가."

상당한 거리였다.

숨을 죽이고 숲 속에 숨어 있는 여러 남자를 확인하는 작업은 데일에게도 어려운 일이었다.

저쪽에도 척후는 있겠지만, 이렇게 멀리 있는 데일이 『자신들을 알아차렸을』 가능성은 생각조차 하지 않고 있을 것 같았다.

'그것도 어쩔 수 없는 일이지…….'

그들의 목표가 데일과 라티나인 것도 아니었다. 그리고 상식적으로 생각할 수 없는 『원거리』였다. 여럿 있는 통행인에 불과한 데일과 라티나에게 주의를 기울인다는 것은 평범하게 생각하면 있을 수 없었다.

데일은 가도의 모습을 빙 둘러보았다. 그리고 짐마차 한 대에서 눈을 멈췄다.

호사스러운 마차는 아니었다. 그래도 튼튼하게 제작된 좋은 마차였다. 손질도 잘 되어 있었다. 겉모습은 수수하지만 필요한 부분에 확실하게 비용을 들인 모습이 눈에 보였다. 견실한 상인의 마차라고 생각해도 좋을 것이다.

도적이 현재 노리는 대상은 저 짐마차일 것이라고 예상했다.

"어쩔까……."

중얼거리며 생각했다.

딱히 자선 사업처럼 생판 남을 전부 구하며 나아갈 생각은 없었다. 데일에게는 무엇보다도 라티나의 안위가 제일이었다. 귀찮은 일에 엮여서 라티나가 위험해진다면 아무런 의미도 없었다. 재빨리 이 자리를 빠져나가 버리면 그 뒤는 『자신들이 모르는 곳에서 벌어진 일』이 될 것이다.

하지만 라티나가 그것을 눈치채고 환멸을 느끼는 것도 곤란했다.

라티나 앞에서는 『좋은 사람』으로 있고 싶다고 생각하는 것이 무슨 잘못인가. 세간의 찬사 따위보다 라티나의 「데일, 멋있어.」라는 한마디가 훨씬 가치 있었다.

"음……."

"데일?"

하지만 라티나 앞에서 전투가 일어나는 사태는 피하고 싶었다. 라티나는 마수와의 전투에는 겁먹지 않았지만, 사람이 다치는 모습이나 때에 따라서는 사람이 죽는 모습을 보여주고 싶지는 않았다.

강도 목적의 패거리가 그런 부분을 배려해주리라고는 생각할 수 없었다.

어쩌면 라티나 앞에서 습격이 일어나는 사태가 벌어질 수도 있다. 착한 라티나가 깊이 상처받아 슬퍼하게 되고 만다. 그것은 큰일이었다.

근심거리를 없애두는 쪽이 간편하겠다는 생각이 들기 시작했다.

"……해치워 둘까."

"흐아?"

데일의 불온한 중얼거림을 듣고 라티나는 놀라서 눈을 끔뻑였다.

도적들과 거리를 좁히기 전에 라티나에게는 후드를 씌웠다. 이렇게나 예쁜 미소녀인 라티나는 한 번 보기만 해도 큰 인상을 남길 것이다. 만에 하나라도 그녀에게 원한을 품는 사태가 일어나게 할 수는 없었다. 얼굴을 가린 라티나에게 말고삐를 쥐여주고 천천히 가도를 걷게 했다.

한편 데일은 달렸다. 갑자기 행동한 이쪽을 상대가 알아차리기 전에 간격을 대폭으로 좁혔다. 달리면서 마력을 다듬어 확실하게 주문을 자아냈다.

"우리의 신에게 속한 존재여, 대지여, 나 데일 레키의 이름하에

명하노니.」

　상대가 동요하여 쏜 화살은 두려워할 만한 궤도가 아니었다. 허둥댈 필요도 없이 피했다. 상대에게 냉정해질 시간을 주지 않기 위해 자신의 왼팔에 찬 비갑으로 화살을 쏘았다. 위협사격이었으나 일부러 빗맞힐 필요도 없었다.

　「나의 바람대로 뚫리며 그 모습을 바꿔 모든 것을 그 안에 삼키라.《대지변화》.」

　주문을 매듭지었다. 데일이 가장 자신 있어 하는 땅 속성 마법이었다. 직접적인 공격 마법은 아니지만 싸움터를 제압하는 데 큰 힘을 지닌 마법이다. 게다가 데일은 땅 속성 마법이라면 아무리 마력을 부어 넣어도 마력이 고갈되지 않았다. 평범한 마법사가 다룰 수 없을 만한 대규모 『변화』를 일으킬 수 있었다.

　숲 한 귀퉁이가 사라졌다.

　붕괴한 지면과 함께 나무들도 나락에 삼켜졌다. 비명조차 제대로 지를 틈 없이, 도적들은 무슨 일이 일어났는지도 모른 채 구멍 밑바닥으로 함께 떨어졌다.

　상당히 참혹했다.

　붕괴에 말려들지 않고 남은 도적 몇 명이 자신들에게 일어난 사태를 이해하기 전에 그중 한 명을 차서 구멍 속으로 떨어뜨렸다.

　다른 한 명이 허둥지둥 내리친 검을 비갑으로 튕겼다. 자세가 무너진 틈에 추격타를 먹이려 했으나 상대도 발차기를 경계하여 거리를 벌렸다. 그때, 미리 외워두었던 마법을 발동시켰다.

짧은 간이식으로 일으키는 작은 현상은 지면에 생긴 약간의 돌기에 불과했다. 하지만 그것은 사람 한 명을 넘어뜨리기에는 충분한 현상이었다.

움직일 수 없도록 한쪽 발을 부러뜨리는 형태로 마무리하고서 구멍에 휙 버렸다.

전부 끝났음을 확인한 라티나가 가도 쪽에서 얼굴을 빼꼼 내밀었다.

"데일, 괜찮아? 안 다쳤어?"

"괜찮아, 라티나. 넌 정말로 착하구나!"

데일이 그렇게 말하며 그녀에게 보낸 표정과 구멍 아래 도적에게 보내는 차가운 표정은 마치 다른 사람처럼 차이가 났다.

"너희는 운이 좋았네……."

이대로 묻어버려도 상관없으나 그러면 역시 라티나에게 혼나고 말 것이다.

인도적인 이유에서가 아니라 라티나의 정서 교육에 끼칠 악영향을 걱정할 뿐이었다. 폭력적인 수단으로 나오는 반사회적인 상대를 적당히 봐주면 이쪽의 신변이 위험하다.

그녀의 눈이 있기에 피비린내 나는 잔혹한 광경을 삼가고 목숨만은 지장이 없도록 조절해두었다. 몇 명은 쓰러진 나무 밑에 깔려 있고 가벼운 상처라고는 말할 수 없지만, 라티나에게 안 보이는 위치에 있으니 문제없었다.

"귀찮지만 근처 마을에 뒤처리를 부탁하러 갈까."

어쩌면 현상금이 걸려 있을지도 모른다. 그것을 수고료 대신 삼아 뒷정리를 부탁하자고 중얼거리고서 데일은 라티나를 재촉해 가도로 돌아갔다.

✝

"무서운 일은 하나도 없었어."

도적들이 들었다면 통곡할 만한 코멘트였지만 라티나가 실감하기에는 그러했다.

그녀가 느낀 위기감은 마수를 상대했을 때 쪽이 훨씬 컸다.

"있지, 두 사람한테 주는 선물이야!"

그렇게 말하고 라티나는 들고 있던 가방 속에서 꾸러미 두 개를 꺼냈다. 얇은 종이로 몇 겹이나 싸서 정성스럽게 포장한 그것을 클로에와 실비아에게 각각 건넸다.

두 사람이 종이를 풀어 내용물을 꺼내보니 안에 들어 있던 것은 조가비로 세공된 소품함이었다. 타일처럼 진주층을 붙여서 만든 그 소품함은 부드러운 빛을 띠고 있어서, 손안에 들어올 만한 크기면서도 눈길을 끄는 아름다운 물건이었다.

"예쁘다."

"고마워, 라티나."

"라티나도 똑같은 거 샀어. 살짝 색이 달라."

클로에 것은 은은한 크림색이었고 실비아 것은 푸른빛을 띠고 있었다. 라티나가 자기 것으로 사서 방에 장식한 물건은 연분홍색이었다.

"크발레에는 여러 가지 물건이 있었어."

라티나는 생긋 웃고, 신관[교사]이 오기 전까지의 남은 시간을 항구 도시에서의 회고담에 소비했다.

†

돌아오는 여로에도 두 사람은 항구 도시 크발레를 방문했다. 가는 길에 묵었던 여관에 다시 방을 잡고 짐을 내린 뒤, 데일은 라티나에게 이렇게 알렸다.

"이번에도 크발레에서는 조금 여유롭게 있을 거야. 하지만 이번엔 관광보다는 느긋하게 쉬기 위해서니까."

"응!"

씩씩하게 대답하고서 라티나는 항상 메고 있는 배낭 안을 뒤적이기 시작했다. 이상하게 여긴 데일이 한동안 그대로 모습을 보고 있으니 그녀는 잠시 후 지갑을 꺼냈다. 배낭 안쪽 주머니 속에 꼭꼭 숨겨두었던 모양이다.

라티나는 책상 위에 짤그랑짤그랑 소리를 내며 은화를 늘어놓고 섰다.

지금껏 라티나는 여행에 필요한 것 외에는 물건을 사려고 하지 않았다. 그래서 소지금은 별로 줄지 않은 것 같았다.

라반드국에서 유통되는 화폐 중에서 일반 서민이 주로 쓰는 것은 동화와 은화였다. 아이들이 간식을 사려고 손에 꼭 쥐고 있는 것은 동화 몇 닢인 식이었다. 일상생활에서 필요한 액수도 은화 범위에서 해결되었다.

일반 서민이 금화를 쓸 기회는 일단 없었다. 모험가들은 보수나 고가의 무기·방어구 구매비 등으로 금화를 다룰 기회도 있지만, 평소 지갑 안에 들어 있는 것은 은화와 동화뿐이었다. 일반적인 점포에서 금화를 내면 거스름돈 문제로 주인이 싫어하기 때문이다.

어지간한 시골이 아닌 한, 전 재산을 금품으로 소지하는 일은 대개 없다. 『파랑의 신』의 신전에 맡기는 편이 안전하고 편의성도 높았다.

라티나가 다 늘어놓은 은화를 보고 데일은 탄식했다.

"……꽤 가지고 있네."

『범고양이』에서 급료를 받고 있는 라티나는 이 나이 때 소녀치고 돈이 많은 편일 것이다. 성실한 성격의 그녀에게는 낭비벽도 없었다. 그 결과, 착실하게 저금하고 있는 듯했다. 장래도 안정적인 아이였다.

"있지. 클로에랑 실비아한테 줄 선물 사고 싶어. 리타한테도! 크발레에는 예쁜 걸 잔뜩 팔고 있으니까 라티나, 선물 사러 가고 싶어!"

"알겠어. 내일 시장을 둘러보자."

"응!"

저번에 크발레에 왔을 때, 라티나가 구매욕을 보인 것은 식재료 뿐이었다. 조금 불안하게 느꼈었는데 그것은 『가는 길』이었기 때문이었나 보다. 나이에 걸맞은 흥미를 분명히 가지고 있는 것을 보고 데일은 안도했다.

라티나는 반짝거리는 물건이나 귀여운 것을 좋아했다. 어떤 곳에 데려가면 기뻐할까. 데일은 머릿속에 떠올린 크발레 지도와 행선지 후보를 겹쳐 보았다.

첫날은 그런 대화를 하고 일찍 쉬었다. 다음 날 아침에도 평소보다 조금 늦은 시간에 침대를 나왔다. 아침밥을 여관에서 해결하고 두 사람은 느긋하게 마을로 나갔다.

저번과 마찬가지로 인파 속에서 미아가 되지 않도록 손을 잡았다. 오늘 라티나는 여행 중에 방해되지 않게 줄곧 묶었던 머리를 풀고 있었다. 평상시보다 살짝 새침한 『외출용』 모습으로 보였다.

"오늘 저녁은 또 『과묵한 갈매기』에서 먹을까?"

"정말?!"

"아니면 여러 가지 먹으면서 돌아다니고 저녁은 가볍게 끝낼래?"

"그것도 재밌겠다……."

라티나에게는 상당히 어려운 양자택일인 모양이었다. 진지한 얼굴로 끙끙댔다. 그런 동작도 사랑스러워서 옆에 있는 데일은 살며시 미소 지었다.

고민하는 시간도 여행의 즐거움일 것이다.

데일은 결론을 재촉하는 일 없이 라티나의 손을 이끌며 바다로 향하는 길을 천천히 걸어갔다.

걷다 보니 여기저기서 맛있는 냄새가 다양하게 풍겨 온다는 것을 깨달았다. 데일이 제시한 『먹으며 돌아다니기』라는 선택지의 영향이 컸다.

결국 그녀는 군것질이라는 유혹 앞에 패배했다.

낮에는 가벼운 식사로 참고서 밤에 맛있는 것을 먹는다는 선택은 현재로써는 피 말리는 고문이나 마찬가지인 고통이었다.

그들이 지금 방문한 시장은 저번에 둘러봤던 해산물 가게들과 똑같은 것 같으면서도 분위기가 달랐다.

크발레 마을은 여행자가 많다. 그중에는 관광이 목적인 자도 적지 않았다. 그래서 관광객을 대상으로 한 장사도 많았다. 크발레의 명물인 해물 요리 노점도 그중 하나였다.

라티나는 그런 노점 중 한 곳에서 산 작은 조개 꼬치구이를 우물 우물 열심히 씹고 있었다. 그녀는 기본적으로 예의 바른 아이였기에 걸으면서 음식을 먹을 수 없는 모양이라, 길 한구석에 멈춰 서서 보기보다 쫄깃한 그것과 씨름 중이었다.

"라티나, 남은 건 내가 먹을게.

"응응!"

입으로 조개를 씹고 있어서 라티나는 고개를 흔드는 동작으로 데일에게 대답했다. 그녀의 위 용량으로는 꼬치 하나로도 상당히 배가 찰 것이다. 그렇게 되면 『먹으며 돌아다니기』의 즐거움은 반감된다.

자신이 고전 중인 조개를 데일이 간단히 삼켜버리는 것을 보고 라티나는 깜짝 놀란 모습이 되었다.

"마실 거 사 올까?"

"응."

고개를 끄덕이는 라티나를 데리고 바로 근처에 있던 이국의 과일을 늘어놓은 노점으로 향했다. 생소한 열매의 과즙이었지만 생각했던 것보다 산뜻하게 목을 넘어갔다. 데일은 제 몫을 마시면서 라티나에게도 같은 것을 넘겼다. 그녀는 꿀꺽, 크게 목을 울려서 마침내 입안의 조개를 삼키는 데 성공했다.

"푸하아!"

겨우 숨을 돌렸다는 모습이었으나 생각보다 큰 목소리가 나온 것 같았다. 라티나는 재빨리 입을 막고서 부끄러워하며 데일을 올려다보았다.

"질겼어!"

"그러네. 같은 조개지만 저쪽의 와인찜은 연해. 먹어볼래?"

"응! 맛있겠다!"

이어서 산 것은 마늘향이 나는 술찜이라 데일은 주스가 아닌 술을 마시고 싶다고 반사적으로 생각했다. 크로이츠에서는 볼 수 없지만 바다 근처 지역에서는 전형적인 안주였다.

데일이 조가비를 이용하여 조갯살을 집어 먹는 모습을 보고 라티나는 깜짝 놀란 얼굴을 했다가 즉시 흉내 냈다.

"맛있어!"

조갯살을 씹자 입안에 감칠맛이 퍼졌다. 마늘의 풍미도 너무 강하지 않고 알맞게 맛을 더했다.

 라티나는 아직 뜨거운 조갯살을 아으아으거리며 열심히 먹어갔다. 그 모습을 지켜보는 데일의 표정도 매우 만족스럽게 변했다. 이런 작은 동작마저도 이 아이를 보는 것을 질리지 않게 했다.

 "한동안 선물이라도 둘러보다가 또 희한한 음식이 있으면 먹기로 할까."

 "응. 이런 식사도 즐겁네."

 웃으며 말하는 라티나는 정말로 식사를 즐기고 있는 것 같았다.

 관광객이 고객층인 선물 가게는 노점 골목 끝에 있었다.

 이국에서 모인 소품과 잡화를 취급하는 가게, 반대로 이국의 여행자나 관광객을 상대로 자리하고 있는 라반드국산 잡화점 등이 늘어서 있었다.

 "이 길 끝에는 고급 여관 등이 있거든. 타국의 상인이라든가 유복한 평민층이 체재하고 있어."

 "그래?"

 "귀족은 거의 없지만. ……하급 귀족이라면 있으려나. 재료 구매 말고도 토산물이나 희귀한 물건을 원하는 손님이 많아."

 "시장에 있는 가게를 들여다보는 것도 즐겁지만 이런 가게에 진열된 물건을 보는 것도 재밌어!"

 신난 라티나가 멋대로 여기저기 가지 않도록 데일은 그녀의 손을 단단히 잡았다.

"이렇게 들뜬 사람도 많으니 말이지. 소매치기 같은 것도 자주 있어."

자신을 척 가리키며 하는 말에 라티나는 살짝 「아차.」 하는 표정
이 되었다.

한 집 한 집 가게 안을 들여다보며 거리를 걸어갔다. 라티나가 발
을 멈추는 곳은 역시 여자아이답게 귀여운 잡화 등을 파는 가게였
다. 그뿐만 아니라 그야말로 타국 물건스러운 수상쩍은 민예품 가
게도 들여다보며 용도를 알 수 없는 물건을 들고 함께 웃었다.

몇 번째로 멈춘 가게에서 라티나는 리타에게 줄 선물로 도자기
인형을 골랐다. 데일이라면 『리타에게 줄 선물』로 생각할 리가 없
는 섬세한 세공의 장식품이었다. 그것을 가게 점원이 정성스럽게
포장해주고 있을 때, 바깥이 소란스러움을 알아차렸다.

라티나와 데일은 서로의 얼굴을 한 번 마주 보고서 가게를 나와
사람들이 술렁거리는 곳으로 향했다. 불온한 분위기는 아니었기에
순수한 구경꾼 근성이었다. 호기심 덩어리 같은 라티나도 무슨 일
인가 싶어 들떠 있었다.

―사람들이 주시하는 곳에는 화려한 차림의 소녀가 있었다.

호위로 보이는 인물과 시녀를 거느린 모습에서도 그녀가 그런대
로 좋은 가문의 인물임을 알 수 있었다.

하지만 가게를 들여다보며 가벼운 발걸음으로 걷는 장난스러운
동작이 그녀를 고귀한 신분이라고 단언하기 힘들게 했다.

앳된 모습이 남아 있는 그녀는 아직 『소녀』라는 호칭이 적합해 보
였다. 여성으로 넘어가는 과도기에 있는 그 호리호리한 체구를 청

초한 인상의 의상으로 감싸고 있었다. 드레스라고 부르기에는 약간 길이가 짧은 캐주얼한 실루엣의 원피스와 그 밑으로 보이는 튼튼한 가죽 부츠도 그녀를 『곱게 자란 아가씨』와는 다른 존재로 보이게 했다.

사랑스러운 얼굴의 그녀는 가게 앞에 놓인 물건 하나하나에 부지런히 표정을 바꾸고 있었다. 눈길을 끄는 소녀였다.

"……『장미 공주』야."

데일이 불쑥 꺼낸 말에 라티나가 고개를 갸웃했다.

"데일, 아는 사람?"

"응? 아니. 만난 적은 없어. 소문을 들었을 뿐이야. ……하지만 틀림없겠지. 저 **머리색**…… 그녀 말고는 없어."

주위 사람들의 시선을 모으고 있는 것은 소녀의 외모가 아름답기 때문만은 아니었다.

빛을 머금어 반들반들 빛나는 그녀의 머리카락 — 빛이 닿는 부분은 페일핑크로 반짝이고 그림자가 지는 부분은 로즈핑크의 깊이를 지닌 긴 그것 — 은 본래 사람이 지니지 않는 선명한 색이었다.

"……마력 형질?"

그 말을 입에 담은 사람은 작은 소녀였다.

"잘 아네. ……코르넬리오 사부님^{선생님}한테 배웠어?"

"응. 사부님^{선생님}이 가르쳐주셨어. 라티나가 태어난 곳에서도 『마력 형질』이 나타난 사람 있었어. 마인족은 마력 형질이 나오기 쉽대."

"그리고 종족적으로는 『수린족』도 많지. 그 종족은 다들 물의 마력을 강하게 가지고 있으니까."

"선천적으로 마력이 강한 사람은 머리카락이나 눈이 선명하고 예쁜 색이 돼."

"……라티나의 머리카락은 그거랑 달라?"

보기 드물게 아름다운 색인 그녀의 머리카락을 보고 그 가능성을 생각한 적도 있었던 데일이 의문을 입에 담았다. 이에 라티나는 고개를 좌우로 휘휘 흔들었다.

"라티나, 마력 강하지 않아. 라티나의 머리는 라그랑 똑같아. **유전**이야."

그렇게 간단히 대답했다.

강한 마력을 지닌 짐승이 『마수』라는 비교도 안 될 만한 위협으로 변하는 것처럼 『마력』은 많은 현상에 영향을 미친다.

강한 마력을 지니고 태어난 『인족』에게 알기 쉬운 형태로 표출되는 것은 『마력 형질』이라고 불리는 선명한 색채였다.

머리카락이나 눈동자에 많이 나타나지만 때로는 피부색에도 영향을 준다.

부모에게서 자식, 손주에게 이어지는 『유전』과는 완전히 다른 색채. 심지어 본래 『사람』이라는 종이 가질 리가 없는 선명한 색소의 발현. 그것이 『마력 형질』이라고 불리는 현상이었다.

데일이 예로 든 『수린족』은 물의 마력에 특화된 종족이었다. 수중이 주요 생활권이어서 종족 특성으로 수중 호흡도 가능했다. 마력 형질이 나타나기 쉬운 종족이기도 하여 많은 이가 선명한 녹색이나 파란색 머리라고 한다.

『마인족』도 『마력 형질』이 나타나기 쉬운 종족이었다.

하지만 마력이 강한 자라고 모두 마력 형질이 나타나는 것은 아니었다. 비율은 종족에 따라 크게 차이 나는데 『마인족』은 『드물지는 않은』 정도, 『인간족』은 『드물게 나타나는』 현상이었다.

"『장미 공주』라고 해도 지방 영주의 규수야. 신분은 그렇게 높지 않은 집안이었을걸."

"예쁜 색이네."

"분명 눈동자에도 마력 형질이 나타나 있을 거야. 남색은…… 지닌 『가호』의 신을 상징하는 색…… 그녀는 『남색의 신』의 고위 신관이거든."

"……데일, 자세히 아네."

"친구의 지인이라 소문만큼은 여러 가지로 들었으니까."

고지식한 친구의 모습이 머릿속에 떠올랐다. 좋아, 다음에 만나면 이 얘기로 실컷 놀려야겠다, 그렇게 마음속으로 정했다.

"그건 그렇고…… 라티나, 자기 마력량을 알아?"

"확실히는 몰라. 그치만 라그, 마법 능숙했어. 그런데 마력은 그렇게 많지 않다고 자주 말했어. 라티나는 그런 점이 라그랑 똑같다고 가르쳐줬어."

분명 『라그』라는 사람은 그녀의 아빠였을 터. 그녀가 마력 제어
기술에 뛰어난 것은 아빠에게 물려받은 것일까.

'그럴지도 모르겠네…… 아무리 똑똑하다고 해도 나랑 만나기 전
의 그렇게 작았던 라티나에게 회복 마법과 마력 제어의 기초를 가
르친 술자라면……'

라티나가 그렇게 단언한 적은 없지만 데일은 라티나의 『마법 스
승』을 아빠라고 보고 있었다. 그녀는 어렸을 적에 가족 말고 다른
사람과 그다지 접촉하지 않았다고 했고, 가끔 하는 이야기 속에서
그녀는 아빠와 친밀해 보였다.

아마 우수한 인물이었으리라.

"라티나의 고향에서도 마력 형질이 나타난 사람이 있었어? 어떤
느낌이었어?"

"……보라색 머리."

조금 전 라티나의 말을 떠올리고 별생각 없이 물어보았다. 그런
데일의 질문에 라티나는 살짝 어른스러운 고요한 표정으로 툭 대
답했다.

"엄청, 엄청 예쁜 보라색 머리였어."

어딘가 먼 곳을 보는 표정이었다.

†

83

"『장미 공주』 얘기라면 들은 적 있어. 『남색의 신』의 강한 가호를 가지고 있어서 평범한 회복 마법으로는 고칠 수 없는 중상도 치료해버린대."

『장미 공주』를 봤다는 이야기에 끼어든 사람은 실비아였다. 라티나와 클로에는 「와~.」 하고 고개를 끄덕였다.

"부럽다…… 역시 나도 여행 가고 싶어……."

멍하니 중얼거리는 실비아를 보고 클로에와 라티나가 쓴웃음을 주고받았다. 이것도 『평소와 같은』 광경이었다. 『일상으로 돌아왔다』는 실감을 느끼고 라티나는 작게 에헤헤, 웃었다. 그때였다.

"라, 라티나?! 돌아왔었어?!"

괴상할 정도로 큰 목소리가 교실 안에 울렸다. 모두가 얼굴을 돌리니 목소리의 주인이 놀람을 다 억누르지 못한 환희의 표정으로 우두커니 서 있었다.

"오랜만이야, 루디."

"그래. 라티나, 언제 돌아……."

"신관님 오셨으니까 나중에 얘기하자."

라티나도 웃는 얼굴이었으나 두 사람의 기분에는 너무나도 큰 차이가 있었다.

라티나가 시원스럽게 덧붙인 한마디에 루디는 경직되었고 주위는 참지 못해 웃음을 터뜨렸다.

역시 그는 여러 가지로 요령이 없었다.

라티나는 옛날부터 주로 케니스에게 상담했다.

그렇게나 「정말 좋아한다」고 공언하고 있는 데일도, 동성인 리타도 아닌 케니스였다.

데일을 「믿음직스럽지 못하다」고 생각하는 것은 결코 아니었다. 데일이 자신의 『보호자』이며 자신의 행동을 책임져주고 있다는 것도 그녀는 분명하게 이해하고 있었다.

데일은 라티나가 『특별』하게 좋아하는 존재였다. 그렇기에 라티나는 데일에게 미움받는 것을 두려워했다. 난처하게 만들어서 미움받을지도 모른다는 것에 불안을 품고 있었다. 그래서 투정이나 상담 등으로 『데일을 귀찮게 하여』 『그를 곤란하게 해서는 안 된다』는 의식이 있는 모양이었다.

최근에는 몇 년에 걸쳐 애정을 듬뿍 받아 예전보다는 데일을 상대로 부담을 느끼지 않았다. 『어린아이답지 않은』 방식으로 마음 쓰는 일은 없어졌다. 그만큼 이 소녀가 주위에 마음을 허락했다는 증거라고 생각하면 장난이나 실수 하나하나조차 사랑스러워서 주변 어른들을 웃게 했다. 그래도 몸에 밴 습관이라는 것은 좀처럼 고칠 수 없었다.

리타는 언제나 『춤추는 범고양이』 카운터에서 손님 응대와 서류 작업에 쫓기고 있었다.

라티나는 기본적으로 매우 성실한 소녀다. 일하는 중인 리타를 방해해서는 안 된다고 생각하는 것 같았다.

라티나는 『범고양이』에 처음 왔을 때부터 주방 등지에서 케니스 옆에 있는 시간이 매우 길었다. 그녀가 요리에 관심을 가지고 케니스를 도우며 『수행』에 힘쓰고 있는 것도 큰 이유일 것이다.

믿음직스러운 『스승』이며, 원래부터 남을 잘 돌보는 성격에 포용력이 있는 케니스를 라티나가 의지하는 것은 자연스러운 흐름이라고도 할 수 있었다.

하지만 케니스는 지금 매우 곤혹스러웠다.

그런 케니스 앞에는 시무룩한 얼굴로 고개를 숙인 라티나가 있었다.

이 작은 소녀가 여전히 많은 것을 가슴속에 숨기고 있음은 눈치채고 있었다. 하지만 그 비밀 중 하나를 고백해 오는 것이 이렇게나 큰 곤혹을 자신에게 안겨주리라고는 상상조차 못 했다.

그것은 그녀의 『엄마』 이야기가 원인이었다.

지금껏 라티나가 결코 말하려 하지 않았던 『엄마』에 관해 이런 형태로 듣게 될 줄이야— 하고 케니스는 껍질을 반쯤 벗긴 감자를 손안에서 가지고 놀며 탄식했다.

사건은 헤르미네가 여전히 『춤추는 범고양이』에 체재하고 있다는 것에서 기인했다.

데일도 크로이츠에 돌아왔다는 연락을 에르디슈테트 공작에게 보냈는데, 헤르미네가 말했던 대로 머지않아 『마족』 토벌 작전이 시행될 것이라고 했다. 정식 귀환 보고를 위해 왕도에 오는 것은 『업무』 때여도 상관없다는 답신도 받았다.

주변 소국의 분위기가 아무래도 심상치 않은 모양이라서 라반드 국의 재상인 공작은 지금 매우 바쁜 것 같았다.

그 부분은 『마왕·마족』 대응 전문인 데일의 관할 밖이었다.

친구인 그레고르는 아버지나 형의 호위 임무를 수행하는 등 바쁘게 지내고 있다고, 공작의 서신과 함께 온 편지에 쓰여 있었다.

헤르미네가 「크로이츠에서 볼일이 있다.」고 말했던 것도 정말이었는지, 그녀는 여기저기서 옛 지인과 만나고 있는 듯했다. 여러 가지로 화려한 여자고, 『범고양이』 특성상 소문이 모이기 쉬웠다.

헤르미네의 동향을 살필 생각이 없어도 멋대로 귀에 들어왔다.

그리고 여전히 라티나는 기분이 안 좋았다.

이번 일로 다들 인식하게 됐지만, 라티나는 감정을 숨기는 데 서툰 모양이었다. 지금까지 기본적으로 다른 사람에게 호의적인 감정을 보이며 생글생글 웃는 소녀였기에 그런 식으로 의식한 적이 없었다. 하지만 이리저리 잘 바뀌는 풍부한 표정도 그런 특성 때문일지도 모른다.

웃는 얼굴이 표준이었던 라티나가 언짢은 얼굴, 좀 더 단순히 말하자면 「헤르미네가 불편」한 얼굴을 하고 있었다.

너무나 알기 쉬운 반응에 당사자인 헤르미네뿐만 아니라 가게에 출입하는 손님들 사이에도 순식간에 그 사실이 퍼졌다.

　—이것은 여담인데, 데일과 라티나의 귀가 당일에는 손님 수가 그저 그랬던 『춤추는 범고양이』였지만 그다음 날은 심상치 않을 만큼 성황을 이루었다.

　『간판 아가씨 귀환』 소식은 단골손님 중 한 명인 남문 문지기를 통해 퍼졌고, 어떤 정보망이 있는 것인지 단골손님들에게 공유되었다.

　그들은 사전에 합의해두었다. 모두의 아이돌인 『백금의 요정 공주』는 귀가 당일에는 여행의 피로도 있을 테니 편히 쉬게 해야 한다고. 그러니 얼굴을 한 번 보고 싶어도 그 욕구를 참고 당일에는 가게에 가는 것을 삼가야 한다고. 어쨌든 그 성실한 소녀는 가게가 바빠 보이면 제 몸은 돌보지 않고 돕기 시작할 테니까. 그렇다면 처음부터 그런 상황을 만들지 않으면 된다.

　그리고 그 반동도 있었는지 다음 날은 대성황이었다.

　가게 안의 객석만으로는 부족해서 가게 앞에 술통을 임시 테이블로 놓고 서서 마시는 손님까지 나오는 지경이었다.

　험악한 인상의 수많은 아저씨가 헤벌쭉하게 풀어진 표정으로, 일하는 것조차 즐거워 보이는 소녀가 가게 안을 부지런히 오가는 모습을 애호하는 광경을 보면 『춤추는 범고양이』 단골손님 및 크로이츠 모험가들 사이에 _{라티나 팬클럽} 비영리 조직이 설립되어 있다는 소문도 완전히 유언비어는 아닌 것만 같아 데일과 케니스를 질리게 했다.

그런 라티나의 언짢음과 재미있어하는 헤르미네 사이에서 데일이 위 부근을 움켜잡고 있는 것에도 다들 태클을 걸고 싶어졌을 무렵이었다.

라티나는 헤르미네에게 『작은 어린아이』 취급받는 것을 대단히 싫어했다.

원래 라티나는 왜소한 몸집을 신경 쓰고 있었기에 「작다」는 말에 민감했다. 데일과 케니스가 「작다」고 해도 그녀는 거기에 불쾌감을 나타내지는 않았다. 그것이 애정에서 나온 말이라는 것도 감지하고 있기 때문이다. 하지만 아무나 허용할 수 있는 것은 아닌 모양이었다.

헤르미네는 『안 되는 상대』였다.

그때도 헤르미네는 턱을 괴고서, 가게 카운터를 걸레질하는 라티나를 보며 눈가만을 휘더니 이렇게 말했다.

"정말로 귀여운 아가씨야."

"라티나, 일하는 중이니까."

키가 작은 라티나가 구석구석까지 깨끗이 청소하려면 발돋움하고 힘껏 팔을 뻗어야 하는 곳도 있었다. 보기에도 열심인 그 동작은 『딸바보』가 아니어도 절로 미소가 지어지는 훈훈한 광경이었다.

그런 자신의 모습을 자각하고 있는 라티나는 헤르미네의 말에 담긴 『어리다』는 뉘앙스를 민감하게 느끼고 딱딱한 목소리로 대답했다.

"어릴 때만 할 수 있는 일도 많으니 서두를 필요는 없는데."

그에 대답한 헤르미네의 목소리에는 느긋한 어른의 여유가 있었다. 라티나가 자신을 적대시하고 있음을 알면서, 그것을 어린아이가 하는 일이라며 웃어넘기고 있는 것이었다.

쿡쿡 웃는 헤르미네를 보고 라티나는 부루퉁하게 볼을 부풀렸다. 그 버릇 자체가 앳된 느낌을 주지만 『버릇』이라는 것은 대부분 본인의 자각 없이 나오는 행위였다.

『어린아이라는 것』에 열등감을 품고 있는 라티나에게 우위에 있는 『어른』인 헤르미네의 그 말은 비아냥으로밖에 안 들리는 모양이었다.

"라티나, 금방 커질 거다 뭐."

그래서 라티나는 그렇게 대꾸했다. 그리고 휙 발길을 돌려 주방으로 뛰어 들어갔다. 『손님』인 헤르미네가 준비실인 주방에 들어오는 일은 없었다. 그곳은 그녀에게 『안전 지역』이었다.

라티나는 주방에 들어온 직후에는 어깨를 씩씩거리고 있었지만 평상시 자신의 『위치』에 앉더니 바로 추욱, 가라앉은 모습이 되었다.

고개를 숙이고 바닥을 바라보는 라티나의 모습에는 어딘가 생각에 잠긴 기색이 있었다.

케니스는 채소가 든 나무통을 쿵, 소리를 내며 내려놓고 라티나 옆에 앉았다. 무슨 일이냐고 물어보는 일도 없이 조용히 작업을 시작하여 라티나가 말하려 할 때까지 그저 옆에서 기다렸다.

"케니스……."

"왜 그래?"

잠시 후, 라티나가 작은 목소리로 불렀을 때도 작업하는 손은 멈추지 않았다. 철저히 무심한 모습으로 있는 편이 이 소녀에게는 『이야기하기 편한 상태』라는 것을 케니스는 요 몇 년을 함께 지내며 잘 이해하고 있었다.

"라티나, 어른이 되면 커질까……."

"라티나는 확실히 친구들보다 작지만. 처음 여기 왔을 때랑 비교하면 키도 꽤 컸잖아. 분명히 커지고 있어."

"응……."

그래도 라티나의 표정은 밝아지지 않았다. 라티나는 자신의 가슴에 손을 얹더니 깊이 한숨을 쉬었다.

"라티나…… 어른이 돼도 안 커질지도 몰라…… 라그, 라티나는 **모브**랑 닮았다고 자주 말했으니까……."

"『모브』?"

"응…… 모브, 작으니까. ……라티나도 작은 채일지도 몰라……."

처음 듣는 단어에 케니스는 대충 짐작하며 되물었다.

"모브가 **누구**야? 라티나."

"……라티나의 엄마야."

케니스가 예상한 대로 역시나 그것은 인명─ 그것도 그녀의 모친의 이름이었다.

라티나가 어째선지 자신의 엄마 이야기를 하지 않으려고 한다는 부자연스러움은 케니스도 알고 있었다. 갑작스러운 그 화제에 깜짝 놀랐지만 케니스의 손은 여전히 익숙하게 칼을 다루며 동요를 내

비치지 않았다.

"라티나네 엄마는 어떤 사람이었어?"

이번 기회에, 하고 케니스는 질문을 거듭했다.

"모브, 작아. 라티나의 머리카락이랑 뿔 색은 라그랑 똑같은데 뿔 모양이라든가 얼굴은 모브랑 닮았다고 했어."

나직이 대답한 후, 라티나는 다시 한숨을 쉬었다.

"모브, 어른인데 작았어. 손님들도 큰 쪽이 좋다고들 했어. 데일도 큰 게 좋다고 할까……."

"……응?"

그 중얼거림을 듣고 케니스는 뭔가 이상하다고 깨달았다. 자신의 인식이 뭔가 어긋난 것 같았다.

감자를 반쯤 깎은 상태에서 손을 멈추고 라티나를 관찰했다.

그녀는 고개를 숙인 채 침울한 얼굴을 하고 있었다. ―양손을 **가슴**에 얹은 모습으로.

"……라티나?"

"왜?"

"너희 엄마가 작았다는 건…… 뭘 말하는 거야?"

"……가슴."

처음으로 들은 라티나의 친모에 관한 정보가 빈유.

해도 해도 너무한 정보에 노련한 케니스도 혼란에 빠졌다.

적어도 이런 이야기는 동성에게 하지 않나.

"……리타한테, 상담해보는 게 어때?"

케니스가 떠오른 말을 반사적으로 그렇게 입에 담자 어째선지 라티나는 새파래졌다.

"리타, 안 커."

뭐, 확실히, 자신의 아내는 늘씬한 미인이었다. 결코 없지는 않다. 없지는 않았다.

"안 큰 사람한테 물어보면 안 돼. 예전에 라티나, 모브한테 왜 작냐고 물어봤다가 뺨이 떨어질 뻔했어!"

아무래도 유년기 라티나는 친모에게 직설적인 질문을 부딪쳤다가 혼난 적이 있는 모양이었다. 어지간히 무서웠는지 그녀는 양손으로 자기 볼을 누르고서 파르르 떨었다.

"그런가……."

그러고 보니 헤르미네는 그런 부분에서 매우 **여성스러운** 라인의 소유자였다. 자신은 이해할 수 없는 무언가가 있을지도 모른다.

"우유라도…… 마실래?"

"커져?"

"속설이긴 하지만……."

마음의 위안 정도는 될 것이다.

경험 많은 케니스도 가슴이 커지는 방법에 관해서는 조예가 깊지 않았다. 속설을 소개하는 정도밖에 협력할 수 없었다.

그런데 이 정보는 『보호자』와 공유해야 하는 걸까. 공유한다면

자신은 어떤 얼굴로 이 화제를 꺼내야 할까. 그리고 라티나에게
「큰 쪽이 좋다.」라는 말을 불어넣은 손님은 누구인가.

케니스는 감자 껍질 벗기기를 재개하면서 답이 나오지 않는 물음
의 대답을 찾았다.

✝

라티나를 포함해 크로이츠에 사는 아이들이 다니는 『노랑의 신』
학교는 최소한의 교육을 책임지는 시설이다. 그렇기에 어려운 학문
을 장기간에 걸쳐 가르치지는 않았다.

기본적인 읽고 쓰기와 산수. 라반드국의 대략적인 역사와 주변
나라들을 포함한 지리 정도가 커리큘럼의 전부였다.

집안에 따라서는 아이도 커다란 노동력이었다. 학문을 위해 아이
가 장기간 잡혀 있는 것을 좋아하지 않는 집도 존재했다. 그래서
집안이 여유롭거나 더욱 공부하고 싶다고 바라는 자는 초등학교를
졸업한 후, 고등학교에 진학하는 것을 선택했다.

하루에 잡혀 있는 시간도 그렇게 길지 않아서 아침에 학교에 가
면 점심 지나서는 귀가했다. 집에 돌아가 점심을 먹는 아이들도 많
지만 라티나의 동료들은 학교에서 함께 수다 떨며 식사하는 것이
습관이 되어 있었다.

요리를 연습하기 위해 라티나가 자기 점심을 스스로 만들기 시작
한 것이 발단이었다. 라티나는 『범고양이』에서 매일 케니스에게 배

우며 실력을 연마하고 있지만, 바쁜 주방에서 처음부터 끝까지 그녀에게 요리를 하게 할 시간은 좀처럼 확보할 수 없었다.

그래서 라티나는 아침 준비를 끝낸 후, 주방 한편을 빌려서 자기 점심을 만든다는 자율 연습을 시작했다.

만들고 나면 다른 사람의 평가도 신경 쓰이기 마련이다.

그래서 자연스러운 흐름으로 라티나는 친한 친구인 클로에나 실비아에게 자신의 작품^{점심}을 선보이게 되었다.

그것을 알아차린 루디는 죽마고우인 안토니와 마르셀을 끌어들여 그녀들과 같이 점심을 먹기 위해 온 힘을 다했다. 라티나를 제외한 멤버들의 뭐라 말하기 힘든 야유 섞인 시선과 맞바꾸어, 루디는 라티나가 손수 만든 요리를 가끔 맛볼 기회를 얻었다.

그런 평소와 다름없는 어느 날이었다.

"그러고 보니 왜 루디는 라티나의 『뿔』을 갖고 있어?"

라티나의 너무나도 갑작스러운 말에 루디, 즉 루돌프 슈미트는 입에서 점심을 뿜었다.

"루디…… 더러워……."

라티나가 눈썹을 찡그리는 것을 신경 쓸 여유도 없이 다른 친구들을 둘러보았다. 가장 의심하고 있던 클로에는 깜짝 놀란 얼굴을 하고 있었다. 클로에 다음으로 의심했던 실비아도 「일이 재미있어졌다.」는 표정이었다. 안토니도 놀라고 있었고, 원래 그는 이런 점에

97

서는 자신을 배신하지 않는다고 루디는 오랜 친구를 믿고 있었다.
마르셀은 생글생글 웃고 있지만 이것도 평소와 같은 표정이었다.

"무, 무, 무슨……."

그 결과, 루디는 자기 머리카락에 지지 않을 만큼 얼굴이 새빨개
져서 의미를 이루지 못하는 목소리를 냈다.

"응? 어째서야?"

라티나는 순수하게 궁금하다는 표정으로 루디를 똑바로 바라보았
다. 동요하는 그의 모습에는 그다지 의문을 느끼지 않는 것 같았다.

"어째서냐니…… 라티나, 네 착각 아니야……?"

"응? 그치만 **그거** 라티나 거야. 보면 알아."

반사적으로 목걸이를 누른 루디를 향해 라티나는 이상하다는 얼
굴로 고개를 갸웃했다.

가죽끈에 꿰어 목에 건 이 작은 검은색 조각을 보고 다른 사람
들은 잘 연마한 보석이라고 여겼다. 사정을 아는 친구들 말고는 다
들 그랬기에, 루디는 『그것이 무엇인지』 모르는 자는 알 수 없을 것
이라고 얕보고 있었다.

그래서 라티나가 간단히 알아차린 것에— 하필이면 가장 들키고
싶지 않은 상대에게 간파당한 것에 동요했다.

"보면 아는 거야? 라티나."

"응."

실비아가 신기해하며 되물었다. 라티나는 어째서 다들 신기해하
는지 모르겠다는 얼굴이었다.

"너희는 몰라?"

"동물의 뿔이라기보다는 돌처럼 보여. 새까맣고 반질반질하니까 더더욱."

"음…… 있지, 마력의 기척 같은 게 보이거든. 너희는 안 보여?"

"모르겠어."

실비아와 클로에가 각각 말하자 라티나는 고개를 기울이고서 생각에 잠겼고, 잠시 후 「그러고 보니.」 하고 얼굴을 들었다.

"있지, 데일이 그랬어. 라티나가 보는 거랑 인간족이 보는 건 조금 다를지도 모르겠다고."

수인족 마을에서 쉽사리 개체를 구분하는 라티나를 보고 데일이 내린 결론이 그것이었다. 『마인족』은 대체로 다른 인족보다 능력이 뛰어났다. 인간족은 알 수 없는 무언가를 분간하고 있을지도 모른다.

"대단하네."

"그런가? 그래서, 어째서야?"

이야기가 그대로 흐지부지되길 기도하던 루디는 기도가 통하지 않은 것을 한탄하면서, 시선을 오른쪽에서 왼쪽으로 움직이며 돌파구를 찾았다.

"그건…… 그러니까……."

"그러니까?"

사랑스럽게 고개를 갸웃한 라티나를 보며 루디는 꿀꺽 침을 삼

컸다.

"……희한하기 때문이야!"

그리고 그렇게 대답했다.

친구들이 글러먹은 무언가를 보는 눈빛으로 자신을 바라보았다.

응. 자신도 알고 있었다. 이 대답은 아니었다. 알고 있으니 지금
은 그냥 가만히 내버려 뒀으면 좋겠다.

하지만 눈앞의 사랑스러운 소녀는 모두의 예상을 아득히 뛰어넘
었다.

생긋 미소 짓더니 환한 얼굴로 말했다.

"그렇구나. 희한하긴 하지."

'납득했어…….'

각자 마음속으로 똑같은 말을 중얼거렸다.

이 소녀는 똑똑하지만 묘한 곳에서 관점이 어긋나 있었다.

"클로에도 지녀주고 있고."

"응. 라티나의 뿔, 예쁜걸."

"왠지 기뻐. 고마워, 클로에."

쑥스럽게 웃은 라티나는 루디가 자신의 뿔을 가지고 있는 이유
는 그것뿐이라고 간단히 판단해버린 것 같았다.

안토니와 마르셀이 양옆에서 동시에 루디의 어깨를 툭, 두드렸다.

부탁이니 지금은 그냥 가만히 내버려 뒀으면 좋겠다.

점심시간의 화제는 최근 라티나의『천적』으로 넘어갔다.『보호자』들에게는 말할 수 없는 푸념도 친한 친구들에게라면 편하게 이야기할 수 있었다.

"항상 라티나를『작구나.』,『작으니까.』라고 말해! 너무해!"

부루퉁한 표정이 되는 것도 클로에와 실비아에게는 익숙해진 얼굴이었다.

"라티나, 수습이지만 일도 하고 있는데! 착실하게 능숙해져 가고 있다고 케니스한테 칭찬도 받고 있는데! 쪼끄만 어린애라고 그래!"

부지런한 라티나는 어설픈 어른보다도 훨씬 든든한 일꾼이었다.『범고양이』업무뿐만 아니라 데일의 몫을 합친 두 사람분의 집안일도 매일 소화하고 있었다.

라티나가 손수 만든 점심 솜씨만 보더라도 그녀의 요리 실력이 확실한 성장을 이루고 있음이 눈에 보였다.

라티나는 나이 이상으로 충분히 자립하고 있었다. 그리고 이 소녀는 사랑스러운 외모와 어울리지 않게 긍지가 높았다.『작은 어린아이』라고 뭉뚱그려 판단하는 것은 참을 수 없었다.

"……라티나, 얼른 어른이 되고 싶어……."

그렇게 말하고서 시무룩하게 고개를 숙이고 마는 것도『천적』이[헤르미네] 온 뒤로 자주 하는 행동이었다.

"라티나, 어른이었다면 집에 혼자 안 남아 있어도 될 테고…… 분명 더 잔뜩 데일을 도와줄 수 있을 텐데…… 더 잔뜩 데일을『알 수』있을 텐데……."

　라티나가 언짢은 것도, 풀 죽어 있는 것도『보호자』를 위해서였다.
　성인 여성을 상대로 유난히 맞서려 하는 것도『자신이 어린아이』
임이 분하기 때문이었다.
　루디는 지금 자신의 마음속에 소용돌이치는 답답한 감각이 라티
나가 품고 있는 것과 똑같은 종류라는 자각도 못 한 채, 그『답답
한 기분』으로 입을 열었다.
　"그치만 라티나 넌 쪼끄맣잖아!"
　"라티나, 분명하게 커지고 있는걸!"
　"봐, 그렇게 자기 이름으로 자신을 지칭하잖아! 아기처럼 말이야."
　그녀의 그런 버릇도 사랑스럽지만.
　머릿속에 떠오른 대로 마음과는 정반대인 말이 튀어나가 버렸다.

　하지만 루디의 그 한마디는 라티나에게 큰 대미지를 주었다.

　"흐아……? 응……? 아기 같아?"
　살짝 비틀거리더니 생각에 잠겼다.
　'리타, 클라리사 씨…… 할머니는 조금 다르지만…….'[#1]
　빙빙 도는 머릿속으로 자신이 아는 성인 여성을 떠올렸다. 이어
서 친구들의 얼굴을 둘러보았다.

#1 리타, 클라라사 씨~ 리타와 클라리사의 일인칭은 와타시(私). 벤델가르드는 오레(俺)다.

102　우리 딸을 위해서라면, 나는 마왕도 쓰러뜨릴 수 있을지 몰라. 3

"흐아……."

이게 어찌 된 일인지! 루디인데, 그 말대로 일지도 모른다!

마지막으로 작고 사랑스러운 여자아이를 생각해냈다.

"라티나, 마야랑 똑같아?!"

해당자는 어린아이뿐이었다.

루디인데, 옳았다!

콰앙, 충격받았음이 여실히 드러나는 표정으로 라티나는 힘없이 털썩 엎드렸다.

†

라티나가 그렇게 친구들과 대화하다가 한 가지 사실을 확인하고 만 그 날 밤. 데일은 『춤추는 범고양이』 카운터에서 홀로 술잔을 기울이고 있었다.

아직 어린 라티나는 밤 영업이 일단락되는 무렵에 업무를 마친다. 이렇게 밤늦은 시간에는 벌써 꿈나라일 것이다. 가게 안에도 손님이 꽤 줄어 있었다. 가로등 없는 거리를 심야에 이동하는 것은 위험한 일이었다.

소란도 물러난 가게 안에서 유리잔에 든 얼음이 내는 딸그랑 소리가 울렸다.

그때였다.

가냘픈 어깨의 여자가 『춤추는 범고양이』에 들어왔다. 데일은 그쪽으로 힐끔 시선을 주었다가 다시 손에 든 유리잔으로 눈을 돌렸다.

"또 옛날 남자 만났어?"

"어머, 질투해주는 거야?"

"그럴 리가 없잖아. 상대 남자를 동정할 뿐이야."

그렇게 말하고 카운터에서 한숨을 쉬었더니 헤르미네는 웃으면서 옆에 앉았다.

그녀는 처음 만났을 때부터 정말로 변하지 않았다.

본인은 부정하지만, 이렇게 가끔 만나는 정도로는 변화를 구분할 수 없었다.

하지만 그것은 케니스 같은 나이 많은 멤버들에게도 마찬가지인 모양이었다.

"……그쯤하고 적당한 남자 하나 잡아서 정착하면 될 텐데."

"그런 말을 하게 된 걸 보면 너도 『나이』를 먹었구나."

"『인간족』한테는 충분한 시간이야."

"그럴지도 모르겠네."

작게 웃는 헤르미네를 보고 데일은 질렸다는 얼굴로 술잔을 입에 가져갔다. 이성을 잃을 정도로 마실 생각은 조금도 없지만, 이런 불여우를 상대하며 맨정신으로 있을 수는 없었다.

헤르미네도 리타를 불러 세워 술잔을 부탁했다. 가느다란 손가락이 시야 끝자락에서 컵을 잡았다.

"『인간족』의 상식으로 간단히 『우리』를 재단하려 해서는 안 돼."

"설교하는 건가?"

"충고하는 거야."

손안에서 유리잔을 돌려 얼음 소리를 내면서 헤르미네는 이야기를 계속했다.

"무리야. 『인간족』처럼 『한 사람을 평생 마음에 품는 것』이 미덕이라고 말해도 현실적이지 않거든."

긴 속눈썹이 그림자를 드리우는 옆얼굴에는 젊은 외모에서는 엿볼 수 없는 심연 같은 것이 있었다.

"생각해봐. 동족이더라도 나이가 몇백 년은 차이 날 수도 있어. 상대가 먼저 세상을 뜨면 남은 세월 동안 그 사람만 생각하며 살기라도 하라는 거야? 잔혹한 얘기야. ……그래서 『우리』처럼 수명이 긴 종족은 특정한 상대를 정하지 않아. 깊이 사랑하면 사랑할수록 이별은 힘든 법이니까."

헤르미네의 말을 듣고 데일은 말없이 술잔으로 시선을 떨어뜨렸다.

소중한 아이의 미소가 떠올랐다.

언젠가 분명 자신은 그녀를 남겨두고 세상을 떠날 것이다. 그때까지 자신은 무엇을 할 수 있을까.

"……그래도 넌 지조가 없어. 얼마나 많은 남자의 약점을 쥐고 있는 거야."

"어머, 그렇게 말할 건 없잖아. 『너희』가 날 두고서 금방 나이를 먹어버릴 뿐이라고."

"그렇다고 그게 새파란 애송이들만 노리는 이유가 되진 않아."

"그건 우연이야. 그리고 남자를 보는 눈에는 자신 있거든?"

헤르미네의 말이 완전히 틀린 것도 아니어서, 그녀에게 『약점』을 잡힌 『남자들』은 대부분 유명한 일류가 되어 있었다.

그런 『그들』이 『일류』가 되기 전, 미숙했던 시기의, 뭐라 말할 수 없는 새콤달콤하고 씁쓸한 추억. 그것이 『헤르미네』라는 여자였다.

"그리고 나, 꽤 성실해. 양다리 걸친 적은 한 번도 없는걸."

"그런 짓을 하는 여자였다면 좀 더 간단히…… 미워할 수 있었겠지만 말이지."

"그래?"

다시 쿡쿡 웃었다.

불편하기는 하지만 미워할 수도 싫어할 수도 없었다. 분명 다른 『남자들』에게도 그녀는 그런 존재일 것이다.

"여자는 남자랑 달리 위험 부담을 지는 생물이야. 이왕이면 아기를 낳아도 괜찮겠다 싶은 남자를 상대하고 싶잖아."

"……확실하게 말하네."

"네가 어른이 됐으니까…… 『보호자』가 됐기 때문이야."

그렇게 말한 헤르미네의 표정에는 연상의 여유가 있었다. 나이 차이 나는 남동생이나 어린아이에게 말하는 듯한 기색이 음색에 배어 있었다.

"왜 『나』같은 존재를 『반쪽짜리 요정족^{하프엘프}』이라고 부르며 기피한다고 생각해?"

두 인족의 특징이 섞인 자를 『혼혈』이라고 부르지만, 『인간족』과 『요정족^{엘프}』 사이에서 태어난 존재만은 『반쪽짜리^{하프}』라고 부르며 기피하는 관습은 확실히 있었다.

이유까지는 모르는 데일은 조용히 고개를 저었다.

"요정족은 인간족 외에 익인족과의 사이에서 『혼혈』이 태어나. 하지만 요정족과 익인족은 가치관이 너무 달라서 두 종족이 교제할 일은 거의 없어."

익인족은 인간족보다도 더욱 수명이 짧은 종족이다.

자신들만의 취락에서 자신들만의 사이클로 생활하며 절대적인 수도 적다.

요정족과 생활 구역이 겹치지 않는다는 점도 있어서 『요정족과 익인족 혼혈』은 거의 존재하지 않았다.

"『반쪽』이야. 『반쪽짜리 요정족』은 순수한 『요정족』의 반절밖에 못 살아. 하지만 그건 『인간족』에게는 너무나 충분할 만큼 긴 시간 이지. ……그래서 소외되는 거야. 이해하겠어?"

데일이 말없이 고개를 가로젓자 헤르미네는 교사가 학생을 가르 치는 것처럼 말을 이었다.

"요정족은 마인족과 달라. 성숙해질 때까지 시간이 걸려. 인간족 에게는 너무나 긴 시간이. 인간족 측 부모는 『반쪽짜리 요정족』아 이를 키울 수 없어. 그리고……."

헤르미네의 표정에 어두운 그림자가 드리워졌다. 목소리에도 씁 쓸함이 섞였다.

"요정족 측 부모에게 『반쪽짜리 요정족』아이는 자신보다도 먼저 늙고 죽는 존재야."

"······그것과 네 남성 편력이 상관있는 거야?"

"상관있지. 나는 인간족이나 『반쪽짜리 요정족』 아이 말고는 필요 없어. 인간족 이외의 남자를 상대하면 다른 종족의 아이를 가질 가능성이 있잖아?"

노골적인 대사를 시원스럽게 말하고서 헤르미네는 씁쓸한 표정을 장난스러운 동작으로 얼버무렸다.

"다른 종족 남자와의 아이는 『요정족』일 가능성이 있어. 그렇게 되면 난 그 아이를 키우지 못해. 『시간』이 부족하니까. ······뭐, 어느 쪽이든 『가능성』은 낮지만."

장수종 인족은 임신율이 낮다.

그녀가 그래서 『놀고 있다』고 생각했던 것을 데일은 속으로 반성했다.

어리숙한 생각을 손안에 있는 술로 흘려보냈다.

"······왜 갑자기 이런 얘기를 꺼낸 거야."

"글쎄. 왜일까."

그렇게 말하고 쿡쿡 웃는 헤르미네는 조금 전까지의 씁쓸한 표정을 숨겨버린 상태였다.

아직도 그녀는 자신으로서는 『닿지 않는』 곳에 있는 것일지도 모른다.

"『장수종』에게는 긴 시간을 사는 것에 대한 그 나름의 괴로움도 이유도 있어. 『인간족』만의 이유를 강요하는 건 상대를 괴롭히는

109

일이 된다는 걸 기억해둬. 넌 『보호자[부모]』잖아?"

　그 말이 『누구』를 가리키고 있는지 모를 리도 없었다.
　헤르미네의 관찰력이라면 『눈치』채리라고 생각했다.
　"……언젠가 내가 죽으면 라티나를 도와줄래……?"
　"싫어."
　헤르미네는 간단히 대답했다. 온화한 미소 형태로 눈을 좁히고
서 데일을 보았다.
　"소중하다면 아등바등 오래 살렴."
　들이킨 유리잔 안에서 얼음이 맑게 울렸다.

4. 어린 소녀,
바라다.

―어른이 되고 싶어.

그렇게 생각한다.

자신을 구해준, 너무나 소중하고 너무나 좋아하는 사람.

그 숲 속. 무섭고 외롭고 배고프고 괴로워서 분명 이대로 죽어버
리겠다고 생각했었다.

……하지만 죽기 전에 마지막으로 바랐던 것 이『사는 것』이었기
에 힘내야 한다고 생각하던 그때.

자신의 마음도 몸도, 생명 전부를 구해준 소중한 사람.

가족 외에「사랑한다.」고 말해주는 사람도 처음이었다.

가족이 아닌 사람이 안아준 것도 처음이었다.

따뜻하고 행복하고 안심이 되는 곳으로 데려와 주었다.

모두 모두 정말 좋아해.

새로운 일을 할 수 있게 되어 칭찬받는 것도, 안 된다고 혼내주
는 것도, 전부 고마웠다.

그러니 얼른 어른이 되고 싶어……

지금껏 받기만 했으니까 돌려줄 수 있는 어른이 되고 싶어. 누구보다도 다정한 그 사람처럼 누군가를 구할 수 있는 사람이 되고 싶어.

그리고 분명 지금은 할 수 없는 일도 어른이 되면 간단히 할 수 있을 테니까.

괴로워 보일 때, 힘들어 보일 때, 분명 내가 어른이었다면 이해해줄 수 있을 테니까. 「괜찮아.」라는 말을 하게 만들지 않아도 될 테니까.

웃고 싶지 않을 때는 웃지 않아도 된다며 우는 것을 허락해주는 상냥한 사람이 울고 싶어졌을 때, 끌어안아 줄 수 있을 텐데.

일하러 나가서 다칠지도 모를 때도 곁에 있을 수 있을 텐데.

보호받기만 하는 작은 어린아이가 아니라 옆에서 받쳐주고 싶어.

분명 이것들은 전부, 지금은 작은 어린아이니까 잘 해내지 못할 뿐인걸. 어른이 되면 분명히 해낼 수 있게 될 테니까. 분명 그럴 테니까.

그러니까 얼른 어른이 되고 싶어.

그리고…… 그리고 분명 어른이라면 내가 모르는 시간을 아는 다른 사람에게 지지 않을 수 있을 테니까.

"라티나…… 얼른 어른이 되고 싶어……."

"또 그 얘기야? 최근 자주 하네…… 라티나는 좀 더 천천히 어른이 돼도 좋을 정도야. 무리하게 어른이 되려 하지 않아도 돼."

데일은 최근 말버릇이 되기 시작한 문구를 중얼거리는 소녀의 머리를 쓰다듬으면서 쓰게 웃었다.

고향을 나와 곧장 『어른』이 돼야만 했던 자신이 떠올랐다.

『어른』이 되어야만 했던 것도 힘들었고 『어른』으로 취급해주지 않았던 것도 힘들었다.

이 소녀와 어딘가 닮은 자신의 모습에 쓴웃음이 나왔다. 함께 사는 자신들은 어딘가 닮아가는 것일지도 모른다.

그렇기에 생각했다.

천천히 어른이 되었으면 한다. 발돋움하며 애쓰는 것이 잘못된 일은 아니지만 『어른』이 되어버린 뒤에는 『어린이』로 돌아갈 수 없었다.

무럭무럭 건강하게, 아무런 불안도 없이 있길 원했다. 어린 시절의 그 특권을 지켜주는 것이야말로 『보호자』인 자신의 역할이니까.

†

리타는 무척 멋있다. 일도 잔뜩 하고 있고, 가게에 오는 커다란 남자들을 상대하면서도 똑 부러졌다.

가게에 오는 손님들에게 『꼬마 아가씨』가 아니라 훌륭하게 제 몫을 하는 점원으로 보일 수 있도록 노력해야지. 케니스보다 더 커지는 건 무리지만 리타처럼 멋있는 여자가 되면 좋겠다.

「귀엽구나.」는 아니라고 생각해. 일할 때 그런 말을 듣는 건 이상한 거야. 리타처럼 야무져지면 듣지 않게 되는 걸까.

그리고 리타가 커다란 배 속에 있는 케니스와의 아기를 소중하게 지키고 있는 모습도 아주아주 멋있다.

　자신도 『엄마』 배 속에서 보호받았던 걸까. 저렇게 배 너머로 매일 소중하게 쓰다듬어줬던 걸까. 태어나길 기대했을까.

　언젠가 자신도 저런 일을 할 수 있을까. ……그랬으면 좋겠다.

　"라티나 덕분에 정말로 살았어."

　"그래? 도울 수 있어서 기뻐."

　"나는 바느질은 그다지 자신 없으니까."

　태어날 아기를 위해 많은 기저귀가 필요해졌을 때, 그것을 바느질한 것은 라티나였다. 그녀는 클로에의 엄마에게 기초를 배운 후, 티스로우에서도 벤델가르드 할멈에게 철저히 바느질을 배웠다. 리타의 엄마가 만들어준 한 장을 본보기 삼아 제작해가는 일은 라티나에게 그렇게 어려운 일이 아니었다.

　"똑바로 꿰맬 뿐이라 안 어려워."

　그렇게 말하면서도 라티나의 손은 거침없이 바늘을 움직였다. 만드는 법만 알면 배냇저고리조차 만들어낼 것 같았지만, 그쪽은 리타의 엄마가 첫 손주를 위해 바느질 중이었다.

　가정적인 일 대부분은 이미 라티나 쪽이 더 잘했다. 그런 라티나와 리타의 관계였으나 라티나는 리타를 순수하게 존경했다.

　리타는 서류 작업이나 의뢰비 처리, 물건 구매 등의 회계를 비롯한 사무 업무의 처리 능력은 정말로 뛰어났다. 라티나도 산수는 못하지 않았다. 그렇기에 리타의 높은 능력을 이해할 수 있었다.

"아기는 언제쯤 태어나?"

"가을이 되면. 더위 먹지 않도록 조심해야겠지."

"리타, 더위 잘 타니까."

그런 대화를 나누며, 라티나는 어떻게 하면 리타가 이 여름을 시원하게 보낼 수 있을지 고민해보자고 결심했다. 그녀는 빙과 만들기를 좋아했고 리타도 라티나가 만드는 그것들을 기뻐하며 먹었다. 하지만 너무 과하게 먹는 것도 몸이 차가워져서 안 좋다고 케니스에게 한 소리 들었다. 다른 수단을 생각할 필요가 있을 것이다.

라티나는 케니스의 잔소리가 싫은 것이 아니라 리타와 아기에게 나쁜 결과를 가져오는 것이 싫었다. 근본이 착한 그녀다운 사고방식이었다.

"남자아일까 여자아일까?"

"건강히 태어나 준다면 어느 쪽이든 좋아."

그렇게 말하고 미소 짓는 리타가 정말 멋있다고 라티나는 생각했다.

†

친구들과 매일 함께 지낼 수 있는 것도 여름이 끝날 때까지.

가을이 되면 2년간의 『노랑의 신』 학교생활도 끝나서 다들 각자의 나날을 보내게 된다.

왠지 조금 쓸쓸한 기분이 들었다.

영영 헤어지는 것이 아니니까 지금까지 그랬던 것처럼 같이 놀 수도 있지만 조금 다른 느낌이었다.

클로에는 엄마와 마찬가지로 집에서 바느질 일을 한다고 했다.

『범고양이』에서 받은 급료로 클로에한테 옷을 부탁하겠다고 했더니 라티나한테 어울리는 특별 제작품을 만들어주겠다며 웃었다.

귀여운 분홍색이나 나풀나풀한 옷을 좋아하지만 클로에는 항상 「그것만으로는 아까워!」라고 말한다.

어른스러운 옷에 대한 동경은 있다. 하지만 클로에는 언제나 「좋아하는 옷이나 입고 싶은 옷과 어울리는 옷은 다르다.」고 말했다. 어른이 되면 꾸미는 일도 능숙해질까.

클로에처럼 멋있게 옷을 입을 수 있게 될까.

실비아는 초록의 신의 신전에 가기로 정했다고 한다. 「별로 못 만나게 되겠네.」라고 했더니 『범고양이』는 초록 신의 깃발이 있는 곳이니까 연락할 방법은 잔뜩 있다면서 어쩐지 『못되게』 웃으며 말했다. 실비아답다고 생각했다.

마법 공부와 호신술 훈련도 한다고 했다.

『초록의 신의 신관』들은 세계 각지를 여행하고 있다. 위험한 곳, 아무도 간 적 없는 곳도 목표해 간다.

실비아는 언젠가 『마인족 나라』에도 가고 싶다고 했다.
바실리오

실비아가 바실리오에 갈 무렵에는 새로운 『첫째 마왕』이 있으려나. 그럼 분명 실비아도 조금은 안전하게 그 나라에 갈 수 있을지도 모르겠다.

마르셀은 자기네 빵집에서 수행한다고 한다.

점심 먹을 때마다 마르셀네 빵을 받았기에 매우 맛있다는 것은 잘 알고 있었다. 『범고양이』의 거래처는 다른 가게지만 가끔 사러 갈 생각이다.

지금도 가게 일을 돕고 있는 마르셀과는 맛이나 재료 등을 두고 자주 이야기꽃을 피운다. 다음에 빵 만드는 법도 가르쳐주겠다고 약속받았다.

케니스도 효모나 화덕 문제로 본업 제빵사는 이길 수 없다고 했으니까 본격적으로 공부할 수 있는 기회는 아주 중요하다!

아직도 배워야 할 것은 잔뜩 있다. 크로이츠와 바실리오의 요리는 전혀 달랐다. 레시피도 식재료도 요리법도, 모르는 것이 잔뜩 있을 거야. 더 많이 알고 싶어.

그리고. 자신이 만든 요리를 맛있다고 말해준다면 무척 기쁠 거야.

안토니는 고등학교에 진학한다고 했다.

그러고 보니 학교 신관님들에게 코르넬리오 사부님 밑에서 공부했다고 말했더니 무척 놀랐다.

사부님은 엄청난 대신관이었던 모양이다.

고등학교에서도 가르쳐주지 않는 것을 잔뜩 배운 것 같았다. 산수라든가 외국어 등은 전혀 배우지 않았지만 여러 가지를 공부할 수 있어서 정말 즐거웠다.

안토니가 고등학교에 다니게 되면 어떤 것을 공부했는지 물어볼 생각이다.

그리고 루디는 부모님과는 다른 일을 하기로 정했다고 한다.

"헌병대에 가는 거야?"
"그래. 학교를 졸업한 후라면 예비대로서 훈련과 허드렛일을 하며 헌병이 될 수 있을지 준비하거든."
고개를 갸웃한 라티나를 향해 루돌프는 그렇게 대답하고 살짝 시선을 피했다.
왜 크로이츠의 치안을 유지하는 헌병대에 들어가고 싶은지 이유를 물어보기라도 하면 조금 부끄러웠다.
『모험가』 상대로 정면으로 맞설 수 있는 것은 이 도시에서 『헌병대』뿐이었다.
선천적으로 특수한 능력을 가지고 있지도 않고, 무기와 가까운 곳에서 나고 자라긴 했지만 그것을 다루는 기술을 배운 것도 아닌 자신으로서는 『모험가』를 지망하더라도 실력을 높이기 전에 죽어버릴 가능성이 더 클 것이다.
그렇다면 라반드국에서도 손꼽히는 큰 도시에서 나고 자랐다는 이점을 살려 헌병 예비대로서 훈련받는 편이 훨씬 합리적이었다.
헌병조차 될 수 없다면 마음에 그리는 존재의 발밑에도 미치지 못한다. 경쟁을 위한 출발선에마저 설 수 없었다. 무슨 짓을 해서라도 따라잡아서 자신이 바라는 모습에 가까워지겠다. 그렇게 각오를 다졌다.

바보라고 불리는 루돌프지만 라티나가 직접 엮여 있지 않으면 어느 정도는 냉정하게 사고할 수 있었다.

"『범고양이』손님 중에도 헌병 아저씨가 잔뜩 있으니까. 루디를 잘 봐달라고 부탁해둘게."

그렇게 말하고 생긋 웃는 라티나는 루돌프의 지망 동기에는 관심이 없는 모양이었다. 루돌프로서는 안도하는 반면 아쉽기도 한 복잡한 심정이었다.

"그 가게에 오는 건 모험가뿐만이 아닌 거야?"

"응. 헌병 아저씨도 문지기 아저씨도 자주 와. 다른 문은 멀어서 문지기 아저씨는 남쪽 담당자뿐이지만."

"……예비대도 와?"

"음…… 전에 헌병 아저씨들이 말했는데 예비대는 매일 녹초가 될 때까지 노력한대. 그래서 밖에 놀러 갈 시간은 별로 없대."

헌병 예비대는 기숙사 생활을 보낸다.

훈련뿐만 아니라, 규율과 함께 수직적 상하 관계도 주입받기 때문이다.

여가 시간이 전혀 없지는 않지만 지금까지 그랬던 것처럼 『만날 수 없게 됨』은 확실했다. 그래도 무사히 헌병만 된다면 『춤추는 범고양이』에 당당히 매일 찾아가도 부자연스럽지는 않은 것 같았다.

당면한 목표는 그것이리라.

이때 루돌프는 전혀 상상도 못 했다.

『범고양이』의 단골손님들 — 헌병대 중에서도 직책과 실력 면에서 주위보다 훨씬 우위에 있는 자들 — 에게 「잘 봐달라고 부탁」한다는 의미를.

단골손님들의 아이돌이며 일부 사람들에게 『백금의 요정 공주』라는 이명으로 불리는 소녀가 「부탁」하는 소년인 『자신』이 남들에게 어떻게 비칠 것인가— 전혀 생각도 해보지 않았다.

루돌프는 여러 가지 의미에서 예비대 입대 후, 쟁쟁한 사람들의 주목을 받게 되었다.

완전히 나쁘다고는 할 수는 없었다. 훈련 등에서도 눈여겨봐 준다는 것은 다른 훈련생들보다도 훨씬 열심히 지도해준다는 말이기도 했다.

다만 그것이 상상을 초월할 만큼 엄격할 뿐이었다.

†

정말 좋아하는 사람을 꼭 껴안고 오늘도 「안녕히 주무세요.」를 말했다.

가장 안심할 수 있는 곳. 따끈따끈하고 안도되고 포근한, 정말 좋아하는 곳.

『아기』 같은 일인 것 같아서 몇 번이나 혼자서도 잘 수 있다고 말하려 했지만 결국 말할 수 없었다.

데일이 일을 나가 홀로 침대에 들어갈 때마다 항상 가슴이 죄어드는 기분이 들었다. 차가운 이불 속에 몸을 말고 베개를 끌어안은 뒤 눈을 감았다.

때때로 밤중에 잠이 깼다. 캄캄한 방 안에서 자신이 어디에 있는지 알 수 없게 될 때가 있다. 세상에 자신 혼자뿐인 듯한 기분이 들어서 맺힌 눈물을 이불에 꾹 눌렀다. 『숲』속에서 무서운 것에게 쫓기는 꿈을 꾸고 두려워서 견딜 수 없을 때도 잔뜩 있다. 아직 진짜 자신은 그 숲 속에 있을지도 모른다고 생각해버릴 때도 있다. 행복한 매일은 그 숲 속에서 떨고 있는 자신이 꾸고 있는 꿈이지 않을까 하는 생각조차 하고 말았다.

너무나 좋아하는 사람의 온기와 냄새에 이곳은 안전한 곳임을, 진짜 현실 세계임을 떠올렸다.

"음…… 왜 그래? 라티나."

"아니. 아무것도 아니야."

"그래? 무서운 꿈이라도 꿨어……?"

그렇게 말하고서 착하지 하고 쓰다듬어주면 정말로 괜찮다. 무서운 일 따위 일어나지 않는다. **이곳**은 세상에서 가장 안심할 수 있는 장소니까.

그래서 **나**는 빨리 어른이 되고 싶지만, 이것만큼은 지금 이대로 좋다고 생각해.

5. 백금의 소녀, 보내는 일상.

아침에 일어나면 그녀는 먼저 머리를 묶는다.

길게 기른 머리카락은 그녀의 은근한 자랑거리이기도 했다. 마음에 든 향유를 사용해 매일 관리를 빼먹지 않았다. 그래도 일하는데 방해되지 않도록 깔끔하게 묶을 필요가 있었다.

데일의 규칙적인 숨소리를 들으며 칸막이 뒤에서 재빨리 옷을 갈아입었다. 큰 소리를 내지 않게 조심하면서 계단을 내려가는 것도 이제는 익숙한 행동이었다.

아래층으로 내려가 우선 향하는 곳은 가게 뒤쪽이다. 수도 시설이 있는 그곳에서 세수하고 두 사람분의 빨래를 끝냈다. 쌓이기 전에 정리하고 있기에 시간은 그리 많이 걸리지 않았다. 익숙한 동작으로 세탁물의 주름을 펴자 팡하는 소리가 상쾌하게 울렸다. 소리가 잘 나면 어쩐지 기분이 좋아진다.

주방 안으로 돌아오자 케니스가 식품 창고에서 채소통을 옮기고 있는 참이었다.

"좋은 아침."

"그래. 잘 잤어?"

인사만을 나누고 케니스와 그녀는 각각 나무통 앞에 앉았다. 이미 몇 년이나 매일 반복한 『일상』이기에 괜한 대화는 필요 없었다. 『스승』인 케니스의 속도는 여전히 당해낼 수 없지만, 신중하면서도 늦지 않도록 작업을 해나갔다.

그녀— 라티나는 열네 살이 되었다.

어릴 때부터 『춤추는 범고양이』에서 일해온 그녀는 지금은 정식으로 케니스를 보좌하고 있었다. 조리 일부도 담당하여, 지금도 영업용 음식을 대량으로 준비하는 케니스 옆에서 자신들이 먹을 아침을 능숙하게 만들었다.

한 손으로 쉽게 달걀을 다루는 케니스의 모습을 동경하지만 손이 작기 때문인지 생각처럼 잘 안 되는 것에 살짝 어깨를 떨구었다.

가볍게 간을 하고 버터로 폭신하게 구웠다. 지금은 콧노래를 부르면서도 원하는 형태로 만들 수 있는 오믈렛이지만, 실패하지 않고 만들 수 있게 되기까지는 꽤 시간이 걸렸다.

건더기가 잔뜩 들어간 수프에 구운 빵을 곁들였을 무렵 발소리가 들려와 라티나의 얼굴은 자연스럽게 환해졌다.

"잘 잤어? 라티나."

"좋은 아침, 데일!"

세수하러 가는 데일을 바라본 뒤, 리타를 부르러 2층으로 갔다. 세 살인 테오도르를 돌보는 것도 큰일인데 배 속에 둘째가 있는 리타는 정말로 힘들겠다고 라티나는 생각하고 있었다.

"안녕, 리타, 테오! 아침 다 됐어."

"안녕, 라티나."

투정부리는 테오를 이불 속에서 끄집어내며 리타가 웃었다. 처음에는 모자지간의 거친 행동에 깜짝 놀랐던 라티나도 매일 반복되는 모습에 지금은 완전히 익숙해졌다.

발길을 돌려 급하게 계단을 내려가는 것은 『일』하러 가기 전 데일과 함께 보낼 수 있는 귀중한 시간을 위해서였다. 아침 먹는 이 시간을 놓치면 때에 따라서는 밤늦게까지 돌아오지 않는 데일과 만족스럽게 대화조차 할 수 없었다.

기다려준 데일 옆, 옛날부터 변함없는 『위치』에 앉아서 「잘 먹겠습니다.」하고 동시에 말했다.

"오늘도 『숲』에서 마수 퇴치하는 거야?"

"그래. 그다지 깊은 곳까지는 안 가니 꽤 일찍 돌아올 수 있으려나."

금전적으로 곤궁하지도 않고 생활에 여유도 있는 데일이 그럼에도 빈번히 일을 받아 『숲』에 가는 것은 실전 감각이나 실력이 녹슬지 않도록 하려는 일종의 훈련을 위해서였다.

라티나가 데일에게서 그런 사정을 듣게 된 것도 최근 일이었다. 그가 무술에도 마법에도 뛰어남을 알고 있지만 라티나의 가슴속에는 『걱정』이 있다. 그래도 그녀는 그런 감정을 삼키고서 웃는 얼굴을 만들었다.

"무리하지 말고 조심해야 해."

"괜찮아."

돌아온 미소에 기뻐하면서 라티나는 잼을 듬뿍 바른 토스트를 물었다. 지금부터 바빠질 시간을 이겨내기 위한 『활력의 바탕』은 조금 많나 싶은 정도가 좋았다.

　리타가 내려왔을 무렵에는 데일과 라티나의 아침 식사도 끝난 상태였다. 라티나는 데일 몫의 식기까지 들고 개수대로 옮겼다.
"케니스, 어디서부터 하면 돼?"
"수프 준비는 끝났어. 지금 감자를 삶는 중이야."
"알았어."
　케니스에게 간략히 진행을 물어보고 작업을 대신했다.
　어린 테오를 돌보면서 하는 식사는 부모에게도 매우 힘든 작업이다. 케니스와 리타는 자신들 몫의 식사를 하면서 테오의 수발을 들었다. 그리고 그 시간은 가족이 모두 모여 식탁에 둘러앉는 단란한 때이기도 했다. 그런 시간이 가능한 것도 라티나가 혼자서도 착실하게 아침 작업을 진행해주기 때문이었다.
　라티나는 냄비 모습을 확인하여 진행 상황을 파악했다. 감자가 삶아질 때까지의 시간을 머릿속으로 가늠한 뒤, 그사이에 할 수 있는 작업을 시작했다. 대량의 양파를 썰기 시작한 것은 스크램블에그에 넣기 위해서였다. 양파의 자극에 익숙해지지는 못해서 라티나는 흐르는 눈물을 가끔 닦으며 리드미컬하게 식칼을 놀렸다.
　우묵한 그릇 속에 잘게 썬 양파가 가득 쌓였을 무렵, 감자가 익을 타이밍이 되었다.

"「어둠 된 암흑이여, 내 이름하에 이루어라, 별의 결박을 끊어내라. 《중력경감》.」"

흥얼거리듯 간이식 마법을 외었다. 라티나는 대형 냄비를 가뿐히 들어 올려서 내용물을 소쿠리에 쏟았다. 시야가 한순간 새하얘질 만큼 김이 올랐다. 물을 쏟은 뒤 감자를 그릇으로 옮겨서 뜨거울 때 으깨기 시작했다. 도중에 버터를 넣고 계속 으깨며 섞었다. 팔이 가느다란 라티나에게는 상당한 중노동이다. 케니스도 그 점을 신경 쓰고는 있지만, 이 성실한 소녀는 힘든 작업이라는 이유로 『일』을 피하는 것은 아닌 것 같다고 주장했다.

우유를 넣어 부드럽게 불리며 간을 했다. 직접 맛을 확인한 후, 라티나는 완성한 매시드 포테이토를 작은 접시에 담아서 아침 식사를 끝낸 케니스에게 가져갔다.

맛을 본 케니스가 고개를 한 번 끄덕였다. 합격이었다. 매일 하는 의식 같은 것이지만 라티나는 안도의 숨을 내쉬었다.

케니스가 들고 있는 그릇으로 테오가 손을 뻗었다. 테오에게는 이 의식에 쓰이는 감자가 특별하게 보이는지 먹고 싶어 했다. 라티나도 그것을 알기에 케니스가 맛보는 데 필요한 양보다도 많이 그릇에 담았다.

아빠를 흉내 내어 엄중한 얼굴로 감자를 먹는 테오의 모습을 보고 라티나의 표정이 자연스럽게 풀어졌다. 진지한 테오에게 어울려 주려 하고는 있지만 완전히 다잡을 수는 없었다.

갓난아기 때부터 매일 본 테오는 라티나에게 남동생 같은 존재였다. 「시러..」라고 말하는 모습조차 너무나도 사랑스러웠다.

'데일도 이런 기분으로 **날** 키워준 걸까.'

데일이 자신에게 듬뿍 애정을 쏟아주었다는 자각은 있었다.

지금 자신이 존재하는 것은 소중한 사람들과 소중한 이 장소, 그리고 무엇보다도 좋아하는 사람이 있었기 때문이었다.

손님이 점점 들어오기 시작하면 케니스는 주방 일에 전념하고 라티나가 홀 업무를 담당한다. 라티나는 케니스처럼 많은 그릇을 한 번에 옮기지는 못하지만 그 부족한 부분을 채우듯 손님과 손님 사이의 좁은 공간을 부지런히 오갔다.

"오래 기다리셨습니다!"

"오! 아가씨. 오늘도 활기차네."

"질 씨도요!"

단골손님과 웃으며 인사를 나누고 옆 테이블에도 미소를 보냈다.

"빈 그릇 치워드려도 될까요?"

"그래, 상관없어."

"실례합니다!"

빈 그릇을 쟁반 위에 올렸을 때, 리타가 말을 걸어왔다.

"미안해, 라티나! 상처약 재고 좀 가져다줄래?"

"응, 알겠어."

주방으로 돌아가 그릇을 개수대에 놓으며 케니스에게 한마디 남졌다.

"상처약 가지러 잠깐 다락방에 갔다 올게."

"그래."

탁탁 발소리를 내며 계단을 올라갔다.

매일 반복되는 『당연』한 광경. 바쁘지만, 그렇기에 보람 있는 『매일』이었다.

아침 피크가 지나고 라티나는 가게 뒷마당을 들여다보았다.

"테오."

"누나."

부르니, 놀고 있던 테오도르가 라티나 쪽을 보았다. 『누나』라고 불러주는 것에 쑥스럽기도 하고 행복하기도 한 기분이 들었다. 시간이 있을 때는 테오를 안아 들고서 그림책을 읽거나 노래를 부르며 보냈다. 『누나 노릇』도 조금씩 익숙해지고 있었다.

"빈트도 고마워."

테오를 돌보고 있던 것은 라티나의 소중한 『친구』였다. 진짜 이름은 『사람』이 발음할 수 없는 음이라고 해서, 홀연히 불쑥 『춤추는 범고양이』에 나타난 1년 전에 붙인 통칭이었다.

"멍."

한마디 대답하고 검은 꼬리를 탁탁 흔들었다.

그때 케니스도 얼굴을 내밀었다.

"라티나, 물건 좀 사다 줄래?"

"응!"

라티나의 성장과 함께 케니스는 라티나에게 재료 매입도 일부 부탁하게 되었다. 신선 식품처럼 매일 시세가 변하는 종류는 가격 교섭도 있기에 케니스와 함께일 때로 한정되어 있지만, 비교적 가격이 안정적인 종류는 라티나 혼자 가는 일도 드물지 않았다.

『심부름』의 연장 같은 것이었으나 그래도『맡겨주는 것』은 자신감으로 연결되었고 단순하게 기쁜 일이었다.

아들이 라티나에게 달라붙기 전에 케니스가 잡아서 안아 올리자 빈트가 라티나 옆으로 다가갔다.

"오늘도 같이 가주는 거야?"

"멍."

"고마워."

라티나는 빈트의 푹신푹신한 털을 쓰다듬은 뒤 앞치마를 벗고 겉옷을 걸쳤다.

"그럼 케니스. 다녀오겠습니다!"

"그래. 조심히 갔다 와."

라티나는 크게 외치고서 가벼운 발걸음으로 걷기 시작했다.

그 등을 보며 케니스는 품 안에서 바동거리는 아들을 달랬다. 아들은 갓난아기 때부터 자상하고 참을성 있게 대해준 라티나의 말은 순순히 들으면서 아빠인 자신에게는 그렇지 않은 것 같았다.

라티나 옆에는 회색『대형견』이, 끝부분이 검은 꼬리를 흔들며 따르고 있었다. 라티나가 손수 만든 옷을 입힌 그 짐승의 모습도 이 근처에서는 완전히 익숙해진 일종의 명물이 된 상태였다.

근 1년 전, 이『개』가 크로이츠에 나타났을 때는 큰일이었다고 케니스는 생각했다.

이 짐승은 예고도 없이 어느 날 불쑥, 아직 이른 아침이라 손님이 적은『춤추는 범고양이』에 나타났다.

날개를 지닌 늑대와 닮은 짐승. ―그 모습을 보고 그것이『무엇』인지 곧바로 간파할 수 있는 인물이『범고양이』에는 모여 있었다. 소동 정도는 일어나도 당연했다. 환수는 조우하는 일조차 드문 존재다. 그것이 거리를 활보하며 나타나다니, 누구도 상상조차 못 한 사건이었다.

―문지기나 파수꾼은 뭐 했던 거냐며 나중에 조사한 바에 의하면, 이 새끼 늑대는 외벽에 난 작은 균열을 발견하고 그리로 들어온 모양이었다. 성체라면 불가능했을 것이다. 최근 큰 사건이 없었다는 이유로 수리를 뒤로 미룬 대가를 크게 치렀다. 긴급하게 의제에 오른 것은 어쩔 수 없는 일이었다.

새끼 늑대는『냄새』를 따라 헤매지도 않고『범고양이』에 도착했다. 이른 아침이었기에 다른 사람 눈에 띄지는 않아서 표면적인 소동은 벌어지지 않았다. 그렇기에 더욱, 가게 안에 있던 자들에게는 마른하늘에 날벼락 같은 상황이었다.

"여기까지 어쩐 일이야?"

경계하는 단골손님들의 모습도 개의치 않고 라티나는 무릎을 구부려 회색 짐승을 끌어안고서 고개를 갸웃했다.

"아가씨! 떨어져!"

질베스터의 목소리에는 비통함이 섞여 있었다. 모험가로서 실적도 실력도 뛰어난 그는 천상랑이라는 환수에 관해서도 잘 알고 있었다.

라티나는 회색 짐승을 끌어안은 채, 각자의 무기를 잡은 손님들을 향해 고개를 돌리고 말했다.

"있지, 이 아이, 내 친구야. 아마 날 만나러 왔을 거야!"

"치…… 친구라니, 아가씨……."

"라티나, 냄새, 왔다."

라티나의 대답을 듣고 어안이 벙벙해진 손님들은 환수가 『간판 아가씨』의 이름을 말한 것에 더욱 놀랐다.

"산에서 온 거야? 멋대로 사라지면 다들 걱정할 거야. 괜찮아?"

주목을 모으며 마이 페이스로 대화하는 라티나를 보고 단골손님들은 「아니, 문제는 아마 그게 아니야.」라는 태클을 간신히 삼키고서 마른침을 넘기며 지켜보았다.

"괜찮다. 라티나한테, 간다. 괜찮다, 말했다."

"그래? 그럼 괜찮으려나?"

「괜찮지 않다고 생각한다만!!」 하고 땀을 줄줄 흘리는 커다란 남자들을 라티나는 알아차리지 못했다. 질베스터는 그제야 겨우 주방에서 얼굴을 내민 케니스에게 떨떠름한 얼굴을 돌렸다.

"케니스, 저건……."

"그러고 보니 저번에 데일한테 들었어. 그 녀석의 고향 근처에 있는 천상랑 무리를 라티나가 길들였다고 했지……."

"아가씨는 무슨 일을 하고 있는 거야?!"

그 대단한 베테랑 모험가도 깜짝 놀란 모양이었다. 목소리가 약간 뒤집혔다.

"그건 그렇고 『천상랑』이라니……."

"그렇지. 상황이 안 좋아."

질베스터와 케니스는 서로 고개를 끄덕였다.

『천상랑』은 무리 지어 살며 동료 의식이 강한 환수다. 이 새끼 늑대 한 마리라면 없애는 일도 어렵지는 않았다. 하지만 섣불리 손대면 무리가 총출동하여 보복하러 오는 사태가 벌어질 수 있었다. 가능성은 결코 낮지 않을 것이다. 이 새끼 늑대는 『행선지』를 분명하게 말하고서 이 마을을 찾아왔다. 「라티나의 냄새를 따라왔다.」고 터무니없는 소리를 하고 있으나, 그 말은 즉 다른 천상랑도 똑같은 수단으로 여기까지 올 가능성이 있음을 뜻했다.

"하지만 크로이츠까지 멀지 않았어?"

"크로이츠 안 멀다. 한 번 자고, 도착했다."

이전에 데일과 라티나가 여행한 것처럼 지상으로 가는 길은 크게 우회할 필요가 있기에 한 달 가까이 걸리는 거리였지만, 『하늘』의 종족 특성이 있어 비행 능력을 지닌 천상랑에게는 최단으로 1박 2일 정도면 올 수 있는 거리인 모양이었다.

심지어 새끼 늑대였다. 능력이 뛰어난 성체라면 얼마나 시간이 걸릴지 헤아릴 수 없었다.

또한 『따라온 냄새』라는 것은 길에 배어 있는 종류가 아니리라. 라티나가 지나온 길을 따라오지 않고 하늘길로 왔다는 점에서 그것을 알 수 있었다. 마법적인 환수의 능력 중 하나일지도 모른다.

케니스와 질베스터는 다시 얼굴을 마주 보고 묵고했다.

"……아가씨를 완전히 따르고 있는 건 정말인 것 같네."

살랑살랑 꼬리를 흔들며 라티나에게 머리를 갖다 대는 모습은 잘 길들인 개라고 말해도 위화감이 없었다.

"데일한테도 물어보겠지만…… 『라티나에게 맡기는 것』이 가장 『무해』할지도 모르겠어."

케니스의 말을 듣고 질베스터의 표정은 더욱 씁쓸해졌으나 부정은 하지 않았다.

긁어봤자 부스럼이다. 게다가 라티나라면 환수라는 『위협이 될 만한 존재』를 악용하지도 않을 것이다.

"……내 쪽에서 얘기해두지."

한동안 침묵한 후, 질베스터가 쥐어짜듯 말한 것은 그런 내용이었다.

"긴급 『총회』를 연다! 전달해!"

질베스터가 옆에 있던 모험가들에게 외치자 무슨 뜻인지 깨달은 몇 명이 빠르게 『범고양이』를 나갔다. 방금 그 말을 누군가에게 전하기 위해서인 모양이었다.

　대체 무슨『총회』야. ―하고 태클을 걸면 안 되는 걸까. 케니스는
생각했다.

　여차여차해서 데일이 일을 끝내고 귀가하자 그의 앞에는 예쁜
수양딸과 옷을 입힌 한 마리 짐승이 나란히 있었다.
　"어서 와, 데일."
　"멍."
　라티나의 미소는 예쁘지만, 그 다분히 작위적인 국어책 읽기
「멍」은 뭐야.
　"라, 라티나……?"
　"응?"
　"그 녀석은……."
　"있지, 『개』래. 어른의 사정 때문에『개』래!"
　"멍."
　"어, 으음……."
　난처한 얼굴로 데일이 케니스를 보며 도움을 구하자 『친형 같은
존재』도 힘 있게 고개를 끄덕였다.
　"저건『개』가 된『개』야."
　"멍."
　"……어이?"

"『개』라면 마을에서 키워도 부자연스럽지 않아. 그러니 『개』다."

현실에서 눈을 돌리려 하는 의식 한구석으로 『『짐승』이라고 부르는 것에는 화냈으면서 『개』는 상관없는 이유는 뭘까.」 하고 데일은 생각했다.

그러한 경위와 함께 살게 된 처음에야 혼란스러웠지만 사람이란 적응하는 생물이다. 『비일상』이었던 것도 점차 『일상』의 풍경 속으로 녹아들어 갔다.

게다가 『환수』라는 이름은 장식이 아니어서 매우 영리한 짐승이었다. 『훈련』은 필요 없었다. 라티나가 몇 가지 『규칙』을 알려주자 쉽게 기억했다. 잠자리와 식사 준비는 라티나의 일이었지만, 반대로 말하자면 그 이상으로는 신경 쓸 필요가 없었다. 브러싱이나 쓰다듬기 등의 스킨십은 오히려 라티나가 기뻐하며 행했다.

그뿐만 아니라 이 짐승은 테오까지 보살펴 주었다. 무리 지어 살기 때문에 『작은 것』을 잘 돌보는 모양이었다.

그리고 현재 빈트의 가장 큰 『역할』은 라티나의 『호위』였다.

†

어릴 때부터 사랑스러운 소녀였지만 성장한 라티나는 더더욱 사랑스러웠다.

미성숙한 신체는 또래 아가씨들과 비교해도 조금 앳된 체형이었다.

그렇기에 『미소녀』라는 표현에 어울리는 외모였다. 어른에는 도달하지 않았기에 가능한 매력을 지니고 있었다.

길게 길러 허리까지 뻗은 머리는 부러진 뿔을 숨기기 위해 따거나 묶어 올릴 때도 있지만 아름다운 백금색으로 반짝였다.

얼굴도 조금 어른스럽게 성장하여 『사랑스러울』 뿐만 아니라 『아름다운』 용모가 되어가고 있었다.

라반드국에서 『성인』은 열여덟 살이다. 정확히 그 연령을 기준으로 『어른』이 된다는 의미가 아니라, 대부분 그 나이쯤에는 일을 하며 남녀 모두 결혼 적령기를 맞이한다는 일반적인 인식이었다. 그렇기에 입장이 다르면 상황은 제법 바뀐다. 데일의 고향에서 『성인』은 열다섯인 것처럼, 시골 지역에서는 그 나이 때 아가씨가 시집가는 것이 드물지 않았다. 귀족 사회에서도 어린 영애의 정략결혼은 너무나도 당연한 이야기였다.

크로이츠 같은 도시의 서민은 남녀 모두 적령기가 늦어지는 경향이 있지만 조혼이 전혀 없지는 않았다.

그런 의미에서 라티나는 충분히 『그런』 시선을 받을 나이였다.

하지만 이 소녀는 자기 자신에 대한 위기의식이 희박했다.

솜으로 포근히 감싸고 그 위에 완충재를 겹겹이 두른 것처럼 데일이라는 『딸바보』에게 보호받고 또 보호받고. 평소 지내는 『춤추는 범고양이』에서도 스승인 케니스가 눈을 빛내고 있는 데다가 그 옆에서 모험가나 헌병대 중진들이 엄중히 감독하고 있었다.

이런 상황에서 그녀를 꼬시려 하는 용사는 역시 없었다. 목숨은 하나였다.

그래서 라티나는 자신을 『미소녀』라고 생각하지 않는 구석이 있었다.

「그치만 데일, 항상 예쁘다고 말해주는걸.」하고 웃었다. 너무 일상적으로 듣다 보니 그 말을 정확한 가치로 생각하지 않았다.

"사귀고 있다든가, 고백받았다든가…… 친구들은 남자 얘기를 하지만. 나는 그런 식으로 남자애랑 친해진 적도 없고…… 그냥 친구들뿐이야."

라티나는 천진하며 둔감했다. 그리고 젊은 모험가를 비롯하여 라티나에게 마음이 있는 멤버들은 배후에 버티고 선 『보호자들』을 두려워한 나머지 그녀와 어색하게 잡담을 나누기라도 하면 감지덕지했다. 라티나는 이성에게 확실한 호의를 받은 적이 없었다.

『인기 있다』, 『인기 없다』로 분류하자면 라티나는 이성에게 『인기 없는』 편이었다.

절벽 위의 꽃으로서 만질 수도 없는 존재라고 여겨지고 있다고는 생각도 못 했다. 그 실질적인 상황만을 보는 라티나는 자신을 『이성에게 인기 없는 여자』라고 인식하고 있었다.

『보호자들』의 『신통력』은 크로이츠의 거의 전 지역을 커버하고 있지만 완벽하지는 않았다. 그녀가 언제 어떤 형태로 위험한 상황에 빠지지는 않을까, 주위 사람들은 너무나 걱정스러웠다.

특히나 『딸바보』는.

"라티나에게 만에 하나라도 무슨 일이 생기면 차라리 죽음이 달콤할 만한 경험을 맛보게 해줘도 부족해."

최근 『범고양이』를 찾는 젊은 모험가 상대로 그렇게 웃으며 위협하는 것이 데일의 일과가 되어 있었다. 하지만 그것만으로는 부족했다.

"라티나는 저렇게, 저렇게, 저렇게나 예쁘다고! 어디 사는 벌레나 해충이 꼬이진 않을까 걱정이 끊이질 않아!"

평소에는 그런 데일을 무시하는 리타도 그것에는 동의했다.

"확실히. 라티나는 살짝…… 빈틈이 있다고 할까, 경계심이 없어서 걱정이야."

"그치?! 그런 부분도 예쁘지만!"

『짐승』의 인식도 『보호자』들과 같았던 모양이다.
<small>멍멍이</small>

"라티나, 같이, 간다."

"그래? 항상 고마워."

짐을 함께 들어주기도 해서 라티나는 『그』가 도우미 역할을 해주고 있다는 인식이었다. 하지만 라티나를 제외한 다른 사람들의 『그』에 관한 인식은 틀림없는 그녀의 보디가드였으며 감시역이었다.

라티나는 그런 『감시역』을 동반한 채 상업 지구인 남구로 향했다. 이미 얼굴을 익힌 가게 몇 군데를 돌면서 케니스에게 부탁받은 물건을 샀다.

그런 뒤 그녀는 장인 거리 쪽으로 길을 꺾었다. 지금은 『범고양이』도 그다지 바쁘지 않은 시간이었다. 케니스는 라티나가 다른 곳에 살짝 들를 것도 내다보고서 장보기를 부탁하고 있었다.

일찍이 『노랑의 신』의 학교에 다닐 때와 달리 각자의 생활을 꾸려 나가는 친구들과 보낼 수 있는 시간은 확연하게 줄었다. 하지만 전혀 없지도 않았다. 라티나는 케니스의 호의를 달게 받아들여 이렇게 때때로 친구네 집을 찾았다.

클로에는 엄마의 일을 이어 자택에서 재봉 일을 하고 있었다. 아직 엄마의 실력에는 못 미치지만 처음부터 끝까지 홀로 바느질할 수 있을 정도로 확실하게 실력을 키웠다.

"클로에, 이번 휴일 말인데."

라티나는 그런 클로에네 집에 다과를 지참하고서 얼굴을 내밀었다. 과자는 선물이라기보다 자신이 먹고 싶어서 가져온 것이었다. 클로에도 그 사실을 알고 있기에 작업 도구를 구석으로 몰아넣어 차 마실 공간을 만들었다. 라티나는 가져온 과자 포장을 당당하게 뜯었다.

"저번에 조금 살쪘다며 신경 써놓고 괜찮은 거야?"

클로에가 놀리는 어조로 묻자 라티나는 살짝 입을 삐죽였다.

"괜찮다 뭐. 많이 안 먹을 거고, 이 뒤로도 잔뜩 일할 테니까!"

그렇게 말하면서도 신경 쓰이는지 팔 부근을 문질렀다. 클로에가 보기에 라티나에게는 군살이라고는 없어 보였지만 소녀의 마음은 섬세했다.

자기가 가져온 쿠키를 앞에 두고 복잡한 얼굴이 된 라티나의 모습에 클로에는 참지 못하고 웃음을 터뜨렸다.

"라티나는 좀 더 살이 붙어도 괜찮지 않아? 그래서는 『신경 쓰는』 부분에도 『안 붙어』."

"성장기가 남들보다 느릴 뿐이야!"

친구들이 나이를 먹어감에 따라 점점 『어른』이 되기 시작하여 몸매가 곡선을 띠는 것에 비해, 키는 자랐지만 여전히 앳된 느낌을 주는 납작한 체형은 지금 라티나의 고민거리였다.

"조금은 커지기 시작했는걸!"

본인의 필사적인 주장과는 달리 옷 위로는 그녀의 『성장』을 확인할 수 없었다.

이 이상 이 화제를 이어가면 라티나가 울상이 되어버린다는 사실을 잘 아는 클로에는 간단히 화제를 바꾸었다.

"그래서, 이번 휴일이 뭐 어쨌는데?"

"어, 응. 그거 말인데. 실비아도 휴가 얻을 수 있대."

"실비아…… 아무리 라티나가 『범고양이』에 있다고는 해도…… 『전언판』에 메시지를 보내는 건…… 위험하지 않아?"

"글쎄. 실비아는 『이 정도도 못 하면 이 세계에서는 살아남을 수 없어!』라고 했지만…… 신전 근무도 큰일이구나."

실비아가 소속되어 있는 『초록의 신 신전』 신관들의 직무는 『정보를 수집하는 것』이다. 여행자의 수호신이기도 한 초록의 신의 『가호』를 지닌 자는 그 영향도 크게 받고 있어서 선천적으로 모르는 토지나 모르는 정보에 강하게 이끌리는 성질을 가지고 있었다.

신전에 근무하는 자들은 수집한 정보를 관리하며 때에 따라서는 세상에 퍼뜨리는 것이 직무였다. 또한 『신전』에서는 정보를 모으기 위한 여행을 떠나길 희망하는 『신관』들의 육성도 맡고 있다. 실비아는 그런 훈련생 중 한 명으로서 면학과 훈련에 매일 열중하고 있었다.

　『춤추는 범고양이』는 『초록의 신의 전언판』이라고 불리는 단말이 있는 이른바 『신전 출장소』였다. 신전과는 깊게 연관되어 있었다. 그런 관계도 있어서 때때로 신관도 가게를 찾았다. 수습 신관인 실비아의 모습은 인편으로 전해 들을 수 있었다.

　하지만 그뿐만이 아니라, 어떻게 하고 있는지는 전혀 짐작도 가지 않지만 실비아는 『초록의 신의 전언판』에 라티나 앞으로 개인적인 메시지를 보냈다. 실비아의 『가호』는 그다지 세지 않고 특수한 종류도 아닐 텐데 어지간히 요령이 좋은 것 같았다.

　라티나와 클로에는 학교 다닐 때부터 그런 부분이 있었던 친구를 떠올리고 쓴웃음을 나누었다.

　"빨강의 신의 밤 축제, 기대돼!"

　라티나는 들뜬 목소리로 친한 친구에게 말했다.

　크로이츠에서는 계절마다 축제나 행사가 열린다. 영주가 주최하는 것이나 동구 상공회가 주최하는 것도 있지만, 그중에서도 가장 성대하게 열리는 것이 라반드국의 주신인 『빨강의 신』을 모시는 신전이 시행하는 『밤 축제』였다.

주황의 신의 신전이 시행하는 풍양제(豐穰祭)나 남색의 신의 신전이 시행하는 진혼제 등, 다른 신전도 서민들과 인연이 깊지만 빨강의 신의 신전 규모에는 도저히 미치지 못했다.

라티나도 매년 데일과 함께 구경하던 축제인데, 올해는 처음으로 친구들과 가는 것을 허락받았다.

『딸바보』는 허가를 내주면서도 불안한지 친구들과 예정을 세우는 라티나를 앞에 두고서 그저 『말이 많다.』로 표현할 수 없을 만큼 참견했다.

말하길, 혼자서는 절대로 행동하지 말 것. 인적 드문 골목에는 들어가지 말 것. 아무리 즐겁다고 해도 배탈 날 정도로 군것질하지는 말 것. 모르는 놈이 다가오면 방심하지 말 것. 오히려 공격 마법을 써서 격퇴해도 상관없어. 아니, 이왕이면 선제공격이야. 이상한 남자도, 이상하지 않은 남자도 전부 적이라고 간주하고 공격해! 알았지! —등등이었다.

"데일, 그러면 내가 헌병 아저씨한테 혼날 것 같은데."

회색 눈동자로 똑바로 데일을 바라본 라티나는 합당한 반론을 했다.

"아니. 세상은 약육강식이야. 그 정도 마음가짐은 필요해."

데일은 전혀 조금도 주눅 들지 않았다.

그런 데일의 너무나도 극단적인 반응을 앞에 두고 라티나는 「데일은 너무 걱정이 과하다.」고 생각했다.

그리고 주변 사람들은 「데일은 걱정이 과하지만, 걱정하는 것도 어쩔 수 없다.」고 생각했다.

　이런 인식의 차이야말로 데일의 불안을 더욱 부채질하고 있으나 유감스럽게도 데일의 반응은 라티나가 엮이면 과해졌다. 그렇기에 라티나는 심각하게 여기지 않는다는 애석한 악순환이 성립되어 있었다.

　쿠키에 토핑된 캐러멜리제 견과의 식감에 기뻐하면서 라티나는 클로에가 한창 만들고 있는 옷을 보았다.

　"어떨까. 어울릴까?"

　"천 고르는 단계부터 몇 번이나 대봤잖아."

　"그래도 완성은 기대돼."

　쑥스러워하며 에헤헤 웃은 것은 그것이 자신이 주문한 옷임을 알고 있기 때문이었다.

　기대되는 밤 축제에 맞춰서 새 옷을 입고 싶다고 생각하는 것도 여자로서 당연한 심리였다.

　"클로에가 골라줘서 평상시랑은 분위기가 다른걸. 살짝 두근거려."

　"내 안목이 불안해?"

　클로에의 부루퉁한 표정은 고의였다. 라티나도 그 정도는 분명히 알고 있었다.

　"그치만 나는 이런 색 안 고르는걸……."

　"라티나는 극단이야! 어린애 같은 팔랑팔랑 나풀나풀한 옷을 좋아하면서도, 어른스러운 걸 입겠다고 안 어울리는 섹시 계열을 고르려 하고."

클로에는 양손을 허리에 올리고 한숨 섞인 목소리로 말했다.

"그치만……."

"뭐가 『그치만』이야. 자기한테 어울리는 옷을 입어야지! 라티나는 이런 라인에다 시크한 색조의 옷을 고르는 편이 좋아."

클로에가 한숨 쉬는 것도 별수 없었다. 그녀는 옷 만드는 일에 종사하기에 유행이나 디자인 등에 민감했다. 큰길에 있는 원청의 주문 상품을 재봉하는 일이 많다고는 해도, 안 팔리는 옷을 만들어 봤자 팔리지 않는다는 혹독한 현장과 밀접하여 살았다.

그런 클로에가 보기에, 부러워하는 것도 바보 같을 정도로 미소녀인 절친은 꾸미면 그만큼 당사자도 옷도 더 빛날 것이 틀림없었다.

그런데 라티나의 취향은 팔랑팔랑 소녀스러운 코디로 쏠려 있었다. 뭐, 그건 좋다. 멍한 부분이 있는 절친에게는 그런 복장도 확실히 어울렸다.

문제는 그런 어린애 같은 취향의 자신을 바꾸고자 어른스러운 복장에 손을 댈 때다. 그것 자체가 나쁘다고는 하지 않는다. 하지만 어째선지 그럴 때 라티나는 어른스러운 옷 중에서도 아무나 못 입을 듯한 섹시 계통 종류를 집으려고 했다.

또래 아가씨 중에서도 체형이 앳된 라티나에게는 전혀 어울리지 않았다. 앞으로 몇 년 후, 그녀가 바라는 여성스러운 몸매가 되는 날이 온다면 이야기는 또 달라지겠지만 현 단계에서는 전혀 아니었다.

패션 세계에 사는 클로에로서는 간과할 수 없는 중대사였다.

그래서 이번에 라티나가 옷을 새로 맞출 때는 클로에의 감수가 들어갔다.

소녀스러운 장식을 배제하면서도 너무 심플해지지 않게 공들인 디자인으로. 레이스도 유치하지 않게 고급스러운 검은색을. 거기에 시크한 색조를 사용해 라티나의 백금발이 두드러지도록.

『어른』은 아니지만 현재 라티나를 더 어른스럽게 보여주는 디자인으로 정했다.

옷을 고른 클로에의 자신감은 상당했다.

내 절친은 남구의 아가씨들이나 북구의 귀족 영애들에게도 지지 않는다는 심경이었다.

"가장 보여주고 싶은 사람이 깜짝 놀라면 좋겠네."

클로에의 그 한마디에 라티나는 귓불까지 새빨갛게 물들었다.

어릴 때부터 이어온 절친의 그 연심을 아는 자로서도 기합이 들어갔다.

한동안 절친과 즐겁게 시간을 보낸 라티나는 클로에와 작별 인사를 나누고 자리에서 일어났다. 집을 나서자 현관 옆에 배를 깔고 엎드린 채 눈을 감고 있던 빈트가 일어나 라티나를 보았다.

"기다리게 해서 미안해."

그녀의 말에는 풍성한 꼬리를 흔들어 대답했다.

한 명과 한 마리가 나란히 걷기 시작한 지 얼마 되지 않아 라티나는 어떤 인물을 알아차렸다.

젊은 여성이었다. 눈길을 끈 것은 여행자로 보이는 복장 때문이었다. 이 장인 거리에서 여행자를 보는 일은 별로 없었다. 이곳도 상업 지구인 남구이기는 하지만 마을 사람이나 일부 모험가 말고는 큰길에 있는 상점을 이용하는 것이 일반적이었다.

"미아일까?"

"멍?"

툭 중얼거린 것은 예전에 자신도 이 장인 거리에서 미아가 된 적이 있었기 때문이다. 매우 불안했던 것이 떠올랐다. 이곳은 마치 미로처럼 얽혀 있다.

여성은 주위를 두리번거리며 멈춰 있었다. 그런 동작을 보면 볼수록 자신의 추측이 옳은 것 같았다.

"저기…… 도와드릴까요?"

"어?"

라티나의 목소리에 여성은 짙은 밤색 머리카락을 날리며 뒤돌았다. 그녀의 얼굴을 보자마자 라티나는 무심코 입을 쩍 벌렸다.

'흐아아…… 엄청 예쁜 사람이야…….'

그녀도 무언가에 깜짝 놀란 것 같았으나 라티나는 그것은 눈치채지 못하고 다른 생각을 하고 있었다.

'응……? 어디선가 본 것 같은데……?'

생각에 몰두하면서 눈앞에 있는 여성의 짙고 깊은 파란 눈동자를 보았다. 그 순간, 떠올렸다.

"장미……."

"어머! 요정 공주구나!"

처음 만나는 상대에게 그렇게 불린 라티나가 크게 몸을 움찔하며 놀랐다.

"흐아아?!"

한심한 소리를 내며 눈앞의 여성을 보았다. 자신보다도 연상에 자상해 보이는 외모의 예쁜 여성이었다. 긴 속눈썹 밑에 자리한 남색 눈동자는 장난스럽게 반짝이고 있었다. 호리호리하고 늘씬한 자태와 섬세한 미모를 지녔으면서도 곱게 자란 귀족 영애라는 인상은 주지 않았다.

그랬다. 귀족 영애였다.

전에 봤던 **특색 있는 머리색**과는 달랐지만 — 아마도 숨기고 있을 것이다. 그렇게 생각하고 보니 그녀의 밤색 머리카락은 부자연스러웠다. — 얼굴과 눈동자 색은 본 기억이 있었다.

귀족 영애인 그녀에게 일개 서민인 자신이 하필이면 『공주』라고 불리다니 이 무슨 농담일까.

하얗고 미끈한 손을 짝 마주치고 미소 짓는 『그녀』 앞에서 라티나는 빙글빙글 혼란에 빠졌다. 그 동요는 상대에게도 전해졌는지 그녀는 재미있어하며 더욱 진하게 미소 지었다. 다정해 보이는 눈동자가 더더욱 인상 깊게 변했다.

"……부끄러우니 그 호칭은…… 그만둬 주세요……."

그 결과, 라티나가 짜낼 수 있었던 것은 그 한마디였다.

"저야말로 실례했어요. 소문 이상으로 사랑스러운 분이라 저도 모르게……."

"흐아아아…… 데, 데일…… 바깥에서 무슨 소리를…….

양손으로 뺨을 누른 라티나는 그곳이 확실하게 열을 띠고 있음을 확인했다.

자신을 귀여워해 주는 단골손님들이 『요정 공주』라는 별명을 붙여줬다는 것은 알고 있었다. 그 가게 안에서 자신은 아직 『꼬마』였다. 그러니 『꼬마 아가씨』였고, 『공주님』 취급하며 마구 예뻐하는 것도 그 가게 안에서라면 이해할 수 있었다.

데일은 분명 이 여성을 『친구의 지인』이라고 했다. 그렇다는 것은 그 친구에게도 『애칭』과 함께 자신에 관한 이야기를 했다는 뜻이리라. 어떤 말을 했을까.

아무튼 부끄럽다는 점은 틀림없었다.

"……장미 공주님……인가요?"

"어머…… 절 아시나요?"

생긋 미소 짓는 그녀의 모습을 보면 자신의 착각은 아닌 모양이었다. 라티나는 그렇게 판단하고 주위를 몇 번 둘러보았다. 일행으로 보이는 사람의 모습은 눈에 띄지 않았다.

"예전에 뵌 적이 있어요. ……혼자세요?"

라티나가 묻자 그녀는 조용한 시선을 보내 답했다. 마음속 깊은 곳까지 보는 듯한, 불안하게 만드는 눈이었다.

"예. 낯선 곳이라 문을 잘못 들어온 것 같아요. 아가씨에게 묻는 편이 빠르겠네요. 데일 레키 님이 계신 곳으로 안내해주실 수 있을까요?"

부자연스러웠다. 그렇게 곧장 이해했다.

아마도 그다지 좋지 않은 일에 엮여 있는 것 같았다.

하지만 거절할 이유도 찾을 수 없었다. 라티나는 잠시 침묵했다가, 만든 웃음이기는 했지만 미소를 지어 보였다.

"데일은 지금 일 때문에 출타해 있을 거예요. 일단 데일이 지내고 있는 가게 쪽으로 안내할게요."

"고마워요."

미소 짓는 장미 공주를 향해 웃으며 라티나는 몸을 굽혔다. 옆에 있는 빈트에게 살며시 속삭였다.

"……빈트, 케니스에게 이 일을 전해줘. 나는 괜찮으니까."

"멍?"

"그리고 가능하면 데일을 찾아와 줄래? 남쪽 숲에 있을 거야."

"멍."

한마디 대답하고 출발하기 전에 빈트는 라티나에게 꼬리를 살랑 문질렀다. 제대로 하라는 말을 들은 것 같아서 라티나는 작게 쓴 웃음 지었다.

크로이츠의 남쪽 숲은 빈트에게 놀이터였다. 가끔 마을을 빠져나가서 어딘가로 놀러 가고 있는 것 같았다. 상당히 개구지게 노는지

초반에는 데일이 간곡히 「그러다가는 머지않아 네가 모험가에게 퇴치당할 테니까.」라며 빈트를 타일렀다. 「그렇게 되면 라티나가 울 거야.」에 이르자 빈트도 충고를 따라 마을에서 떨어진 숲 안쪽에서 놀기로 했다고 라티나에게 말했다.

데일이 『숲』 어디에 있는지 자세히는 모른다. 『특별한 후각』 능력을 지닌 빈트에게 맡기는 편이 다른 누군가에게 부탁하는 것보다도 빠르리라.

"별난 짐승이네요."

"아주 똑똑한 아이예요."

그렇게 대답하면서 라티나는 다시 한 번 주위를 보았다. 이번에 둘러본 이유는 아까와는 다른 종류의 사람이 없는지 살피기 위해서였다. 부자연스럽게 이쪽을 엿보는 자는 없는 것 같았다. 일단은 괜찮을까.

"동문으로 들어오셔서 다행이에요. ……남문은 그다지 행실이 좋지 않은 사람도 많으니까요. ……큰길로 가시겠어요? 아니면 다른 사람 눈에 안 띄는 편이 좋을까요?"

"어머."

그녀는 작게 놀란 소리를 내고서 다시 상냥한 미소로 표정을 바꾸었다.

"추격자는 따돌렸으니 괜찮을 것 같긴 하지만. 그다지 눈에 띄지 않는 편이 좋을지도 모르겠네요."

역시 별로 좋지 않은 사건 같았다.

라티나는 약간 딱딱한 미소를 지은 채로 장미 공주를 인도하며
『범고양이』를 향했다.

『범고양이』 앞에서는 기막히다는 얼굴의 케니스가 기다리고 있
었다.

"장 보러 갔다가 예상 밖의 선물을 가지고 돌아왔구나······."

그 말을 통해 빈트가 전령 역할을 제대로 완수해주었음을 알 수
있었다.

"빈트, 가줬어?"

"그래. 그 녀석은 기본적으로 라티나 말밖에 안 들으니까. 네가
미리 말해줘서 살았어."

케니스도 데일을 불러와야 한다고 생각한 모양이었다. 라티나의
판단을 긍정했다.

"아무튼 안으로 들어와. 안쪽이 비어 있어."

"응. ······이쪽으로 오세요."

"고맙습니다."

그렇게 말하고 웃은 장미 공주는 서민 동네의 『춤추는 범고양이』
라는 결코 고급스럽지 않은 가게 분위기에도 싫어하는 기색을 보이
지 않았다.

딱딱한 나무 의자에 꼿꼿이 앉은 모습은 아름답지만 그다지 『귀
족 영애』답지는 않았다.

"데일 레키 님께서 돌아오시기 전에 저에 관해 말씀드려야겠죠.

이름을 밝히는 게 늦었습니다. 저는 로제 코르넬리우스. 코르넬리우스 가문은 영지와 작위를 받은 집안이기는 합니다만 저는 『남색의 신』의 신전에 속한 신관입니다. 그러니 너무 어려워하지 말아주세요."

그렇게 말하고 미소 짓는 로제는 확실히 편한 분위기의 온화한 여성이었다. 『남색의 신』의 신전은 서민들에게 문호를 열고 병이나 상처를 치료하는 시설을 겸하고 있었다. 그곳에서 일하고 있다면 귀족답지 않은 친근함도 그 때문일 것이다.

"고위 『가호』를 지닌 희대의 신관으로 유명하다는 얘기는 들은 적 있어."

"그 정도는 아니지만, 선천적으로 『희귀한 것』을 가지고 태어나서 좋게도 나쁘게도 눈에 잘 띈답니다."

그런 말과 함께 자신의 머리카락을 만졌다. 짙은 밤색 머리는 자세히 보니 가발인 것 같았다.

"그 대신 **그것**만 감춰버리면 다들 절 알아차리지 못하지만요."

작게 웃는 로제에게는 장난꾸러기 같은 분위기가 있었다.

"……데일에게 무슨 용건이신가요?"

"전언을 부탁드리고 싶어요. 저는 이 도시의 영주이신 백작님과는 면식이 없어서요."

경계심을 드러내는 라티나의 모습에도 불쾌한 표정을 보이지 않고 로제는 대답했다. 나이 이상으로 차분한 분위기를 풍겼다.

"왜 굳이 데일에게 부탁하지? 애초에 혼자 놀러 다닐 만한 입장의『영애』는 아니잖아."

케니스의 목소리에도 경계의 색이 있었다. 그것조차 당연하다는 듯이 허용하는 얼굴로 로제는 조용히 대답했다.

"저, 바로 며칠 전에『둘째 마왕』곁에 있었어요."

그 발언에 라티나뿐만 아니라 케니스도 말을 잃었다.『둘째 마왕』은 일곱 존재하는『마왕』중에서도 잔학성과 위험도로 너무나 유명한 존재였다.

하지만 로제는 그 이상 자세한 이야기는 하려 하지 않고 침묵했다. 일이 일인 만큼 케니스도 그 이상 캐물으려고는 하지 않았다.『마왕』이 연관되어 있다면 데일에게 맡기는 편이 좋을 터였다. 그렇기에 케니스는 이야기를 중단하고 라티나를 재촉하여 차를 준비시키는 쪽을 택했다.

동요하고 있음이 눈에 보이는 라티나는 차를 준비한다는, 평소 몇 번이나 되풀이하여 익숙할 터인 작업에 필요 이상으로 시간이 걸렸다.

이윽고 로제 앞으로 다기를 옮겨 향기로운 김이 오르는 차를 잔에 따를 때도 라티나는 조용했다. 불편한 침묵이 감도는 가운데 잠시 시간을 두고 데일이 빈트와 함께 돌아왔다.

그는『춤추는 범고양이』안쪽에서 고요히 다기를 기울이고 있는 로제의 모습을 보자마자 괴상한 소리를 냈다. 빈트는 자세한 상황을 전할 수 없었을 테니 어쩔 수 없는 반응이었다.

"……로제?!"

그런 데일과는 상관없이 빈트는 느긋하게 앞으로 나아가 라티나에게 머리를 비볐다. 칭찬하라는 뜻일 것이다.

"고마워, 빈트. 데일, 어서 와. ……있지, 잘은 모르겠지만 로제님이랑 만났어……."

"확실히 그 설명으로는 아무것도 모르겠는데……."

라티나는 무릎을 구부려 빈트를 쓰다듬으면서 데일을 올려다보았다. 살짝 고개를 갸웃하는 것은 곤혹의 표현이리라.

마찬가지로 곤혹스러워하는 데일을 향해 로제가 일어서더니 약식이기는 했지만 인사했다. 특별할 것 없는 움직임인데도 그녀의 동작은 세련되었다. 먼지 묻은 여장이어도 상류 계급 인간임이 엿보였다.

"오랫동안 소식을 전해드리지 못했습니다, 데일 님."

두 사람은 에르디슈테트 공작가에서 서로 소개받은 적이 있었다. 일찍이 귀성할 때 두 사람은 항구 도시에서 스쳐 지나갔었는데, 그때 로제는 공작가로 향하는 도중이었다. 직후 『일』 때문에 왕도에 들어간 데일은 공작가에서 로제를 소개받았다. 친구를 놀릴 기회는 날렸지만, 평소에는 표정이 움직이지 않는 친구가 그녀를 앞에 두고서 부끄러워하는 모습을 볼 수 있었으니 됐다고 쳤다.

"그래…… 왜 이런 곳에?"

"저, 이래 봬도 곤란한 상황이라서요…… 단도직입적으로 말씀드

릴게요. 바로 며칠 전까지 저는 납치되어 있었습니다."

폭탄 발언 투하였다.

"어? 으어억?!"

데일이 묘한 비명을 질렀다. 라티나에 이르러서는 너무 놀라서 목소리도 나오지 않았다. 빈트는 여전히 느긋하게 꼬리를 살랑살랑 흔들었다.

"두⋯⋯『둘째 마왕』에게?"

라티나는 로제가 말한 뒤 침묵했던 이름을 중얼거렸으나 로제는 고개를 저었다.

"아니요. 절 납치한 자는 다른 사람이에요. ⋯⋯이제 누구였는지 찾는 건 어렵지만요. ⋯⋯『둘째 마왕』이 그자들을 죽여버렸으니까요."

"로제 님은⋯⋯ 어떻게 무사하실 수 있었나요?"

라티나의 목소리는 딱딱했다.

어렸을 때부터 이 아이는『둘째 마왕』이야기가 나오면 이런 표정이 될 때가 있었다.

『첫째 마왕』의 나라, 바실리오에 사는 자에게『첫째 마왕』을 죽인『둘째 마왕』은 원수였다. 그 때문일까, 하고 데일은 보고 있었다.

"변덕이었던 것 같아요. 제가 마력 형질 소유자라⋯⋯『재밌어 보였기 때문』이라고."

"⋯⋯그 후, 아무 일도 없이 해방된 건가?"

"『둘째 마왕』의 측근으로 곁을 따르던 분이 놓아주셨어요. 저도 자세한 사정은 가늠할 수 없지만……『둘째 마왕』을 그다지 충성스럽게 섬기고 있는 것처럼은 안 보였어요……."

"……『둘째 마왕』은 자신의 『마족』, ……자신의 권속을 공포로 지배하고 있어. 노예이며 장난감이래. ……『첫째 마왕』처럼 자신을 도와주는 사람을 마족으로 받아들여 『함께 사는 것』과는 달라……."

"라티나?"

"『둘째 마왕』은 무서워. ……옛날에 『첫째 마왕』을 죽였을 때도, 간단히 죽는 사람을 죽여도 재미없다면서 ……그 이유뿐이었어."

"……어째서 그런 얘기를 알고 있어?"

데일의 물음에 라티나는 눈을 한 번 깜박이고 표정을 되찾았다. 데일을 올려다보고 살짝 슬픈 얼굴이 되었다.

"옛날에 태어난 곳에 있었을 때 들었어. 『둘째 마왕』은 아주아주 무서우니까 조심하라고. 만나면 죽을지도 모르니까 확실하게 숨어 있으라고."

"……아빠가?"

"라그뿐만이 아니야. 마왕 얘기를 해줬던 건…… 엄마 쪽이 많았어."

"절 놓아주신 분도 똑같은 말씀을 하셨어요."

로제는 그렇게 말하고서 다시 데일을 보았다.

"그런 경위가 있어서 저도 섣불리 제 위치를 드러낼 수 없었어요. ……그러다 데일 님이 생각나서 이 마을까지 왔지만, 어디 계신지는 몰라서 곤란해 하고 있을 때 『요정 공주』가 도와주셨답니다."

"……데일."

로제가 또다시 말한 칭호를 듣고 라티나가 약간 싸늘한 눈으로 데일을 보았다. 데일은 살짝 식은땀을 흘리며 슬며시 시선을 피했다.

최근 라티나는 큰 목소리로 「우리 딸 예뻐.」를 외치면 싫어하는 기색을 보였다. 어른이 된 것일지도 모르지만 어쩐지 쓸쓸했다.

그래서 최근에는 라티나가 눈치채지 못하도록 그녀가 없는 곳에서 『우리 딸 자랑』과 그에 뒤따르는 위협 행동을 반복하고 있었다. 자중한다는 선택지는 그에게 없었다. 그 부분을 고칠 생각은 전혀 없었다.

그런 데일의 내심을 알 리도 없는 로제는 변함없는 태도로 말을 이었다.

"처음 절 납치한 자의 배후 관계도 알 수 없으니…… 누굴 의지해야 할지도 몰라서…… 그래서 데일 님께 왔어요."

"아, 그래. 그런 얘기라면 분명 그 녀석, 단순히 걱정하고 있는 수준이 아니겠지…… 지금 당장 서신을 보낸다고 해도 답장이 올 때까지 며칠 걸릴지도 모르는데. 그동안 어쩔 거야?"

"어딘가 소개해주신다면 그곳으로 갈게요. 이 도시라면 여행자를 대상으로 하는 여관도 많이 있지 않나요?"

"……나도 로제에게 소개할 만한 고급 여관은 모르는데……."

데일은 독립한 뒤 줄곧 『춤추는 범고양이』를 이용하고 있었다. 크로이츠의 다른 여관을 자세히 알 필요가 없었다.

"어머. 저 지금 돈이 별로 없어서 저렴한 여관 쪽이 좋아요. 이 도시에 올 때까지도 그런 여관에 묵었고요."

"……로제."

"흐아아……"

웃으며 터무니없는 말을 하는 로제를 앞에 두고 데일은 한숨을 쉬었고 라티나는 동요를 훤히 드러내며 말버릇을 흘렸다.

최근 라티나는 앳된 느낌을 주는 이 말버릇을 고치려 하는 것 같았지만, 그런 본인의 노력에도 불구하고 동요하면 무심코 내고 말았다. 그다지 개선은 보이지 않았다.

그대로 있어도 좋은데. 귀여우니까. 하고 『딸바보』는 생각했다.

"경솔하게 행동하면 그 녀석이 무슨 짓을 할지 모른다고……."

"그치만 저는 납치당했던 몸인걸요…… 돈을 가지고 있을 리가 없잖아요. 모험가 여러분을 흉내 내서 어느 정도 노잣돈을 얻을 수는 있었지만 그것도 넉넉지 않아서……."

"뭐……? 잠깐, 로제?! 뭘 한 거야?"

"도중에 마을에서 일을 받았어요. 마수 퇴치와 그것들의 사체 전매였죠. 이 도시까지 오는 노잣돈은 그렇게 벌었는데…… 왜요?"

"어, 어어…… 데일?"

라티나가 견딜 수 없게 됐는지 끼어들었다. 그 표정은 이제 곤혹 일색이 되어 있었다.

"로제 님은…… 귀한 아가씨지……?"

"……귀족의 딸이라는 의미에서는 그렇지."

"그렇지?"

즐겁게 웃는 로제는 자태도 태도도 틀림없이 『귀족 영애』라고 부를 만했다. 하지만 알맹이는 상당히 동떨어져 있는 것 같았다.

"도중에 치근덕대는 녀석은 없었어?"

"데일 님, 그런 족속은 찍소리 못하게 만들었으니 걱정하지 마세요."

오히려 그 발언을 듣자 걱정밖에 안 되었다.

"마법사는 근접전을 못 한다는 것이 정설이지만, 저처럼 마력량에 여유가 있는 사람은 간이식을 연속으로 영창하여 많은 상황에 대응할 수 있답니다."

데일도 『가호』의 은혜로 마력량에 여유가 있었다. 그 점을 모르지는 않았다. 요컨대 간이식에 보통은 효율이 너무 나쁜 다량의 마력을 담아서 효과를 높이고, 빠른 발동 속도를 살려 밀어붙이는 것이다.

하지만 그렇더라도 이처럼 연약한 외모의 여인이 할 만한 발언은 아니었다.

데일은 로제와 면식은 있지만 친구를 사이에 두고 그저 인사만 했을 뿐이었기에 그렇게 친하지는 않았다. 이렇게나 엄청난 행동력이 있는 여성일 줄은 몰랐다. 겉모습과는 너무 딴판이었다.

'우수한 마법사라는 건 알았지만…….'

독백과 동시에 한숨이 나왔다.

"그럼 적어도 『범고양이』에 묵도록 해…… 괜찮지? 케니스."

"방은 어떻게 되겠지만 주변 손님까지 움직일 수는 없어."

"다른 여관에 보내는 것보다는 낫겠지…… 이 상황에 로제한테서 눈을 뗐다고 말하면 내가 그 녀석한테 죽어……."

친구의 기량은 데일도 인정했다. 화나게 해서 진심으로 맞붙는 일은 피하고 싶었다.

"돈이 충분할까요?"

"……그 정도는 내가 부담할 테니까……."

어쩐지 금전 감각도 매우 서민적인 『장미 공주』는 그 이명에 어울리는 화려한 미소를 보여주었다.

그런 일이 있고 난 뒤, 로제는 『범고양이』에서 지내고 있었다. 방에서 거의 나오지 않는 것은 역시 자신의 처지를 분별하고 있기 때문이리라. 가끔 밖에 나올 때는 밤색 가발을 썼다.

그렇게 생활하고 있는 그녀를 바깥의 공중목욕탕으로 보낼 수는 없었기에 『범고양이』 뒤편의 간소한 욕탕을 쓰게 하는 흐름이 되었다. 라티나의 지시로 빈트가 확실히 망을 보았으므로 파렴치한 남자들은 다가올 수 없다는, 안정성만큼은 확보된 환경이었다.

로제는 그런 제한된 불편한 환경임에도 불평하지 않았다. 그러나 젖은 머리 위에 가발을 쓰는 것만큼은 역시 기분 좋은 일이 아닌지라 참을 수 없는 듯했다. 그 결과, 화려한 로즈핑크색 장발을 그대로 드러내고서 말리는 모습이 보였다.

로제는 머리를 말리는 중에는 남의 눈에 띄지 않는 장소에 있으려고 했다. 장미 공주라는 이명의 원인이기도 한 그 머리카락은 너무 두드러졌다.

처음에는 주방 안쪽에 있던 로제가 이윽고 다락방인 데일의 방으로 옮겨 간 것은 우수한 마법사인 로제에게 라티나가 가르침을 받게 되면서였다.

로제도 방에 틀어박혀서 하는 일 없이 보내는 나날이 지루했던 모양이다. 가르치면 그만큼 답해주는 성실한 학생의 모습에 점점 열의를 쏟았다.

바꿔 말하자면 로제는 의외로 스파르타식이었다.

지금껏 라티나는 온화한 『교사』 밑에서만 『배우는』 환경에 있었다. 학교에 다닐 때는 물론이고, 그녀에게 마법을 가르친 데일이나 티스로우의 코르넬리오 사부도 교수법은 온화했다.

그에 반해 로제는 엄격했다. 불합리한 엄격함이 아니라, 그녀는 커다란 『무력』인 마법을 다루는 자로서 자신에게도 타인에게도 엄격한 자세를 취했다.

지금도 저번 과제로 라티나가 완성한 리포트를 읽는 로제 앞에서 라티나는 허리를 꼿꼿이 펴고 앉아 있었다.

"……예. 역시 라티나 양은 기본 이론은 문제없어 보이네요."

평소 로제는 부드럽고 편안한 여성이지만 이렇게 강평할 때의 그녀는 자연스럽게 상대의 자세를 바로잡는 분위기가 있었다. 그만큼 로제가 『마법』을 진지하게 대하고 있다는 증거라고도 할 수 있을 것이다.

"마인족이라고는 해도 라티나 양은 어렸을 적에 고향을 떠났죠? 그런 것치고는 어려운 어구의 이해도가 높은 것 같은데요?"

"그런가? 주변에 있던 어른들…… 말에 엄격한 사람도 많았으니까…… 그래서일까?"

그러나 로제를 대하는 라티나의 말투 자체는 처음과 비교하면 상당히 스스럼없어진 상태였다. 그런 점에서 로제는 너그러웠고 라티나는 붙임성 있는 성격이었다. 친구라기보다는 라티나가 로제에게 응석 부리고, 로제는 로제대로 싫어하지 않으며 돌봐 주는 자매 같은 관계가 되어 있었다.

로제가 데일과 결정적으로 다른 부분은 로제는 엄격한 점에서는 매우 분명하게 엄격했다.

그렇게 라티나와 로제 두 사람은 대체로 친하게 지냈다.

"그에 비해 공격 마법 술식은 그다지 모르는 것 같군요."

"응. 데일이 위험하니까 배우지 않아도 된다면서 가르쳐주지 않았으니까."

"저희처럼 순수한 근력으로는 타인에게 필적하지 못하는 자에게 마법은 자신을 지키는 커다란 수단이에요. 잘못 사용하면 위험한 힘이 되기는 하지만, 그렇기에 깊이 이해하고 능숙하게 구사하는 것이 중요하죠."

로제가 라티나의 딱 좋은 교사가 된 것은 두 사람 모두 마법 속성이 『하늘』과 『어둠』이라 쓸 수 있는 마법이 똑같다는 면도 컸다.

데일의 마법 속성은 『땅』, 『물』, 『어둠』이었기에 그는 『하늘』 계통이나 『하늘』과 『어둠』의 복합 마법에 관해서는 기본적인 지식밖에 없었다.

"라티나 양은 마력 제어도 뛰어나니까, 상황에 따른 주문 선택지를 늘리는 편이 위험성을 줄일 수 있을 것 같네요."

마법 전문가인 로제가 보기에도 라티나의 마력 제어 기술은 독보적이었다.

"네!"

표정을 다잡고 힘차게 대답하는 라티나는 매우 진지했지만 어쩐지 귀엽게 보이는 것도 그녀의 자질일지도 몰랐다.

"로제 님, 『정화 마법』은 『하늘』 속성이죠?"

"그러네요. 『어둠』 속성 마법으로도 언데드에 대항할 수는 있지만……."

"가르쳐주시면 좋겠어요…… 『어둠』 속성 쪽은 조금 무리라……."

그렇게 부탁한 라티나는 어렸을 때부터 줄곧 귀신을 싫어했다. 어릴 적에 언데드 몬스터 관련으로 무서운 경험을 한 적이 있는 라티나는 약간 트라우마를 가지고 있었다.

언데드에 대항할 수 있는 것은 『하늘』 혹은 『어둠』 속성 마법이었다. 데일이 다루는 것은 그중에서 『어둠』 속성뿐이었기에 그가 사용하는 『언데드 대항 마법』은 『어둠』 속성 마법을 물리 공격에 부가하는 형식이었다. 그것은 언데드 몬스터를 직시하고 틈으로 파고들어 후려칠 수 있어야 했다. 무섭기에 대항할 수단을 알고 싶은 라티나에게는 너무 어려운 일이었다.

"라티나 양이라면 한 번에 복수에게 범위를 넓히는 것도 가능할 거예요."

"그럴까? 열심히 배울게요!"

트라우마 극복을 위하여 라티나는 마법 단련에 힘썼다.

그렇게 즐겁게 마법 공부에 열중한 라티나의 모습을 보고 있던 데일은 어느 날, 저녁 식사 자리에서 의문을 입에 담았다.

"라티나."

"왜?"

"……그렇게 열심히 마법을 배워서…… 장래 모험가가 되겠다고 하려는 건 아니지?"

불안했다. 그녀는 이미 『마법사』로서 일류까지는 아니어도 평균 이상의 능력을 가지고 있으리라고 데일은 보고 있었다.

모험가 일을 하고자 한다면 가능할 만한 능력은 있는 것이다.

하지만 그런 불안정하고 위험한 일 따위에 몸담기를 원하지 않았다. 그렇게 생각하는 것도 『부모의 마음』이리라.

"어? 음…… 나는 『범고양이』 같은 식당 일을 할 수 있다면 좋겠어. 그치만 여행은 또 가고 싶어! 여기저기 모르는 마을을 둘러보거나…… 할머니랑 마야를 만나러 가고 싶어."

그녀의 대답을 듣고 데일은 안도의 한숨을 쉬었다.

"……예전에는 데일이 일하러 갈 때 같이 가고 싶다고 생각했어."

"뭐?"

라티나가 그렇게 살짝 난처하고 쓸쓸한 쓴웃음을 짓고서 한 말에 데일은 어안이 벙벙해졌다.

"집에 혼자 있는 게 싫어서…… 데일이랑 같이 갈 수 있게 되면 혼자 집 안 봐도 되잖아?"

라티나는 그렇게 말하고 웃었다. 어릴 때부터 그녀에게 참기를 강요했다는 자각이 있는 데일은 곤란한 얼굴을 했다.

"……미안해."

"아니야. 데일을 괴롭히고 싶은 게 아닌걸."

에헤헤 하고 얼버무리는 미소를 만든 후에 라티나는 갑자기 진지한 얼굴이 되었다.

"그치만 나는 무리라는 것도, 크니까 알게 됐어."

"뭐?"

"만약 내가 데일을 따라가면…… 방해될 뿐이야. 그러니까 집을 잘 지키자고 정했어."

"라티나는 마법사로서도 상당히 우수해. 그렇게 자신을 비하하지 않아도……."

『모험가』 따위가 되길 원하지는 않으면서도 그에 반하는 말을 한 것은 라티나가 필요 이상으로 자신을 낮게 평가하지 말았으면 했기 때문이었다.

그녀가 무엇보다도 자기 자신을 소중히 여기길 원했다.

"아니야. 데일이 정말로 대단하다는 걸 알게 됐으니까. 나, 마력도 그렇게 많지 않고…… 데일을 지킬 수 있을 만한 큰 『힘』은 없는 걸. 그리고 분명 정말로 위험한 순간에도 데일은 자신보다 날 신경 쓰고 말 거라고 생각했어."

"당연하지."

데일은 즉답했다. 예상대로인 자신의 『보호자』를 보고 라티나는 미소 지었다.

"그치? 그래서 나는 데일의 일은 도와줄 수 없어."

참기를 강요하고 있다는 것도, 쓸쓸한 경험을 하게 했다는 것도 알고 있었다.

하지만 이 아이는 어릴 때부터 말 잘 듣는 똑똑한 아이였으니까 괜찮지 않을까 여기던 면도 있었다.

"……라티나라면 알겠지만."

"응?"

"라티나가 『어서 와.』하고 맞이해주는 건 내게 무척 기쁜 일이야."

데일의 말에 깜짝 놀란 표정이 된 라티나는 이어서 온화하고 부드럽게 웃었다.

"응…… 그러네. 『어서 와.』라고 말해주는 『장소』는 소중하니까."

"그래. 라티나는 분명하게 내 『힘』이 되어주고 있어……."

표정이 밝아진 라티나를 보고 안도하면서도 마음 한편으로 생각했다.

'정말로 이 아이는…… 여러 가지를 잘 보고 있구나…….'

그런데 왜 자기 자신에 관해서는 『무자각』인 것이 많을까, 『보호자』는 반쯤 걱정 섞인 한숨을 쉬었다.

6. 청년, 어린아이와의 시간과 장미 공주의 재난.

『빨강의 신의 밤 축제』가 가까워지면서 크로이츠 곳곳에 떠들썩
하고 흥분된 분위기가 감돌았다. 대도시 크로이츠에서 손꼽히는
축제였다. 각 상점도 축제를 보러 올 여행자를 내다보고 준비에 힘
쓰고 있었다. 그에 맞춰 방문하는 상인을 호위해 온 모험가들의 수
도 늘어서 『춤추는 범고양이』도 평소보다 바빴다.

위 주석: 아흐마르

"누나. 라티나 누나."

"왜 그러니? 테오."

"놀자."

『범고양이』 뒷마당에서 어린 테오도르가 그렇게 말해 와서 라티
나는 살짝 난처한 얼굴을 했다. 현재 라티나는 『범고양이』에서 사
용하는 시트를 양손 가득 안고 있었다. 빨래는 엄청난 중노동이다.
마도구 등으로 간이화할 수도 없다. 그래서 의류 정도라면 직접 빨
지만 이처럼 큰 물건은 한데 모아 세탁업자에게 위탁하고 있었다.

라티나는 지금 그 심부름을 하는 도중이었다.

"……미안해, 테오. 지금은 무리야."

방심하면 떨어뜨릴 것 같은 양이다. 원래는 케니스가 하던 일로,

리타는 도저히 옮길 수 없는 양이었다. 라티나는 마법으로 중량을 변화할 수 있기에 가느다란 팔에 어울리지 않을 만큼 짐을 옮길 수 있었다.

"놀자~."

"미안해. 빨래를 부탁하고 오면 놀 수 있으니까. 잠깐만 기다려줘."

라티나가 되풀이한 말을 듣고 테오는 부루퉁하게 볼을 부풀렸다.

'테오의 볼록해진 뺨, 귀여워……'

어린아이의 말랑말랑 보들보들한 뺨이 부풀어 오르는 모습에 난처해 하면서도 작게 미소 짓는 라티나는 테오의 그 동작이 『정말 좋아하는 누나』를 흉내 낸 것이라고는 눈치채지 못했다.

"시~러~! 노라~!"

"테, 테오! 위험……."

어린아이가 그 정도 말로 납득할 리도 없어서 떼를 쓰며 라티나의 앞치마에 매달렸다. 라티나가 당황한 목소리를 낸 순간, 갑자기 그 무게가 사라졌다.

"이거 놔~!"

바동바동 날뛰는 테오를 아랑곳하지 않고 빈트가 그 목덜미를 물고 있었다. 목이 졸리지 않도록 절묘한 위치를 골라 옷깃을 문 빈트는 테오를 대하는 이 동작에 『익숙』했다.

"빈트."

살랑, 꼬리를 흔들어 「얼른 가.」라고 의사를 표시하는 빈트에게 라티나는 안도한 표정을 보냈다. 그리고 테오를 향해 다시 한 번 말했다.

"미안해, 테오. 돌아오면 같이 놀자."

"시~러~!"

그래도 떼쓰는 테오를 보고 발걸음이 떨어지지 않는 모습을 보이면서도 라티나는 빨랫감을 고쳐 안고서 나갔다.

빈트가 테오를 땅에 내린 것은 라티나의 모습이 완전히 보이지 않게 된 뒤였다. 툭, 하고 비교적 거칠게 떨어뜨렸지만 테오는 울음을 터뜨리지 않았다.

"누나!"

엉덩방아를 찧은 상태에서 일어나더니 라티나가 향한 쪽으로 쫓아가려고 했다. 그런 테오 앞을 빈트가 막았다.

"뷔~ 비켜!"

"멍."

돌아가려고 했지만 빈트는 그것도 몸으로 방해했다. 테오가 부루퉁하게 볼을 부풀려도 빈트는 봐주지 않았다.

아무튼 『그』에게는 라티나에게 불이익이 발생하는가 아닌가가 가장 큰 관점이었다. 테오를 돌보는 것도 라티나가 테오를 귀여워한다는 사실을 알고 있기 때문이었다.

이 작은 사람의 아이에게 무슨 일이 생기면 라티나가 슬퍼한다. 그것은 피해야 했다.

그렇기에 지금, 바쁜 라티나를 이 어린아이가 방해하는 것도, 라티나가 자리를 비운 이때 무슨 일을 벌이게 하는 것도 있어서는 안 되는 일이었다.

"우~!"

테오는 언짢은 목소리를 냈지만 역시 울음을 터뜨리지는 않았다. 아이는 굳이 따지자면 엄마를 닮은 외모였다. 어린아이 특유의 보송보송한 머리카락이 검은색을 띤다는 점이 그 인상을 강하게 했다. 하지만 성격은 어느 쪽을 닮았는지 단언할 수 없었다. 그 두 사람은 둘 다 기가 셌다. 리타는 물론이고, 케니스 역시 『범고양이』를 방문하는 모험가 중진들도 인정하는 남자였다. 털털한 모습 속에 자리 잡은 심지는 상당히 강인했다.

그런 부모의 이런저런 면을 이어받은 테오는 이 정도 방해에 울상 짓지 않았다.

빈트를 향해 돌진했다.

빈트는 그것을 휙 피하고 테오의 균형이 무너졌을 때 앞발로 철 퍽 넘어뜨렸다.

역시 살짝 눈물이 났다.

등으로 느껴지는 발바닥 감촉에 더더욱 화가 났다. 만지게 해달라고 부탁해도 싫어하면서 스스로 누르는 건 괜찮은 건가.

빈트는 테오가 다시 일어나려 하는 동작을 방해하지 않았다.

또다시 도전해 오는 것을 상급자의 여유를 가지고 상대했다. 테오가 데굴데굴 굴려져서 흙투성이가 되는 것은 『그들』의 평소 놀이였다.

테오가 처음 목적을 까맣게 잊고 빈트에게 덤비는 것으로 목표가 바뀌었을 무렵, 데일이 뒷마당에 얼굴을 내밀었다.

현재 크로이츠는 『밤 축제』 때문에 모험가 수가 일거리에 비해 많았다. 이것은 매년 일시적으로 일어나는 현상이었다. 그래서 어느 정도 격이 있는 모험가들은 어지간히 어려운 일이 아니라면 자숙하여, 경험과 금전적 여유가 없는 자에게 우선으로 일을 돌렸다. 이 암묵적인 룰도 모험가들 사이에서는 일종의 상부상조였다. 그리고 동시에 이때 미친 듯이 일하는 것은 자신의 가치를 현저히 깎아내리는 일이기도 했다. 이 시기를 한가하게 보내는 것이야말로 실력자라는 증표였다.

데일 또한 한가롭게 『범고양이』에서 시간을 보내고 있었다.

최근 몇 년 동안 데일은 이런 여유가 생기면 라티나에게 찰싹 붙어서 『즐거운 시간』을 보냈다. 그 결과 그에게는 『한가한 시간』이라는 것이 존재하지 않았다.

그런데 올해는 라티나가 매일 일에 쫓겼고, 게다가 그 와중에 짬을 내서 마법 공부까지 하고 있었다. 지금 라티나는 데일을 상대할 수 없을 정도로 바빴다. 어른이 되었다며 기뻐해야 할 일이라고는 알고 있어도 어쩐지 때때로 울고 싶어졌다.

그런 데일은 이렇게 어린아이와 멍멍이를 상대로 무료함을 달랬다.

"……너희 뭐해?"

"멍."

"데일."

말을 건 데일에게 한 사람과 한 마리가 대답했다.

테오는 라티나를 『누나』라고 부르면서 어째선지 데일은 이름으로 불렀다. 데일은 부조리함을 느꼈다. 정말이지 이해할 수 없었다.

"빈트랑 놀고 있었어?"

"나, 뷔한테 이기 꺼야!"

"……아직 테오한테는 어렵지 않을까."

"멍."

아직 새끼라고는 해도 빈트는 마수보다 더욱 강력한 『환수』였다. 어린아이가 당해낼 수 있는 상대가 아니었다. 어딘가 의기양양한 얼굴을 한 빈트도 그 말에 동의하는 것 같았다.

"할 수 있어!"

"……어려울걸."

그래도 우기는 테오를 보고 작게 어깨를 으쓱인 데일은 옆에 떨어져 있던 막대기를 주웠다. 한 번 휘둘러서 휘어지는 정도를 확인하고 빈트 쪽을 보았다.

"빈트, 덤빌래?"

"멍!"

한 번 짖고 다음 순간, 빈트는 데일에게 달려들었다. 데일이 당황하지도 않고 슥 피하자 빈트는 착지와 동시에 자세를 바로잡고서 다시 덤벼들었다.

데일은 상체를 비트는 최소한의 움직임으로 그것을 피했다. 그때 들고 있던 막대기를 휘둘렀다.

빈트도 몸을 낮춰서 데일의 그 공격을 통과했다.

어지럽게 이동하는 공방에 테오가 입을 벌린 채 그 싸움을 바라보았다.

빈트는 아직 새끼 늑대다. 혼자서는 데일에게 이길 수 없다. 그 정도의 실력 차가 있었다. 그렇기에 빈트에게 데일은 싸울 맛이 나는 『놀이 상대』였다.

"뭐, 데일보다 강해?"

"테오한테는 그렇게 보이나."

데일은 빈트의 공격을 때때로 왼손으로 막고서 털어냈다. 하지만 데일의 막대기는 빈트를 스치지도 않았다.

테오의 눈에는 빈트가 우세하게 보일 것이다.

하지만 그것은 데일과 빈트 쌍방이 전혀 진심을 다하지 않은 『놀이』 범주에 있기 때문이었다.

진심으로 『이런 일』을 한다면 점차 열중하여 머지않아 어느 한쪽이 다치게 될 것이다.

목숨에 지장이 갈 정도로 다치지는 않을 테고 회복 마법도 있다. 한 사람과 한 마리가 걱정하는 것은 그게 아니었다.

다치는 사태가 벌어졌다가 그것을 라티나에게 들키면 아마도 혼날 것이다.

허리에 손을 얹은 라티나 앞에 나란히 무릎 꿇고 앉아 설교를 들을 것이다.

거기까지는 좋다. 아니, 좋지는 않지만 허용할 수 있다. 문제는 화난 라티나가 한동안 상대해주지 않게 될지도 모른다는 점이다.

그것은 절대로 피해야 할 사태였다.

한동안 데일은 빈트의 놀이에 어울려주고서 — 영리한 짐승이기는 하지만 그렇다고 너무 일을 맡기기만 해서도 안 된다. 스트레스가 쌓이기 전에 발산시키는 것은 중요했다. — 이번에는 테오 쪽을 보았다.

"테오, 사람한테 막대기 휘두르면 안 돼."

"안 대?"

"맞으면 아프잖아. 내가 당해서 싫은 건 하면 안 되는 거야."

역시 남자아이인지, 데일을 흉내 내어 가느다란 막대기를 휘두르며 놀기 시작한 테오를 향해 못을 박았다.

"……좀 더 크면 검이라도 가르쳐줄 테니까."

데일은 그렇게 말하면서도 「그건 아빠인 케니스 역할이려나.」 하고 어렴풋이 생각했다. 하지만 어린아이가 첫걸음을 떼는 데 느닷없이 전투 도끼는 난이도가 높은 것 같았다.

딱히 케니스가 검을 못 쓰는 것은 아니지만, 데일은 전투 도끼 말고 다른 무기를 쓰는 케니스를 상상할 수 없었다. 위화감밖에 없었다. 역시 인상이라는 것은 중요했다.

그런 생각을 하며 멍하니 바라보는 데일 앞에서, 아이는 회색 새

끼 늘대의 꼬리 일격에 짧은 막대기를 떨어뜨린 후 또다시 굴려지
고 있었다.

　다음 날도 데일은 테오를 상대했다.

　데일이 겨드랑이에 테오를 끼고서 거리를 걷는 모습은 언제 헌병
이 불려 와도 이상하지 않을 광경이었다. 테오가 그를 마구 밀어내
며 아우성치고 있었기 때문이다.

　그래서 이에 깜짝 놀란 행인들도 그가 여유로운 태도로 있다는
점과 아이가 소리치는 내용을 듣고서 사건이 아니라고 판단해 표
정을 풀었다.

　"데일 말고 누나가 조아!"

　"나라서 미안하게 됐네."

　"나, 누나한테 가 꺼야."

　"라티나는 일하는 중이야."

　"멍."

　"시~러~."

　옆에 새끼 늘대를 거느리고서 데일은 크로이츠의 중앙 광장으로
향했다.

　테오는 최근 심기가 불편했다.

　라티나가 바쁜 것이 그 원인이었다. 테오는 『정말 좋아하는 누나』
인 라티나가 좀 더 자신을 신경 써줬으면 좋겠는데 라티나는 최근
가게가 바빠서 놀 수 없다고 했다. 그뿐만이 아니라 『공부』라면서

가게에 있는 『손님』하고 이야기만 잔뜩 했다.

　자신하고는 안 놀아주면서 치사했다. 손님하고 이야기할 시간이 있다면 자신과 놀아주면 되지 않나. 테오는 그렇게 생각했다. 빈트와 노는 것도 즐겁지만 테오는 『정말 좋아하는 누나』에게 응석을 부리고 싶었다.

　도착한 크로이츠의 중앙 광장에서는 오늘도 많은 마을 사람이 각자의 시간을 보내고 있었다. 탁 트인 공간을 보고 빈트가 기쁘게 꼬리를 흔들었다.

　"빈트. 마법은 쓰지 마. 그리고 마구잡이로 땅 파지도 말고."

　"멍."

　"나중에 라티나한테 보고할 테니까."

　일러바칠

　"멍!"

　좋은 대답이었다. 뭐랄까, 자신의 말을 업신여기고 있는 기분이 들지만 그것은 신경 쓰면 지는 것이리라.

　빈트는 라티나의 『명령』밖에 듣지 않았다.

　라티나도 딱히 『명령』하고 있지는 않으나 빈트는 기본적으로 『라티나의 부탁』을 들어주기에 결과적으로 비슷했다.

　그러나 빈트는 빈트 나름대로 데일과 케니스에게 경의를 표하고 있는 것 같기는 했다. 라티나가 그들을 존경하는 모습을 보고 있었고, 빈트 자신보다도 『강한 개체』라는 것이 그 이유였다. 개와 비슷한 생물인 빈트의 가치관 속에서 그들은 그런대로 상위 존재라고 인식되어 있었다.

본디 영리한 짐승이기에 웬만한 것은 말하면 이해한다는 점도 컸다.

하지만 그런 빈트 안의 계급에서 라티나의 뒤를 잇는 『범고양이』내 존재는 리타였다. 『명령』에는 따르지 않지만 질책에는 예외적으로 따르는 빈트의 모습을 볼 수 있었다. 그것은 『범고양이』의 남자들이 리타에게 묘하게 머리를 들지 못하는 모습을 보이기 때문인 것 같았다.

데일이 테오를 광장 잔디 위에 내렸다. 그러자 테오는 종종종 달리기 시작했다.

그런 아이를 바라보며 데일은 살짝 미소 지었다. 멍하니 이것저것 생각했다.

"……그러고 보니 요르크네도 슬슬 둘째가 태어나던가 ……축하 선물은 뭘로 할까."

동생은 아내인 프리다와도 그런대로 화목하게 지내고 있는 모양이었다. 고향과 정기적으로 주고받는 편지는 서로의 근황뿐만 아니라 세계정세를 고향에 전하는 보고서로서의 의미도 있었다. 오·탈자를 빨간색으로 정정해서 되돌려 보낸 것을 받았을 때는 울컥했다. 그런 짓을 하는 사람은 대부분 할머니였다.

빈트가 어디선가 짧은 막대기를 주워 왔기에 휙 던져주었다. 빈트는 테오 앞에서 그것을 캐치하더니 의기양양한 얼굴로 꼬리를 흔들어 보였다. 지기 싫어하는 테오가 부루퉁하게 볼을 부풀리고 의욕적인 얼굴이 되었다.

'괜찮으려나……'

『개』와 경쟁하며 노는 것은 아이에게 교육적으로 어떨까.

하지만 환수 상대로 매일 하는 놀이는 운동량 면에서는 충분할 것이다.

'뭐, 부모도 말리지 않으니까…… 됐나.'

데일은 자신이 다시 휙 던진 막대기를 서로 빼앗는 한 사람과 한 마리의 모습이라는 평화로운 광경을 멍하니 바라보았다.

잠시 후, 놀다 지친 테오를 나무 그늘로 데려갔다. 꾸벅꾸벅 졸기 시작한 테오를 익숙한 동작으로 안아 올려서 그대로 자게 해주었다.

빈트는 마이 페이스로 광장을 뛰어다니고 있었는데 갑자기 멈춰 서더니 몇 번 하늘을 보며 코를 움직였다. 그러다 어딘가로 달려갔다.

"데일!"

이윽고 들린 목소리에 얼굴을 들었다. 역시 빈트는 마중 나갔던 모양이다. 빈트를 거느린 라티나가 등나무 바구니를 들고 이쪽으로 다가왔다.

"일은 괜찮아?"

"그렇게 일만 하고 있지는 않아."

데일의 말에 웃으며 대답한 라티나는 그의 옆에 다소곳이 앉았다. 그리고 자고 있는 테오를 미소 지으며 들여다보았다.

"테오한테 줄 간식을 가져왔는데. 이렇게 기분 좋게 자고 있으니

못 깨우겠네."

"라티나도 곧잘 어디서든 잤었지."

"……지금은 안 그러는걸."

"그러네."

데일의 말을 듣고 라티나가 아주 살짝 볼을 부풀린 것은 언짢아졌기 때문이 아니라 쑥스럽기 때문이었다. 상당히 성장했으면서도 그런 동작이 앳된 느낌을 줘서, 뭐라 말할 수 없는 따스함으로 가슴이 가득 찼다.

"라티나는 정말로 예쁘구나……."

"갑작스럽네?"

"테오를 돌보다 보니 절실히 생각했어. 라티나는 정말로 항상 열심히 해줬구나."

어렸을 때 했던 것처럼 머리를 쓰다듬자 라티나가 조금 난처한 표정을 지었다. 이 나이 때 여자아이에게 할 만한 행동이 아닐지도 모른다.

'……쓸쓸하네.'

머지않아 『보호자』인 자신과 함께 있는 것도 싫어하게 되는 걸까. 쓸쓸하다고 느끼는 것은 자신뿐이리라.

아이는 그런 어른의 감상과는 상관없이 쭉쭉 자라나 버린다.

라티나는 그런 생각을 하는 데일을 커다란 회색 눈망울로 의아해하며 들여다보았다.

"……『밤 축제』 예정은 다 세웠어?"

"응. 클로에네 집에 모일 거야. 늦게 돌아오니까 클로에랑 실비아를 데려다주고서 올게."

"뭐?! ……라티나가 두 사람을 데려다주는 거야?"

"늦은 시간에 두 사람을 돌려보내는 건 위험한걸. 나는 최근에 호신용 마법도 배웠고, 헌병 아저씨도, 경호 의뢰를 받은 모험가들도 잔뜩 있으니까 괜찮아."

틀린 말은 아니었다. 확실히 개개인의 공격력을 따지자면 라티나는 친구들보다 훨씬 뛰어날 것이다. 하지만 역시 위기의식이 희박하지 않나.

"여, 역시 내가 마중 나갈까?"

"괜찮아. 이제 쪼끄만 어린애가 아닌걸."

그렇기에 불안한 것이지만. 왜 자각해주지 않는 것일까.

그렇다고 라티나에게 세상 남자들의 위험성을 역설하는 것도 꺼려졌다. 그랬다가 자신까지 더러운 존재로 보게 되기라도 하면 다시 일어설 수 없다. 죽어버릴 것이다. 칼날보다도 마법보다도 그 무엇보다도, 라티나의 싸늘한 시선 쪽이 심장을 도려내는 큰 대미지를 줄 것이 분명했다.

"어렵네……."

"응?"

무심코 중얼거린 데일의 말을 듣고 라티나는 정말 이상하다는 얼

190 우리 딸을 위해서라면, 나는 마왕도 쓰러뜨릴 수 있을지 몰라. 3

굴로 고개를 갸웃했다.

그래도 라티나가 이대로 천진하고 순수한 채로 자라길 바란다는
마음도 있었다.

"아니야…… 오. 테오가 일어난 것 같아."

"정말이네. 테오, 일어났어?"

"응……? 누나?"

때마침 꼬물거리며 일어나기 시작한 테오에게로 라티나의 의식을
돌려서 얼버무렸다.

테오는 깨어나 라티나가 있음을 알아차리자 곧장 그녀에게 팔을
뻗어 안아달라고 졸랐다. 라티나는 라티나대로 테오가 자신에게
응석 부리는 것이 기뻐 보였다.

"누나."

"왜 그러니? 테오."

테오는 대답하지 않고 그저 기쁘게 에헤헤 웃었다.

그런 두 사람을 보는 데일에게 빈트가 머리를 비비적비비적 문질
렀다.

"……뭐야."

"멍."

"딱히 테오 상대로 질투는 안 해."

"멍."

뭔가 다 안다는 듯한 시선을 보내오는 회색 짐승을 손으로 빗겨
주면서, 데일은 앞으로 자신이 『보호자』로서 어떻게 있어야 할지에

관해 답이 나오지 않아도 이것저것 생각했다.

†

그 손님이『춤추는 범고양이』를 방문한 것은『빨강의 신의 밤 축제』까지 며칠 남지 않은 때였다.^{아흐마르}

문을 열고 그 청년이 모습을 보였을 때, 한순간 가게 안의 소란이 가라앉았다. 그가 가게 안을 둘러보았을 때, 단골손님들 사이에 긴장이 흘렀다.

서늘하고 반듯한 용모의 청년이었다. 그 차분한 모습과는 반대로 몸에 걸친 여장은 흐트러져 있었다. 그것은 그가 급한 여행을 해왔음을 나타내는 증거였다.

"어서 오세요."

단골손님들은 처음 보는 청년이 상당한 실력자임을 간파했기에 긴장한 것이었지만, 이 가게의 간판 아가씨는 변함없이 마이 페이스였다.

종종걸음으로 맞이하며 청년에게 웃어 보였다.

"처음 오신 손님이네요. 크로이츠는 처음이신가요?"

"……그래."

그 라티나의 웃는 얼굴이 얼어붙은 것은 청년의 다음 대사를 들은 순간이었다. 청년은 깜짝 놀란 것처럼 아이스 블루빛 눈을 살짝 크게 뜨더니 이렇게 중얼거렸다.

"네가 데일이 말했던 『요정 공주』인가."

"……."

웃음이 터지려는 것을 포커페이스로 참고 있는 리타 쪽을, 라티나는 굳어버린 웃는 얼굴로 돌아보았다.

"리타, 나, 데일한테 화내도 되지?"

"마음껏 화내도 좋아."

멋진 미소와 함께 엄지를 치켜든 리타뿐만 아니라 주변 단골손님들도 일제히 라티나에게 성원을 보냈다.

자신에게 피해가 미치지 않는다면 다른 사람이 당하는 모습을 보는 것은 일종의 오락이었다.

라티나가 평소보다 거친 발소리를 내며, 자신의 방으로 이어지는 계단이 있는 주방으로 향하는 것을 일동은 뭐라 말할 수 없는 들뜬 분위기로 바라보았다.

한 사람, 상황을 파악하지 못한 청년을 남겨두고서.

잠시 후 자신의 방에 있다가 가게에 모습을 나타낸 데일은 완전히 초췌해진 모습이었다.

"……왜 그래?"

"……이게 다 네 탓이잖아."

화풀이였다.

뽀로통하게 화난 얼굴도 사랑스러워서 설교 도중에 표정이 풀어져 버린 것도 좋지 않았다. 완전히 화가 난 라티나에게 사과하고 사죄하고 싹싹 빌었다. 그리하여 어떻게든 용서를 쟁취했다.

하지만 「이제 안 그러겠습니다.」만큼은 교섭 스킬을 총동원해서 회피해 보였다. 라티나에게 거짓말은 하고 싶지 않았다.

전제 조건이 이상한 것은 아니었다. 고칠 생각이 없을 뿐이다.

"그건 그렇고 빨리 왔네, 그레고르. 서신이 도착하고 곧장 이쪽으로 왔구나?"

"그래. 나 혼자뿐이라면 비교적 자유로우니까."

『범고양이』한구석에 앉아 데일을 기다리던 그레고르는 주위 시선에도 동요하지 않고 여유롭게 자리를 지키고 있었다.

그레고르가 휘감은 분위기는 무인 그 자체였다. 단골손님들이 흥미롭게 노골적인 시선으로 보는 것도 무리는 아니었다. 모험가라고 하기에는 좋은 혈통이 배어나는 부분이 있지만, 그레고르는 실력자에게 흥미를 안겨줄 만큼 출중한 검사였다.

그도 이 가게 단골손님들의 솜씨가 상당함을 눈치챈 상태였다. 내심 감탄하고 있었다. 왕도에서도 이 정도 실력자는 흔치 않았다. 역시 이곳 크로이츠는 여행자와 모험가를 끌어모은다는 면에서 이 나라 유수의 존재라고 재확인했다.

"로제는 무사해?"

"지금은 2층 객실에 있어. 대충 사정은 들었지만…… 유괴당했다는 게 진짜야?"

"……영지에서 왕도로 향하는 도중에 마차가 습격받았어. 코르넬리우스 가문은 그다지 유복한 집안은 아니야. 호위도 종자도 평범

한 수준으로만 따르고 있었어. ……습격자는 로제의 성격도 조사
했던 모양이야. 먼저 주위 사람을 인질로 잡았다고 해."

"그래……."

그 장미 공주가 얌전히 유괴당하리라고는 생각하지 않았는데, 그
런대로 이유는 있는 것 같았다.

로제의 집안인 코르넬리우스 가문은 자작위에 해당하여 그레고
르의 집안인 에르디슈테트 공작가와는 격이 달랐다. 그래도 서로
교류가 있었던 것은 영지가 인접했고 코르넬리우스령의 특산물 거
래처도 주로 에르디슈테트령이라는 밀접한 관계를 맺고 있었기 때
문이다.

그리고 마력 형질을 지니고 희대의 신관으로 불릴 만한 『가호』를
가진 로제가 탄생한 후, 그 관계는 더욱 긴밀해졌다.

로제의 뒷배 중 하나로서 공작가의 비호를 받은 것이다. 이것은
에르디슈테트 공작에게도 필요한 처치였다. 유력한 카드가 될 수
있는 『고위 가호를 가진 미모의 영애』를 정적에게 넘기는 일 없이
자신의 영향이 미치는 범위에 두는 것은 큰 의미를 지니고 있었다.

로제와 그레고르가 면식이 있는 것은 그런 사정이 있기 때문이었다.

인형처럼 사랑스러운 로제를 그레고르의 누나가 예뻐했다는 이
유도 있었다. 두 사람은 어릴 때부터 교류가 있는 사이였다.

"일단 로제가 무사하다는 걸 확인하고 싶지? 지금 라티나한테

불러오라고……."

"아니, 내가 가겠어. 방을 가르쳐줘."

그레고르의 말을 듣고 데일은 한순간 경직되었다.

"아니…… 아니아니아니. 아무리 그래도 그건 위험하잖아?! 로제의『이름』을 생각해도 말이야! 네가 뭔가 하지 않더라도!"

적령기인 귀족 영애가 밀실에서 남자와 만났다— 그런 사실 하나도 공적으로 불거지면 충분한 스캔들이었다. 그 상대가 에르디슈테트 공작가의 자제였다는 사실이 첨가된다면 더더욱 커다란 이야깃거리가 될 것이다.

"네가 입 다물고 있으면 로제의 명예는 지켜지겠지."

희미한 미소도 짓지 않은 아이스 블루빛 싸늘한 안광은 괜한 소리를 발설하면 베어버리겠다는 협박을 담고 있었다.

이 녀석에게는 항상 「수양딸 지상주의 『딸바보』」라고 냉담한 강평을 받았지만, 너도 그다지 남 말 할 처지가 아니네? 하고 등으로 땀을 흘리면서 독백하는 데일의 뇌리에 『유유상종』이라는 말이 스쳤다.

"음…… 로제의 방은 2층 앞쪽에 있는 개인실인데…… 나는 동석……하지 않는 편이 좋지? 그렇겠지!"

그레고르의 눈길 한 번에 데일은 즉시 자신의 행동을 결정했다.

친구가 계단을 올라 객실이 있는 2층으로 가는 것을 바라보면서 데일이 어깨를 축 떨구자 걱정한 라티나가 물이 든 잔을 가져다주었다. 아까까지 화난 상태였는데 그 상냥함이 심금을 울렸다.

"데일, 괜찮아?"

"……응, 아마도…… 괜찮, 겠지?"

서로 걱정하는 상대가 달랐으나 자잘한 일은 신경 쓰지 않고, 데일은 드물게도 자신이 속한 신을 향해 기도 문구를 중얼거렸다.

—문을 노크하는 소리만으로도 로제는 문 너머에 있는 것이 누구인지 헤아렸다. 깜짝 놀라서 들고 있던 빌린 책을 떨어뜨릴 뻔했다.

아마 본인도 모를 터인 약간의 가락. 어릴 때부터 언제나 기다렸기에 알게 된 그의 버릇.

"로제."

목소리가 들린 순간, 로제는 튀어 나가듯이 문으로 향했다. 잠금을 푸는 간단한 동작이 조급한 마음 탓에 잘 안 되었다.

"그레고르 님……!"

문 너머에 있던 그 사람의 모습을 확인하자 목소리가 떨렸다.

"로제, 무사했구나."

"그레고르 님!"

그다지 커다란 감정을 얼굴에 나타내지 않는 그레고르가 안도하여 음색에 다정한 울림을 담았다. 그와 동시에 로제는 그레고르의 품에 안겼다.

"……웃, 그레고르 님! 저, 저……."

"……무사해서 다행이야."

가냘픈 어깨를 떨며 눈물을 글썽이는 로제를 끌어안고서 그레고르는 조용히 손을 뒤로 돌려 문을 닫았다.

로제에게 데일은 어디까지나 『면식이 있는 지인』이었다.

유괴, 그리고 『둘째 마왕』이라는 공포의 체현자와 접촉한 사건에 겁먹고 상처 입고 초췌해졌어도 그녀는 그 모습을 데일에게 보일 수 없었다.

그것은 그만큼 로제가 높은 긍지와 굳센 마음의 소유자임을 나타내는 증거였지만, 결코 그녀가 『아무렇지도 않다.』는 뜻은 아니었다.

어릴 때부터 마음을 준 신뢰할 수 있는 존재인 그레고르를 앞에 두자 억제하고 있던 둑이 터졌다.

로제는 말없이 그저 매달려서 흐느껴 울었다.

그레고르도 로제를 잘 알았다. 그녀가 지금까지 울지도 못하고 참고 있었으리라 헤아리고 있었다. 그렇기에 혼자서 방에 가겠다고 밀어붙였다.

그 이름의 유래인 희귀한 장밋빛 머리카락을 손바닥으로 쓸어내리며 그레고르는 말없이 품속의 그녀를 지켜보았다.

이윽고 그녀는 눈물에 젖은 남색 눈동자를 그레고르에게 보냈다가 곧장 부끄러워하며 고개를 숙였다.

"……무례를 용서해주세요."

"무리하지 마."

다정한 목소리에 다시 샘솟은 눈물방울을 로제는 황급히 손끝으로 닦았다.

"그레고르 님…… 잠시만 시간을 주시겠어요? 이대로는 이야기는 커녕…… 얼굴을 보여드릴 수도 없어요."

"무리할 필요는 없어."

"그럴 수는 없어요. 데일 님께도 폐를 끼쳤어요. ……살아남은 저는 무슨 일이 있었는지 말할 의무가 있어요."

로제는 타고난 강함을 되찾았는지 단호히 말했다. 그레고르는 그녀에게 보이지 않도록 희미하게 쓴웃음 짓고서 팔을 풀었다. 장미라는 이름이 나타내듯이 큼직한 꽃송이처럼 아름답고 고상한 여성이었다. 그런 그녀의 긍지를 더럽히는 흉내는 내고 싶지 않았다.

"한동안 데일과 얘기하고 있을게. 때가 되면 부르러 오지. 괜찮겠어?"

"네."

그녀의 대답을 들은 후, 그레고르는 다시 1층으로 향했다.

술집인 1층에서 데일은 라티나가 차를 따라준 다기를 기울이고 있었다. 그러다 그레고르의 모습을 보고 어딘가 안도한 얼굴을 했다.

"뭐야."

"아니, 딱히."

데일이 그렇게 반응한 이유를 자세히 캐물으려고도 하지 않고 그레고르는 데일 맞은편에 앉았다.

"로제가 진정되면 얘기를 듣고 싶어. 너도 동석해줬으면 좋겠는

데 마땅한 장소 없어?"

"……그럼 내 방으로 갈래? 너한테는 방이라고도 못 부를 장소겠지만 남이 얘기를 엿들을 걱정은 없어."

"그럼 부탁하지."

"지저분하니 정리하고 올게."

그렇게 말하고 데일이 일어서자 라티나는 당황한 표정을 지었다.

"데일, 내가……."

"너는 일하는 중이잖아. 그런 수고는 끼칠 수 없어."

라티나가 깔끔한 성격이기에 그들이 사는 다락방은 지저분하지도 않았고 구석구석 잘 청소되어 있었다. 하지만 그래도 사적인 공간이기에 생활감이 느껴지는 물건이 밖에 나와 있는 상태였다. 친구라고는 하지만 타인을 방에 들이는 이상, 그것들을 숨길 필요가 있었다.

데일의 등이 사라지는 것을 바라본 후, 라티나도 퍼뜩 놀라 주방으로 향했다. 얼마 지나지 않아 그녀는 새로운 차를 준비하여 그레고르 앞에 섰다. 쟁반을 테이블 위에 놓은 다음 꾸벅 고개를 숙이고 사죄의 말을 꺼냈다.

"아까는 실례했습니다."

그레고르는 라티나의 그 말뜻을 잠시 생각하고서 뒤늦게 말하려는 바를 알아차렸다.

"아니, 나야말로 무례했어. 최근 데일은 너에 관해『우리 요정 공주는 세상에서 제일 예뻐.』라고 아무 거리낌 없이 말했거든. 무심코 입 밖으로 나왔어."

"······데일."

라티나의 사랑스러운 얼굴과는 어울리지 않는 패기와도 닮은 조용한 분노 아우라를 느끼고 그레고르는 생각했다.

'······재밌군.'

지금껏 친구의 『우리 딸 자랑』에 호되게 어울렸다. 이 정도 앙갚음은 허락될 것이다.

소녀에게 야단맞아 초췌해진 친구의 모습도 신선했다. 그를 영웅시하는 왕성 병사들에게도 보여주고 싶었다.

"저번에는 마침내 아버지께도 널 자랑했었지."

"······."

라티나는 한숨을 한 번 쉬고 평정을 되찾았다. 그레고르에게 화내도 별수 없음을 그녀는 분명하게 이해하고 있었다. 데일과는 나중에 조금 더 **이야기를 나눌** 필요가 있으리라.

그런 두 사람의 대화를 엿들을 생각이 없어도 귀에 들어오는 위치에 있는 리타의 표정은 매우 미묘해져 있었다.

리타는 데일의 『일』을 알고 있다. 하급이라고는 하지만 귀족인 로제와 친해 보이는, 데일 또래의 청년. 그런 그레고르가 『누구』인지 추측할 수도 있었다. 그리고 그레고르의 부친이 누구를 가리키는지도 알아차렸다.

"그 바보······ 가리질 않는구나······."

참고로 일련의 사건에 관해 데일의 말을 들어보자면 「자중했어!」

였다. 「5년도 넘게!」였다. 아무래도 자중 기간이 끝을 알려버린 모양이었다. 그 무렵 그레고르의 누나가 아이를 낳아서 공작 각하가 손자 귀여워 모드에 가까워져 있었다는 점도 원인 중 하나였다— 라는 것은 누구도 신경 쓰지 않는 사실이었다.

"저도 데일에게 말씀 많이 들었어요. 가장 신뢰하는 전우라고…… 처음 뵙겠습니다, 라티나라고 해요. 인사가 늦었어요."

"……그레고르 나키리다."

"신기한 울림의 이름이네요."

"동방의 변경 국가에서 온 가문 이름이거든."

그레고르는 가짜 이름을 밝힌 것이 아니었다. 에르디슈테트라는 이름이 미치는 영향력이 너무 강하기 때문에 밖에서는 외가의 성을 사용했다.

라티나는 특별히 의문으로도 여기지 않고 처음 듣는 울림의 말을 반추하고서 생긋 웃었다.

데일의 말이 과장이 아니라 정말 사랑스러운 외모의 소녀라고, 그레고르에게도 생각하도록 하는 미소였다.

"그건 그렇고 의외야."

"예?"

찻잎이 우러날 때를 가늠하여 맑은 물빛 차를 다기에 따르던 손을 멈추고 라티나는 의아해하며 고개를 갸웃했다. 그런 라티나의 모습을 보고 그레고르는 살짝 쓰게 웃었다.

"데일 얘기를 듣고 상상했던 너는 작은 아이라는 인상이었으니까."

"……그런가요."

"그러고 보면 처음 네 얘기를 들은 지 벌써 몇 년이나 지났으니…… 성장하는 게 당연하지만."

"……데일에게 저는 아직 눈을 뗄 수 없는 작은 아이일 거예요."

라티나는 초면인 그레고르를 앞에 두고 평소보다도 점잖은 대외용 얼굴을 하고 있었다. 그러고 있으면 그녀는 나이 이상으로 어른스러운 분위기를 풍겼다. 원래 똑똑한 라티나는 그 자리에 맞는 대응을 할 줄 알았다.

어딘가 앳된 느낌을 주는 평소의 멍한 모습은 라티나가 긴장을 풀고 있기에 가능한 것이었다.

하지만 역시 첫 대면인 그레고르는 라티나에 관해 그렇게 자세히는 몰랐다. 그래서 상상 이상으로 어른스럽고 침착한 소녀라는 인상을 받았다.

라티나가 불필요한 소리도 내지 않고 내민 다기는 검소한 것이었지만 감도는 향기는 나쁘지 않았다. 입으로 가져가자 서민 동네, 심지어 술집에 놓여 있는 차라고는 생각할 수 없을 정도로 그레고르 입맛에도 괜찮게 느껴졌다. 역시 공작가에서 마시는 것과는 비교할 수 없지만, 점주가 자기 가게에 놓는 물건을 무척 신경 쓰고 있음을 알 수 있었다. 실력 있는 요리사군, 하고 그레고르는 막연히 생각했다.

눈앞의 소녀도 그랬다.

다기를 다루는 동작에서도 확실하게 가르침 받았다는 것이 엿보였다. 이런 변두리 술집에는 어울리지 않을 만큼 아름다운 소녀다. 친구가 흐물흐물 녹아내린 것도 이해— 하고 싶지는 않지만 이유는 알 것 같았다.

왕도의 귀족 영애들 가운데 있어도 이 소녀는 눈에 띌 것이다. 희귀한 백금발은 윤기 있게 반짝여서, 그것만으로 어떤 보석이나 금은 세공보다도 시선을 빼앗았다.

그만큼이나 화려한 미모를 지녔으면서도 휘감은 기척은 들꽃을 닮아 온화하고 마음을 누그러뜨리는 따뜻한 것이었다. 음모가 소용돌이치는 궁중에 그녀 같은 사람이 있다면 그것만으로도 굉장히 치유되지 않을까.

'……그러고 보니 항상 말했었지.'

친구 왈, 「라티나가…… 내 치유제가 부족해! 돌아갈래! 한시라도 빨리, 나는 내 라티나 곁으로 돌아가겠어!」였던 것 같다. 말기가 되면 상당히 궁지에 몰린 표정으로 수양딸의 이름을 중얼거리며 검을 갈기도 하는데— 어쩐지 떠올리면 안 되는 유감스럽기 그지없는 모습이었다는 기분도 들지만, 이미 떠올려버린 것은 어쩔 수 없었다.

일의 능률 자체는 말기 쪽이 좋다는 것도 유감스러움에 박차를 가했다.

평소에도 딱히 대충 하고 있지는 않겠으나 말기가 되면 정말 한

시라도 빨리 돌아가기 위해 전력을 다했다.

원래 데일은 그레고르 — 국내에서도 실력주의이며 개개인도 높은 능력을 지닌 에르디슈테트 가문의 일원 — 가 보기에도 높은 평가를 받을 만한 인물이었다. 데일이 가진 『용사』라 불리는 희소한 능력을 빼놓고 보더라도, 공수 마법을 자유자재로 구사하며 검술과 궁술에 뛰어나고, 변칙적이지만 온갖 상황에 맞춰 유연한 전투가 특기인 그는 무예와 마법을 장려하는 라반드국에서 칭찬받기 합당한 인물이었다.

그의 출신 때문에 촌놈이라고 업신여기는 귀족도 처음에는 있었다. 하지만 데일은 그런 패거리의 조소마저 공적과 완벽한 예의범절로 침묵시켰다. 그를 깔보았던 귀족들의 자제를 깊은 교양이 뒷받침된 세련된 태도로 사교계에서 굴복시켜 보였다. 물론 원한을 살 행동이기는 했지만 그 이상으로 다른 귀족들의 갈채를 받았다.

집안만 좋은 족속은 데일의 능력의 발끝에도 미치지 못한다. 지기 싫어하는 성질을 지닌 데일은 자신의 재능에만 안주하지도 않았다.

그레고르 입장에서는 그렇기에 친구의 기행이 매우 유감스러웠다. 그래도 지금 데일에게는 수양딸과 함께 살기 이전에 있었던 정신적인 초조함이 없었다. 『발작』을 일으키지 않을 때는 침착한 관록 같은 기운마저 풍기게 되었다.

공작의 평가도 해마다 올라가, 지금은 공작의 두터운 신뢰를 받는 데일 레키라는 이름을 왕성에서 모르는 자는 없었다.

싸잡아 『나쁘다』고 단정 지을 수는 없을 것이다.

"너는 데일의 『일』에 관해 알고 있어?"

"아니요. 데일의 일은 중요한 기밀과 관련 있을 때도 있다고 들었어요. 그래서 묻지 않고 있어요."

그레고르는 이것저것 생각하는 사이에 눈앞의 소녀가 이종족이라는 것도 떠올라서 물어보았다. 대답을 듣고 『일』에 관해서는 이 소녀가 듣지 않도록 해야겠다고 판단했다.

데일이 공작가와 계약하여 마왕과 그 권속을 토벌하는 임무를 맡고 있다는 것은 기밀이 아니었다.

하지만 친구가 이 소녀에게 자신의 업무 내용을 이야기하지 않았다면 그것은 존중해야 했다. 자신들이 하는 일은 이 소녀의 『동족』을 도륙하는 것이나 마찬가지니까.

그레고르와 라티나의 대화가 끊어진 타이밍에 데일이 다시 모습을 나타냈다.

"기다렸지? 그레고르. 비좁은 곳이지만 내 방은 이쪽이야."

그렇게 말하며 주방 쪽을 가리켰다.

"라티나, 실례되는 일은 안 했어?"

데일의 그 말은 『보호자』 그 자체였다. 하지만 그레고르는 표정을 조금도 움직이지 않고 되받아쳤다.

"했다, 고 하면 어쩔 거지?"

"네가 뭔가 쓸데없는 짓을 했겠구나 생각하겠지."

"그럴 줄 알았어."

그레고르에게는 예상했던 대답이었다.

데일은 친구와 그런 대화를 나눈 뒤, 라티나 쪽을 보았다.

"라티나, 로제를 부르러 가줄래?"

"응. 그다음에 위쪽으로 차를 가져갈까? 얘기할 거라면 그편이 좋지? 그때까지 기다려줄래?"

"……그러네. 길어질지도 모르겠어. 그럼 부탁해."

"알겠어."

몇 마디 나눈 말만으로도 두 사람의 사이가 정말로 화목하다는 것을 알 수 있었다. 자각하지 못한 채 미소 짓고 있던 그레고르를 데일이 알아차렸다.

"뭐야. 왜 히죽거려."

"아니…… 네가 키운 것치고는 제대로 된 숙녀로 자랐다 싶어서."

"너까지 그런 반응이냐?!"

그레고르가 반쯤 멋쩍음을 감추려고 한 말은 — 일찍이 데일이 동생에게 들었던 것과 똑같은 계통의 말이었다는 사실 따위 그레고르는 알 방도도 없었지만 — 아무튼 데일의 스위치를 눌렀다.

†

데일과 라티나가 사는 방은 그의 고향풍으로 장식되어 있어서 라반드국 귀족인 그레고르와 로제에게는 신기했다.

데일 혼자 살 때보다도 라티나 취향의 소품과 천이 갖춰진 지금 쪽이 분위기는 더 편안했다.

라티나에게 마법을 가르치기 위해 몇 번이나 이 방을 찾았던 로제는 익숙한 모습으로 자리에 앉았다. 그레고르는 살짝 당황하면서도 데일의 방식에 따랐다.

잠시 후, 라티나가 티세트를 가져왔다. 라티나가 쓸데없는 말을 끼워 넣는 일 없이 일동에게 차를 나누어주고서 계단을 내려가자 로제는 입술을 적신 뒤 자신에게 일어났던 일을 이야기하기 시작했다.

로제는 신전에 소속되어 있다는 입장 때문에 그다지 사교계에 모습을 보이지 않았다. 자신의 영지에 있거나 신전의 요구에 따라 각지로 위문을 돌았다. 아름답고 희귀한 용모의 로제는 『남색 신』의 신전에도 상징적인 존재였다. 치료원 역할도 지닌 신전으로서는 기적이라고도 할 수 있는 회복 마법 사용자인 로제가 서민들에게 주는 인상이 큰 가치를 가지고 있었다.

로제의 생가인 코르넬리우스 가문은 그렇게 유복한 집안은 아니었다.

그래서 정략결혼 상대로 삼기에 로제라는 영애는 그다지 의미 있는 존재가 되지 않았다. 그렇다고 같은 수준의 집안에 시집보내기에는 그녀 자신의 가치와 재능이 너무 컸다.

그런 자신의 입장을 이해하며, 자신이 약간 처치 곤란인 존재라는 것도 아는 로제는 더더욱 신전 활동에 힘썼다.

그렇게 한창 이동 중이던 마차가 노려졌다.

그녀가 데리고 있는 시종은 마차를 모는 하인과 신전에서 파견된 호위 병사, 그리고 일상적인 일을 도와주는 시녀뿐이었다.

도적이 주위를 에워싸자 시녀는 공황 상태에 빠졌다. 시녀라고는 해도 하급 귀족인 코르넬리우스 가문에서 일하는 그녀는 예의범절을 배우기 위해 올라온 시골 처녀였다. 유사시의 마음가짐이 되어 있을 리가 없었다. 그녀는 안이하게 행동했고 그 결과 도적에게 붙잡혔다. 로제는 시종들의 목숨과 맞바꾸어 얌전히 도적을 따르기로 했다.

그녀 자신을 납치하는 것이 목적인 이상, 바로 목숨을 위협하는 사태가 되지는 않으리라고 판단하고 행동한 것이었다. 능욕을 당한다면 곧장 스스로 목숨을 끊을 각오를 나타낸 로제에게 도적은 일단 신사적이었다.

이제 도적의 목적은 알 수 없게 되었지만. 아마 그들의 목적은 로제의 후견인인 에르디슈테트 공작과의 교섭인 것 같았다. 코르넬리우스 가문 자체에는 대규모 유괴 소동을 일으킬 만한 이점이 없었다. 로제의 시종들을 살려서 유괴 사실을 코르넬리우스 가문에 전한다는 대담함을 봐도 대규모 조직의 범행으로 여겨졌다.

도적은 로제와 시녀를 작은 벽촌으로 이송했다.

"괜찮나요? 릴리에."

로제는 그러는 동안에도 시녀를 걱정했다. 시골 처녀인지라 기지를 발휘할 줄 아는 여자는 아니었으나 자신과 마찬가지로 꽃 이름을 가진 그녀를 로제는 깊이 염려했다.

로제는 표면상으로는 얌전히 도적을 따르고 있었지만 속으로는 틈을 노려 탈출할 기회를 엿보고 있었다. 마법 보조구는 빼앗겼다. 하지만 그녀는 그런 물건이 없어도 마법을 사용하는 데 지장이 없었다.

도적이 향한 곳은 마을 안에서도 한층 호사스러운 저택 — 원래는 부유한 상인의 별장이었던 것으로 추측된다. — 이었다.

그때, 아무리 작은 시골 마을이라고는 해도 주변이 너무 고요하다는 것을 깨달았다면 상황은 바뀌었을까.

저택 안에 들어간 일동이 본 것은 한 소녀의 모습이었다.

무릎까지 오는 치마를 입은 그 소녀는 계단 난간에 걸터앉아 에나멜 신발을 신은 가느다란 다리를 흔들고 있었다.

천진난만해 보이는 앳된 얼굴은 상당히 반듯했고, 긴 금발과 큼직한 파란 눈동자도 사랑스러운 고가의 비스크 인형 같은 인상을 주었다. 실용적이라고는 할 수 없는 호사스러운 복장으로 가느다란 체구를 감싸고 있었다.

인간족으로 치자면 10대 전반으로 보이는 소녀였다. 하지만 소녀의 머리 양옆에는 하얀 뿔이 존재했다. 마인족이라는 분명한 특징이었다.

로제는 소녀를 본 순간, 말로 표현할 수 없는 섬뜩함을 느꼈다.

이곳에 그 소녀가 있다는 부자연스러움을 아득히 뛰어넘은 기묘함이었다.

『그것』을 느꼈다는 점이야말로 로제와 도적들의 차이였으며, 그 후를 바꾼 결정적인 차이였을지도 모른다.

"넌 뭐야……?"

소녀를 향해 남자 한 명이 거리를 좁힌 다음 순간이었다. 풀썩, 부자연스러운 자세로 남자가 무너져 내렸다. 사지와 목이 말도 안 되는 방향으로 돌아가 있었다. 그 자리에 있던 자들이 방금 일어난 일을 이해하기도 전에 바닥에 심홍색이 퍼졌다.

정말이지 즐겁다는 듯이 눈부시게 미소 지으며 금발머리 소녀는 양손에 각각 쥔 — 가련한 소녀의 모습에는 어울리지 않는 물건이면서도 너무나 당연하게 존재했기에 의식하지 못했던 『그것』 — 거대한 날붙이를 휙 돌렸다.

피가 솟구쳤다.

현실미 없을 정도로 우아하게 소녀가 춤췄다. 반짝이는 금빛과 칼날의 빛이 허공에 호를 그려갔다.

상황을 이해하고 누군가 비명과 노호를 질렀을 때, 바닥에는 몇 명분의 몸이 — 확인할 것도 없이 이미 숨겼음을 알 수 있는 **물체**가 — 어지러이 흩어져 피 웅덩이를 넓혀가고 있었다.

소녀의 가느다란 팔이 너무나 간단히 칼날을 휘두르며 **뼈**까지 잘라내는 일격을 되풀이했다. 그 얼굴은 우아하고 아름답게 웃고 있었다. 어린아이가 벌레를 잡아 그 날개를 뜯어내고서 웃는 것처럼. 근원적인 잔학성 그 자체인 미소를 소녀는 그 반듯한 얼굴에 그리고 있었다.

연약한 존재들은 저항하지도 못한 채 압도적인 『존재』에게 유린당해갔다.

로제는 상황을 파악한 소수파였다.

하지만 그녀가 아무리 우수한 마법사라고는 해도 전쟁터에 있었던 것은 아니었다. 숨이 턱 막힐 만큼 진동하는 피 냄새와 사방으로 튀는 살점 속에서 의식을 붙잡고 있는 것이 고작이었다. 그리고 우수하기에, 자신이 눈앞의 존재에게 저항할 수 없다는 것도 이해하고 말았다.

그래도 로제는 이성을 잃지는 않았다.

하지만 그녀의 시녀인 릴리에는 다시 공황 상태에 빠졌다. 어쩔 수 없는 일이라고도 할 수 있었다. 그 정도로 눈앞의 존재는 사람의 근본적인 공포심을 불러일으켰다. 릴리에는 제지하려던 로제를 뿌리치고 의미를 이루지 못하는 비명을 지르며 그 자리에서 도망치려 했다.

"귀에 거슬려라."

사랑스러운 목소리를 낸 사람이 드레스를 끈적한 피로 더럽힌 소녀라는 것을 로제가 알아차렸을 때, 릴리에는 바닥을 기어 그 자리에서 필사적으로 도망치려 하고 있었다.

"좀 더 예쁜 목소리로 울어봐."

소녀가 칼날을 휘두르자 릴리에의 양발이 공중으로 날았다. 비명이라고 부르기에는 너무나 처절한 그녀의 절규를 듣고 소녀는 고상하게 미소 지었다.

"어머. 천것은 목소리도 못 들어주겠네. 좀 조용히 해."

그리고 대수롭지 않게 흉기를 내리쳤다.

로제는 그 광경을 그저 보고 있었다. 보고 있을 수밖에 없었다.

공포 때문에 몸을 움직일 수 없었기 때문이다.

"……그대로 있어요."

정신이 나갈 뻔한 로제의 의식을 불러들인 것은 살짝 독특한 억양이 있는 여성의 목소리였다.

소리가 들린 등 뒤로 시선만 돌리자 선명한 보랏빛 색채가 시야 끄트머리를 지나갔다.

"당신은 아직 『지금』 죽을 운명이 아닙니다. 지금은 얌전히 견디세요."

이런 상황인데도 로제는 여성의 목소리에 안도를 느꼈다. 듣는 사람을 진정시키는 고요한 울림을 지닌 목소리였다.

살며시 뒤돌아 확인하자 그곳에 있던 것은 마인족의 특징을 지닌 젊은 여성이었다. 긴 생머리는 선명한 보라색이었고, 금이라고도 할 수 있을 듯한 고운 빛깔의 말린 뿔이 달려 있었다. 아름다운 얼굴에는, 표면상으로는 감정의 동요가 보이지 않았다.

그 가느다란 하얀 목에 기호 같은 이상한 문자열이 선명하게 새겨져 있었다.

"……어째서, 이런 일을……?"

잠긴 목소리로 로제가 중얼거리자 여성은 역시나 조용하게 속삭이는 목소리로 대답을 돌려주었다.

"주군께 의미 따위 없습니다. 의미가 있다면 그 목적은."

『주군』이라고 말하면서도 여성의 음성에서는 싸늘함이 느껴졌다.

"죽이는 것, 그 자체니까요."

"……웃! 『둘째, 마왕』……!"

로제가 상대의 정체를 바르게 깨달았을 때, 마지막 도적 한 명이 소리치며 간청했다. 소리 지를 수 있는 것을 보면 『담대』한 인물이었을지도 모른다.

"사, 살려줘! 죽이지 말아줘!"

도저히 들어주지 않을 것 같은 간청을 듣고 소녀의 모습을 한 『마왕』은 자비롭게 생긋 웃었다.

"어머. 그럼 죽이지 말도록 할까."

정말이지 즐겁다는 얼굴로.

흉기를 내리쳤다.

"괜찮아. 나는 어떻게 하면 안 죽는지도 잘 알거든."

몇 번이고 수없이 그 동작을 반복했다.

남자의 비명에 가려져 있어도 소녀가 높고 맑은 목소리로 『노래하는』 소리가 로제에게 들렸다. 그 내용을 알아차렸을 때, 로제는 더더욱 창백해졌다.

"회복 마법……!"

그것도 상당히 정교한 것이었다. 『둘째 마왕』은 회복 마법을 사용하면서 상대를 잘게 썰고 있었다. 고치면서, 죽이지 않도록— 죽지 못하도록.

남자가 절망에 찬 목소리로 중얼거린 「죽여줘.」라는 말이 나올 때까지 그 잔혹한 유희는 이어졌다.

자신을 지탱하듯 등 뒤에 선 보라색 여성의 존재가 없었다면 로제도 이성을 유지할 수 없었을지 모른다.

일이 벌어진 것은 아주 짧은 시간에 불과했겠지만 매우 길게 느껴졌다.

로제를 제외한 모두가 시체가 된 후, 선혈을 뒤집어쓴 사랑스러운 소녀는 로제를 보았다. 양심의 가책은커녕 죄악감이라고는 티끌도 없는 맑디맑은 파란 눈동자는 그렇기에 더욱 섬뜩했다.

시선을 받은 로제는 움찔 떨었지만, 타고난 강한 긍지를 북돋워서 지지 않고 눈앞에 있는 『괴물』의 시선을 받아냈다.

"응?"

고개를 갸웃한 『둘째 마왕』이 로제를 보고 의아해하더니 거침없이 다가왔다.

"어머, 아름다운 색이야. 마치 청금석 같네."

로제의 남색 눈을 보고 기뻐하며 말한 소녀는 천진난만한 표정을 짓고 있었다.

눈앞의 참상을 벌인 장본인이면서. 그 뒤틀림 자체가 너무나 섬뜩했다.

"……주군. 이자는 머리카락도 마력 형질을 지녔습니다."

"와, 어떤 색? 보여주겠어?"

로제가 남의 눈에 띄지 않도록 도적이 준비한 밤색 가발. 그것을 쓴 채였는데 보라색 마인족 여성은 미리 알고 있었다는 것처럼 막힘없이 고했다.

로제는 자신이 지닌 본래 머리카락이 드러나는 것에 얌전히 따랐다.

"어머, 정말 아름다운 색이야! 더 보여줘!"

단순한 로즈핑크가 아니라 빛의 가감에 따라 복잡한 농담으로 반짝이는 로제의 머리카락은 마력 형질 중에서도 드물게 아름다운 색이었다.

『둘째 마왕』은 머리카락을 만지려고 가느다란 팔을 로제에게 뻗었다.

"주군."

"왜?"

"천것의 피로 더럽히는 건 싫지 않으시겠습니까?"

여성의 진언에 소녀의 손이 멈췄다. 그제야 겨우 소녀는 자신의 양손이 끈적끈적한 피로 더러워져 있음을, 그리고 여전히 큼직한 칼을 들고 있음을 떠올린 것 같았다.

"그러네. 이렇게 예쁜 걸 더럽히는 건 아까워!"

『둘째 마왕』은 손을 휙 거두어들이더니 웃으며 발길을 돌렸다.

"목욕하고 올게."

"느긋하게 하고 오시지요."

『둘째 마왕』이 가벼운 발걸음으로 저택 안쪽으로 사라졌다.

그 모습을 지켜본 뒤, 로제는 바닥에 무너져 내릴 뻔했다.

"정신 똑바로 차리세요."

그것을 제지한 것도 여성의 질책하는 목소리였다.

바닥 전체에 퍼진, 누구 것인지도 알 수 없는 핏물 속에 정신을 잃고 쓰러지는 일은 어떻게든 막을 수 있었다.

그래도 자신의 몸이 덜덜 떨리는 것을 멈출 수는 없었다.

"……읏, 어째서, 어째서 이런 짓을……!"

자신의 시녀뿐만 아니라 자신을 해한 도적이 상대라고 할지라도, 로제는 헛되이 빼앗긴 목숨을 슬퍼하지 않을 수 없었다. 그저 보고 있을 수밖에 없었던 잔학한 광경을 앞에 두고 로제는 괴롭게 신음하며 양손으로 얼굴을 덮었다.

그러나 마인족 여성은 로제에게 비탄에 잠길 시간을 주지 않았다.

"지금은 그럴 시간이 없습니다. 한시라도 빨리 이 자리를 벗어나세요."

로제의 어깨를 잡고 다소 강한 어조로 말한 그녀의 표정은 엄했다.

　"주군은 마력 형질을 지닌 자를 애호합니다. 하지만 그건 어디까지나 장난감으로서. 마음에 든 장난감을 옆에 두는 것에 불과해요."

　그녀의 쓸쓸한 목소리에는 『둘째 마왕』 곁에서 마왕을 섬기는 것이 그녀의 본의가 아니라는 기색이 분명하게 나타나 있었다.

　그녀가 로제의 마력 형질을 『둘째 마왕』에게 보인 이유는 『둘째 마왕』이 그것에 흥미를 느낄 것을 알고 있었기 때문이었다.

　그렇게 하면 『둘째 마왕』은 당장은 로제를 죽이지 않는다. 그 순간만 면하는 임시방편이지만 로제의 목숨을 지키는 가장 확실한 방법이었다.

　하지만 그렇다고 이대로 로제가 『둘째 마왕』에게 잡힌다면 그녀는 『죽음』보다도 더한 고통 속에 몸담게 된다.

　―자신처럼.

　"당신은 아직 『이 자리에서 죽어야 할 때』가 아닙니다. 저항하세요. 그럼 도망칠 수 있을 겁니다."

　로제 또한 고위 신관이었다. 눈앞의 마인족 여성이 매우 강한 『가호』를 지니고 있다는 것은 눈치채고 있었다.

　희대의 신관이라고 불리는 로제조차도 『강하다』고 표현할 만한 『가호』.

　자신과 동등― 혹은 자신보다도 고위 신관이라고 헤아렸다.

"……당신은 『보라의 신』의 신관이신가요?"

『보라의 신』의 가호를 지닌 자의 능력은 『예지』다.

로제는 아까부터 여성이 말한 표현에 위화감을 느끼고 있었다. 그렇기에 확인하고자 입에 담은 말을 듣고 여성은 조용히 수긍하여 대답했다.

"하지만…… 제가 도망치게 되더라도…… 당신은?"

로제의 목소리에 자신을 걱정하는 음색이 분명히 담겨 있음을 알아차리고 여성은 아주 살짝 표정을 부드럽게 풀었다.

"저는 『주군』에게서 도망칠 수 없습니다. 이 『굴레』가 그 증거죠."

그렇게 말하고 여성은 자신의 목에 새겨진 『문자』를 만졌다.

"이것은 『마왕』이 자신의 권속에게 새기는 『이름』 —마력을 나누어주고 그 마력으로 지배하고 있다는 증표. 『마왕』의 권속인 『마족』이 된다는 것은 자신의 생사여탈을 『주인』에게 맡긴다는 뜻입니다."

"그렇다면 더더욱…… 절 놓아줬다는 걸 알게 되면 당신이 어떤 일을 당할지……!"

비통하게 말하는 로제에 비해 그녀는 말 안 듣는 아이를 타이르는 것처럼 어디까지나 자상한 목소리로 고했다.

"조금 전에도 보셨겠지요. 『주군』은 『죽여달라』고 간청할 때까지 죽이지 않습니다. 저는 『주군』과 그런 약정을 맺고 있습니다."

그리고 한마디 덧붙였다.

"……그리고 그건 저에게 『항상 있는 일』. 『주군』은 제가 언제 그렇게 간청할지를 즐겁게 기다리고 있습니다."

그 너무나도 비정상적인 행태에 더욱 안색이 나빠진 로제의 등을 여성은 살며시 밀었다. 한 발자국을 내딛게 하려고.

"왜죠? 왜…… 『둘째 마왕』은 이처럼 심한 짓을……? 왜, 『둘째 마왕』이라는 이유로 그와 같은 소녀가 이렇게 무서운 짓을 할 수 있는 거죠……?"

로제가 괴로워하며 토해낸 곤혹에 찬 목소리를 듣고 여성은 분명한 목소리로 그것을 부정했다.

"마왕이기 때문에 그러는 게 아닙니다. 『마왕』은 그러한 성질을 지닌 『자격』이 있는 자가 『되는』 겁니다. 서로 이해할 수 있을 거라고 생각하면 안 됩니다."

『둘째 마왕』이기 때문에 살육과 죽음을 가져오는 것이 아니다. 처음부터 그러한 기호를 지닌 자가 바로 『둘째 마왕』이 되는 『자격』이라고 고했다.

『마왕』은 마인족 가운데서 나타난다. 태어나면서부터 『마왕』인 것이 아니라. 선천적으로 『마왕』이라 불리는 커다란 힘을 가지고 있는 것이 아니라. ─마인족 중에서 『자격』을 지닌 자가 『마왕』이 되는 것이다.

『왕이 될 자격이 있는 자』는 『첫째 마왕』이, 『전란과 혼란을 가져올 힘을 바라는 자』는 『일곱째 마왕』이, 『병을 두려워하며 극복하길 바라는 자』는 『넷째 마왕』이 되는 식으로.

웃으며 살육을 즐기고 단말마의 비명을 들으며 기뻐하는 『소녀』의 행동 이유 따위 처음부터 로제는 이해할 수 없는 것이었다. 근본부터 가치관이 달랐다.

아주 살짝 미소 지은 여성은 다시 로제를 밀어냈다.

이 상황에서도 웃을 수 있는 그녀의 강함이 자신에게도 조금쯤 있다면 좋겠다고 원했을 때, 굳어 있던 로제의 다리는 속박이 풀린 것처럼 움직이기 시작했다. 시녀의 시신을 수습해주고 싶다는 마음은 있었지만 지금 그것을 바랄 수 없다는 것은 이해하고 있었다. 마음속으로 사죄와 기도의 문구를 중얼거리고 저택 출구로 향했다.

그리고 뒤도 돌아보지 않고 그 자리를 벗어났다.

†

—이야기를 마치고 로제는 힘없이 그 가냘픈 어깨를 떨구었다.

"……그녀의 말대로 저는 살아서 그 자리를 벗어날 수 있었어요. 빠져나온 마을 안에 인기척은 없었으니까…… 아마도……."

"……아버지한테 보고한 후, 확인차 가볼 필요가 있겠군. 시급히 부대를 편성하게 될 거야. 너도 그렇게 알고 있어줘."

"그러네."

로제가 말한 내용을 듣고 판단한 그레고르는 무겁게 중얼거렸다. 데일도 짧게 대답했다.

로제가 크로이츠를 목표하고 다른 누구도 아닌 데일을 의지하기로 한 것은『둘째 마왕이 무서웠기』때문이었다. 로제는 그레고르에게 들어서 데일이『용사』라고 불리는 희귀인임을 알고 있었다.

『용사』는 유일하게『마왕』을 물리칠 수 있다고 하는『존재』다.

『마왕』의 위협에 마음 깊이 두려움을 품은 로제는『용사』의 존재로 마음의 안정을 찾고자 했다.

그 결과『용사에게 보호받고 있다.』는 상황과 주위를 온화하게 만드는 데 천재인 라티나와 보낸 시간 덕분에 로제는 점차 평정을 되찾았다.

친분이 두텁지 않은 데일은 알아차릴 수 없었지만『춤추는 범고양이』에 도착한 당시 로제는 평소의 그녀가 아니었다.

허세 부리며 강한 척하여 자신을 고무시키고 있던 것에 불과했다.

데일과 그레고르가 앞으로의 방침을 이야기하는 목소리조차 지금 로제에게는 자장가처럼 편안했다.

로제는 일단 사건의 배후 관계가 분명해질 때까지는 왕도의 에르디슈테트 공작가에서 맡게 되었다.

그레고르와 함께 왕도로 가서 공작가에 체재하게 된다. 왕가 다음으로 권위 있는 집안의 저택이었다. 로제의 집보다도 훨씬 강고한 경비가 깔린 안전한 장소라고 할 수 있을 것이다.

로제는 가만히 눈을 감았다.

자신을 걱정하여 온기가 전해지는 거리에 있어주는 그레고르의 말 없는 상냥함에, 그 목소리에— 마침내 진심으로 자신은 살아남

앉다는 안도를 느꼈다.

†

로제가 저택을 떠나고 잠시 후.

목욕을 끝내고 새 드레스를 입은 『둘째 마왕』은 주위를 둘러보았다가 로제의 모습이 없음을 알고 낙담한 표정을 지었다. 하지만 그것도 한순간이었다.

앳된 겉모습은 『마왕』이 됐을 때 그 나이였기 때문이다. 그 무렵부터 일그러진 가치관을 가지고 그대로 오랜 세월을 절대적 존재로 있는 그녀에게는 제 뜻대로 안 되는 것조차 지루함을 달래주는 향신료에 불과했다.

『인간족』의 풍속을 좋아하며 그 언어를 구사하는 것도 그 때문이었다. 긴 수명을 가졌으면서도 현상 유지에 힘쓰며 정체하길 택한 『마인족』의 문화도 풍습도 재미없을 뿐이었다.

"어머. 놓아줬구나."

그렇기에 소녀가 낸 높은 목소리는 정말이지 즐거워하는 기색이었다.

"그렇게나 사랑스럽고 아름다웠는데도 강직했지. 생각할수록 놓친 게 아쉽네."

유쾌하게 웃고서 눈앞에 있는 여성의 보랏빛 머리카락을 손끝으로 휘감아 잡았다.

　이런 참상을 봤으면서 미치지도 않고 도망친다는 반항을 할 수 있는 사람 자체가 드물었다. 그런 의미에서는 로제의 그릇을 잘못 헤아린 자신의 실수이기도 하다고『둘째 마왕』은 희미하게 아쉬운 표정을 만들었다.

　"정말 너무한 사람이야."

　연인에게 말하는 듯한 달콤한 목소리를 내면서 자신의 발밑에 무릎 꿇은『여성』을 내려다보았다.

　칼이 복부를 관통하고 있어도 비명 한 번 지르지 않는 아끼는『장난감』을.

　『둘째 마왕』의 권속으로, 평범한 마인족보다도 훨씬 강인한『생명력』을 가진『마족』은 이 정도로는 죽지 않는다. 죽을 수 없었다.

　"죽여달라고 부탁하면 편하게 해줄 텐데. 해방해주길 원하잖아?"

　"……."

　괴로운 호흡 사이로 핏덩어리를 토해낸 뒤『그녀』는 강한 의지가 깃든 시선을『둘째 마왕』에게 보냈다.

　"『약정』을 어기시지는 않겠지요."

　"그래. 규칙을 지키지 않는『놀이』는 재미없는걸."

　"그렇다면 소용없는 일입니다. 저는 굴복하지 않습니다."

『둘째 마왕』의 파란 눈동자를 똑바로 바라보고 그녀는 대담하게 미소 지어 보였다.

"제 목숨이 붙어 있는 한, 제『딸』에게 손대지 않는다. ……그 약정이 있는 이상 저는 굴하지 않습니다."

지켜야 할 자를 위해 강하게 존재하는『그녀』를 보고, 소녀의 모습을 한『마왕』은 진심으로 기쁘게 미소 짓고서 붉게 젖은 흉기를 치켜들었다.

『둘째 마왕』은 마음에 든 장난감으로 다시『놀이』를 즐겼다.

7. 백금의 소녀, 밤축제의 밤.

『빨강의 신』의 밤 축제는 그 이름을 봐도 알 수 있듯이 해가 진
후에 주요 제례가 이루어진다.

여기에 '아흐마르'

하지만 축제 당일은 아침부터 크로이츠 전체가 고양되고 들뜬 분
위기로 가득했다. 라반드국 제2의 도시에서 열리는 최대급 축제다.
어쩔 수 없을 것이다.

"그럼 다녀오겠습니다!"

"조심해야 해, 라티나."

"응."

아직 해가 떠 있을 때 나서는 라티나를 리타가 배웅했다.

그렇게나 필요 이상으로 마구 걱정했던 데일은 부재중이었다. 로
제는 밤 축제를 보러 온 많은 여행자 사이에 섞여서 왕도를 향해
출발하게 되었다. 그 호위로서 동행을 요청받았다.

호위라고 해도 왕도까지 동행하지는 않았다. 데일의 일은 크로이
츠에서 조금 떨어진 곳에 있는 비룡 도착 예정지까지 그레고르와
로제를 따라가 비룡이 도착하길 기다리는 것이었다.

그레고르는 혼자서 몇 번이나 말을 바꾸며 크로이츠로 왔다.
그 후 정식으로 왕도에 연락하여 공작이 비룡을 보내주게 되었다.

『하늘』을 이용할 수 있는 것은 한정되어 있다. 다른 수단보다도 안전한 왕도 여행이 될 터였다.

라티나는 로제의 사정이나 그레고르의 신원 등을 자세히 모른다.

라티나에게는 오늘 데일의 『일』도 평소의 마수 퇴치와 별반 다를 바 없었다. 로제가 『둘째 마왕』과 엮였다는 것에 불안을 느끼기도 했었지만 그것도 로제가 한동안 『범고양이』에 체재하는 사이에 희미해졌다.

그런 라티나는 걱정이 과한 데일이 없는 동안 약간의 『어른』 흉내 — 첫 밤 나들이 — 를 낼 수 있다는 상황에 굉장히 마음이 설렜다.

언제나 뒤따르는 빈트는 그녀 옆에 없었다.

빈트는 리타의 발밑에 엎드려 있었다. 삐친 상태였다.

『그』와 라티나 사이에는 오늘 아침부터 한바탕 실랑이가 있었다. 빈트는 축제에 가는 라티나를 당연히 따라갈 생각이었으나 라티나가 그것을 거부했다.

라티나로서는 오랜만에 친구들과 외출하는 것이었고 처음으로 『자신들만의 밤 나들이』였다. 아주 조금 어른이 되었다고 인정받은 듯한 고양감을 느꼈다. 그리고 한창때 소녀로서는 친구들과 여러 가지로 하고 싶은 이야기도 있었다. 빈트는 따라오지 말아줬으면 싶었다.

리타와 케니스는 내심 빈트가 따라가길 바랐다. 부재중인 데일에 이르러서는 「빈트가 따라갈 테니 괜찮겠지.」라는 인식이었다.

그러나 빈트를 두고 가고 싶은 라티나는 최종 수단을 빈트에게

들이댔다.

　"……빈트가 자꾸 그러면 이제 브러싱 안 할 거야……."

　작은 목소리였지만 눈은 웃고 있지 않았다. 옆에 있던 리타와 케니스가 동정할 정도로 빈트는 그 말에 매우 동요했다.

　"라, 라티나?"

　"안 할 거야."

　"화났다? 화났다?"

　"안 할 거야."

　"엄청 화났다?!"

　휙, 얼굴을 돌린 라티나 주위를 빙글빙글 도는 빈트의 음성에는 간절함과 비통함이 담겨 있었다.

　'그건…… 협박이야, 라티나…….'

　'라티나…… 옛날부터 가끔 고집스러우니까…….'

　속으로 중얼거리며 사태의 흐름을 지켜보는 부부 앞에서 결판이 났다.

　"화났다…… 괴롭다…… 집, 지킨다……."

　짐승이면서도 솜씨 좋게 어깨를 축 떨군 빈트는 라티나의 협박 앞에 굴복했다.

　그렇게 결판이 나버려서야 리타와 케니스가 아무리 부탁해도 빈트가 라티나를 따라가 줄 리 없었다.

　이리하여 라티나는 자신이 바라던 대로 보호자 없는 밤놀이를 쟁취했다.

리타와 케니스는 솔직히 말하자면 불안했다.

하지만 데일만큼 극단이지 않은 이 부부는 언젠가 어른이 될 이 소녀를 계속해서 보호자 동반으로 둘 수 없다는 것도 이해하고 있었다. 많은 경호원이 마을에 있는 오늘 같은 날이 그 첫 번째 『단계』를 거치기에 제격이라는 것도 알고 있었다.

"정말로 조심해야 해!"

리타는 처음 라티나가 학교에 다니기 시작했을 때보다 더 주의를 주고서 한숨을 쉬었다.

'……라티나한테 무슨 일이 생기면 ……유혈 사태가 벌어지려나…….'

그다지 태교에 좋지 않을 듯한 상상이었다.

『춤추는 범고양이』를 나선 라티나는 여행자로 보이는 사람들의 모습이나 제례를 위해 마을 여기저기에 만들어진 망루를 보고 번번이 발을 멈췄다. 들뜬 기분으로 그것들을 바라보았다.

6년 전, 크로이츠에 온 뒤로 거의 매년 보고 있지만 평소와는 다른 마을 모습과 분위기에 마음이 설렜다. 오히려 늘 보던 거리이기에 그것을 『비일상』으로 바꾸어버리는 축제를 맞아 감도는 공기마저 흥분되어 있는 것 같았다.

'바실리오에서는 『빨강의 신』의 축제 본 적 없었지…….'

크로이츠 생활에 익숙해지자 최근에는 고향^{바실리오}에서 지내던 때를 떠올리는 것도 어렵지 않게 되었다.

그리고 지금이 행복하기에, 고향에서 보냈던 나날도 괴롭기만 했던 것은 아니라고 생각할 수도 있게 되었다.

『추방』당했던 당초에는 고향을 떠올리는 것조차 괴롭고 슬펐다. 그래서 라티나는 잃어버린 많은 것을 되도록 생각하지 않으려고 했다. 그것이 최근에는 어쩌다 문득 즐거웠던 추억을 떠올릴 수 있게 되었다.

'그러고 보니…… 라그랑 같이 축제에 간 적이 있었어…… 그건 어느 신의 축제였더라…….'

맞은편에서 어린아이가 아빠로 보이는 남성과 손을 잡고서 걸어 왔다. 그 모습에 시선을 멈추며 라티나는 고개를 기울였다.

"……『신전』에서 나왔던 건 그때뿐이었으니까……『보라의 신』말고 다른 신이었을까……."

침울해지려는 자신을 알아차린 라티나는 고개를 흔들어 기분을 바꾸고 클로에네 집으로 다시 걷기 시작했다.

동구의 큰길은 평상시와는 비교도 안 될 만큼 북적거려서 똑바로 걷는 것조차 어려웠다. 하지만 뒷길로 살짝 들어가자마자 인적이 뜸해졌다. 마을 지리를 자세히 모르는 외부인이 많다는 증거였다.

호흡이 편해졌다는 착각을 느끼면서 라티나는 더욱 안쪽으로 들어갔다.

도착한 장인 거리는 축제의 흥분이 미치지 않은 것처럼 평소와 다름없이 고요 — 작업하는 소리 등 결코 작지는 않은 소리가 여러 가옥에서 새어 나오고 있지만 — 했다.

　그중 한 채. 익숙한 절친의 집 대문을 두드렸다.

　"어서 와, 라티나! 들어와!"

　"실례합니다!"

　클로에의 선도로 작업장을 빠져나가 방으로 향했다.

　"실비아는 이미 와 있어."

　"미안. 늦었어?"

　"아니야. 실비아는 일이 일찍 끝났다면서 여기 죽치고 있던 거야. 집에 돌아갈 기분이 아니래."

　클로에의 말을 뒷받침하듯이 그녀의 방에서는 실비아가 예의 없이 다리를 뻗고 있었다. 그러다 라티나를 알아차리고 학창 시절부터 변함없는 미소를 보냈다.

　"실비아, 오랜만이야!"

　"라티나! 정말 오랜만이네. 별로…… 변하지 않았구나."

　"지금 어디 본 거야?"

　그 이상 파고들면 운다.

　그런 유난히 구체적인 라티나의 오라 같은 것을 감지했는지 실비아는 살짝 시선을 피했다.

　"진짜 오랜만이다. 건강해 보이네!"

　재차 라티나 쪽을 본 실비아는 아무 일도 없었던 것처럼 다시 말했다. 라티나도 친구에게 미소를 보냈다.

"실비아는 살짝 어른스러워졌어."

"후후후…… 『초록의 신』의 신전에는 매일 다양한 최신 정보가 모이니까."

히죽 못되게 웃은 친구의 그런 부분은 학교 다닐 때와 그다지 변하지 않은 것 같았다.

"후후후~! 오늘은 여러 가지 가져왔어~!"

"응?"

"자, 라티나. 주문한 옷은 완성됐어!"

"응. 무척 기대하고 있었어!"

클로에와 실비아가 눈빛을 교환했다는 것을 알아차리지 못하고 라티나는 순진하게 미소 지었다.

클로에가 꺼낸 새 옷을 받은 라티나는 신나게 갈아입기 시작했다. 다른 사람 앞에서 옷을 갈아입는 일이 부끄럽지 않은 것은 아니었지만 지금 클로에는 『장인』이었다. 주문품의 완성도나 측정한 치수대로 나왔는지 확인하는 작업도 업무로서 빈틈없이 소화했다.

그러는 중에 어느 한 부분을 확인한 클로에의 손이 멈췄다.

"……미안, 라티나…… 정말로 착실하게 크고 있구나……."

"……확실하게 성장기인걸."

계측해야 겨우 알 수 있을 정도의 차이이기는 했지만, 전에 치수를 쟀을 때와 다소간 변화가 있다는 사실을 확인하고 클로에는 라티나의 주장을 늘 의심했던 것을 사과했다. 라티나는 친한 친구의 그 말을 듣고 어릴 때부터 변함없는 동작으로 부루퉁하게 볼을 부풀렸다.

　그런 대화를 나눈 후, 클로에와 실비아는 실비아가 가져온 도구류를 잔뜩 펼치고서 이것저것 검토를 시작했다.

　"어느 게 좋을까?"

　"일단은…… 으음, 역시 라티나는 피부도 하얗고, 나보다 한 톤 밝은색이려나……."

　"있지, 왜 거울 안 보여주는 거야?"

　"후후후…… 클로에, 이건 살짝 즐겁네."

　"그치? 이 정도로 뛰어난 인재…… 그리 간단히 만질 수는 없으니까."

　"뭐야? 뭐야?"

　"역시 라티나한테는 오렌지 계통보다 핑크 계통이 좋겠어."

　"후후후……."

　"뭐야? 응? 진짜 어떻게 되어가고 있는 거야?"

　클로에와 실비아는 매우 즐겁게 이러쿵저러쿵하면서 라티나의 얼굴에 다양한 것들을 발라 갔다. 새 원피스를 입은 라티나는 태어나 처음으로 화장하는 중이었다.

　하지만 두 사람은 거울을 보여주지 않고서 이것저것 시험하고 있었다. 클로에와 실비아 두 사람에게는 미소녀를 마음대로 꾸밀 수 있다는 인형 놀이의 연장 같은 것이었다. 이런 기회는 다시없었다.

두 사람 다 한창때 소녀였다. 상대가 평범한 미소녀라면 질투도 하고 험담도 할 것이다.

하지만 라티나는 그 단계를 넘어서 있었다. 뭐랄까, 너무 차원이 다른 위치라서 부러워하는 것도 바보 같다는 일종의 포기의 경지에 이르러 있었다. 그런데도 이 소꿉친구는 천진난만한 아가씨였다. 맹한 구석이 있어서 가만히 내버려 둘 수가 없고, 어딘가 관점이 어긋나 있어서 미워할 수 없었다.

그리고 무엇보다도 라티나가 어릴 때부터 줄곧 변함없이, 자신들보다 나이 많은 사람을 한결같이 바라보고 있다는 것을 클로에와 실비아는 아주 잘 알고 있었다.

열심히 발돋움하고자 애쓰는 소꿉친구를 응원하고 싶다고 생각하는 것은 친구로서 당연했다.

"예~이."

"예~이."

클로에와 실비아가 이해할 수 없이 들뜬 모습으로 서로의 손을 짝 마주쳤다. 따라가지 못한 채인 라티나는 두 사람을 불안하게 바라보았다. 설명이 필요했다.

라티나는 일찍부터 일하기 시작했다. 생활비는 『보호자』인 데일이 부담하고 있었고, 라티나 본인이 착실한 성격이라 낭비벽이 없기에 금전적으로 여유 있는 편이었다. 그래서 라티나는 직접 화장도구를 갖출 수도 있었다. 그런데 지금까지 그렇게 하지 않은 것은 자신을 『어린아이』 취급하는 데일 앞에서 그런 것에 관심 있다는 말을 꺼내기가 어쩐지 어려웠기 때문이다.

리타에게는 넌지시 말해보았다. 하지만 리타는 매일 업무와 육아로 바빴다. 자신을 위해 시간을 내서 쇼핑에 어울려달라고 강하게 부탁할 수가 없었다. 혼자서 화장품 가게 앞까지 간 적은 있지만 기가 죽어서 들어가지 못했다. 완전히 처음인지라 무엇을 어떻게 하면 좋을지도, 무엇을 갖춰야 하는지도 알 수 없었다.

평소 상담 상대인 케니스에게도 역시 말할 수 없었다. 말하더라도 케니스는 곤혹스러워했겠지만.

그것을 친구들에게 상담했더니 정보통인 실비아가 주도하여 오늘 이처럼 한 벌을 맞춰준다는 흐름이 된 것이었다.

실비아가 소속된 『초록의 신』의 신관들이 모으는 정보 중에는 유행이나 풍속도 포함되어 있다. 그리고 신관의 절반은 여성이었다. 각 신전 중에서도 세속에 깊이 접한 『초록의 신』의 신전에는 자연히 최신 패션 정보도 모여들었다.

실비아는 최신 화장법에 관해서도 지식을 얻어 왔다. 클로에 또한 라티나보다는 훨씬 조예가 깊은 분야였다. 최고의 모델에 최신 도구를 구사해서 완성한 『작품』의 완성도를 보고 만족스러워하는 두 사람은 매우 즐거워 보였다.

"어머 얘, 진짜 미인이네."

"우리 실력이 그다지 뛰어나지 않아도 소재의 본맛을 살리는 것만으로 이 정도라는 느낌이구나.”

“자, 라티나, 웃어봐~!”

“있지, 진짜 어떻게 됐는지 가르쳐줘……!”

히죽히죽 웃는 두 사람에게서 겨우 거울을 빼앗았다. 거울을 들여다본 라티나는 놀라서 말을 잇지 못했다.

긴 속눈썹과 커다란 회색 눈동자를 더욱 인상 깊게 만드는 눈 화장. 그만큼 다른 부분은 얌전한 색감을 사용하여 전체적으로 과해지지 않도록 균형을 잡았다. 상기된 것처럼 어렴풋이 물든 뺨. 살짝 벌어진 입술에도 연분홍색 연지를 발라 평소보다도 반들반들한 빛을 내고 있었다.

완전히 어른이 되지는 않았지만 어린아이에서는 벗어나려 하는 사랑스러운 소녀의 얼굴.

클로에와 실비아의 회심의 작품이었다.

“……어 ……얼굴에 음영이 생겼어……!”

그런 거울 속 자신을 앞에 두고 잠시 후 라티나에게서 나온 코멘트는 평소 그녀다운 유감스러운 사양이었다.

그런 실망스러운 퀄리티의 발언도 아마 키운 부모의 영향인 것 같았다.

라티나의 메이크업이 완성되자 세 소녀는 왁자지껄 떠들면서 밖으로 나갔다.

"으…… 왠지 부끄러워……."

"왜 거기서 부끄러워하는 거야."

"라티나니까 그렇겠지."

마지막으로 클로에의 집을 나온 라티나는 살짝 난처한 얼굴로 아래를 보고 있었다.

평소 자신과는 다른 『얼굴』. 누군가 그것을 지적할 것 같아서 묘하게 마음이 불편했다. 주위에서 그것을 신경 쓸 일도 없을 테지만, 익숙하지 않기에 불안한 것이었다.

그런 라티나의 성격을 잘 아는 친구들은 밝게 웃어넘겼다.

"뭐, 평소보다 주변 사람들의 시선을 『받아버릴지도』 모르지만."

"흐아?!"

"맞아 맞아. 그러니까 벌써부터 신경 쓰면 못 버틸걸?"

"역시 이상해?"

"후후후……."

"오호호……."

"왜 그렇게 웃어?!"

놀릴 맛이 있는 라티나의 반응을 즐기면서 세 사람은 『빨강의 신』의 신전이 있는 중앙 지구로 향했다.

중간중간 이곳저곳에 발을 멈췄다.

동구의 혼잡한 인파는 수많은 관광객을 노리고 각 상점이 세일이나 떨이를 하고 있는 결과였다.

살 생각은 없지만 서로 상품을 가리키며 함께 웃는 것만으로도 즐거운 시간이 지나갔다.

평소에는 들어가지 못하는 액세서리 가게 앞에 적당한 가격의 상품이 전시된 것을 보고 클로에가 발을 멈췄다. 다 같이 저건 아니네 이것도 아니네 하며 예산 내에서 가장 좋은 물건을 음미했다.

다른 소품 가게에서는 라티나가 리본을 들고 두 사람에게 보였다. 평상시 소녀다운 복장에도 어울리지만 평소보다 어른스러운 걸 사려며 두 사람이 추천한 것은 깔끔한 바탕천의 검은 리본이었다.

제례가 시작하기까지 아직 시간이 있었기에 세 사람은 다른 곳에 들르고자 살짝 길을 벗어났다. 그곳에는 바쁘게 장사 중인 빵집이 있었다. 가게 안도 북적였으나 그 이상으로 가게 앞에 설치된 매대가 혼잡했다.

그 매대에서 정신없이 일하는 소꿉친구에게 세 사람은 미소를 보냈다.

"마르셀, 바빠 보이네."

"라티나, 클로에랑 실비아도. 실비아는 오랜만이야."

어릴 때부터 변함없는 느긋한 어조지만 그의 손은 척척 작업을 이어갔다. 축제 관광객을 상대로 가벼운 식사용 속재료를 끼운 빵을 팔고 있었다. 잡담하면서도, 손님이 주문한 재료를 끼우는 속도는 느려지지 않았다.

둥그런 얼굴에 약간 키가 작은 마르셀은 푸근한 인상을 주었다. 앞치마를 매고 온화한 표정을 짓고 있는 그가 파는 빵은 어쩐지 무척 먹음직스러웠다.

마르셀은 자신의 외모가 주는 인상을 알고 있었다. 그렇기에 그는 이런 날에는 가게 안이 아니라 밖에서 일하며 솔선하여 광고탑 역할을 맡았다. 장래가 유망한 후계자였다.

"너희는 축제 구경 가는 거야?"

"응, 맞아."

"마르셀은 바빠 보이네."

실비아의 말을 듣고 마르셀은 빵에 머스터드소스를 바르면서 쓰게 웃었다.

"그래. 항상 바쁘지만, 올해는 가게에서 일하는 사람이 마침 출산으로 쉬고 있어서 일손이 부족하거든…… 오래 기다리셨습니다."

마르셀이 손님에게 빵을 내밀었다. 가게가 자랑하는 빵 사이에 듬뿍 들어간 채소와 슬라이스 고기가 끼워진 그것은 확실히 무척 맛있어 보였다.

살짝 배고파질 시간대였다. 축제가 본격적으로 시작되기 전에 배를 채워두고 싶다는 욕구를 불러일으키는 비주얼이었다.

"난 올해는 보러 못 갈 것 같아. 안토니는 있지 않을까?"

"안토니?"

"응. 안토니네 아버지가 영주관에서 일하고 계시니까. 축제 진행에 관해서도 환하거든. 구경하기 좋은 장소도 자세히 알 거야…… 아, 여기. 이건 서비스."

마르셀이 웃으며 내민 빵 세 개를 클로에는 거리낌 없이 받았다.

"고마워!"

"감사."

"마르셀, 받아도 돼?"

"괜찮아, 괜찮아. 하지만 가능하다면 가게 근처에서 먹어줘. 마실 것도 줄까?"

마르셀의 말에 라티나는 고개를 갸웃했으나, 그녀들이 가게 앞에서 빵을 다 먹었을 무렵에는 매대 앞에 줄이 만들어져 있었다.

무척 행복한 모습으로 음식을 먹는 초 미소녀의 광고 효과를 즉각 간파한 젊은 후계자의 판단은 정확했다.

마르셀과 헤어진 세 사람은 중앙 광장에 도착했다. 역시 평소보다도 사람이 많았다. 해가 기울기 시작해 노을빛을 띠어가는 하늘을 등지고 길을 서둘렀다.

평소 생활 속에서 『빨강의 신』의 신전은 갈 기회가 적다. 은행 업무를 처리하는 『파랑의 신』의 신전이나, 어릴 때 누구나 다니는 『노랑의 신』의 신전과는 달리 일반 서민이 갈 이유 자체가 별로 없기 때문이다.

그에 반해 『빨강의 신』의 신전에 소속된 신관병(神官兵)의 모습은 마을 안에서도 때때로 볼 수 있었다. 크로이츠의 치안 유지 임무를 맡고 있는 것은 영주를 섬기는 현병들이지만, 법의 파수꾼이라는 빨강의 신의 특성 때문에 그 신관병들도 현병에게 협력하여 마을 내에서 일어난 사건 진압에 관여할 때도 있었다.

"안토니, 어디 있을까?"

"우후후…… 그보다 선배한테 들었는데, 식전이 시작되기 전 신관병의 모습을 이쪽에서 볼 수 있대."

"흐응…… 무대 뒤편 같은 느낌인가?"

"그래, 그거."

세 사람은 서로 마주 보았다가 실비아가 소리 없이 웃으며 가리킨 방향으로 얼굴을 돌렸다. 어쩐지 공범이 되어 비밀스러운 행동을 하고 있다는 두근거림이 가슴을 설레게 했다.

빨강의 신의 신전 바로 뒤쪽에 해당하는 그곳에는 많은 신관병들이 정연하게 늘어서 있으면서도 의식 직전의 어수선함과 열기가 감돌았다.

딱히 타박받을 행동은 아니지만 셋이 나란히 숨을 죽이고 목소리를 낮추어 몰래 엿보았다.

"이렇게 새삼 보니까 신관병 제복도 조금씩 다르구나."

"정말이네."

"확실히…… 소속된 부대 같은 게 살짝 달랐을 거야."

소곤소곤 대화하는 것만으로도 즐거웠다. 어른이 보기에는 아무렇지도 않을 일이나 화제도 이 나이 때 소녀에게는 한순간 한순간이 『특별』했다.

"와. 저 사람, 꽤 멋있다."

"누구?"

"저기, 어깨에 선이 두 개 있고…… 짙은 갈색 머리에…….."

"헤에…… 실비아는 저런 사람이 좋아?"

"어…… 그 사람보다 저기 금발 쪽이 좋지 않아?"

"음…… 그 사람은 안 돼. 여기저기서 여자를 꼬셔서 문제 일으키고 있으니까."

"실비아는 어디서 그런 얘기를 듣는 거야?"

"후후후……."

정말이지 즐겁게 한창때 여자아이다운 이야기를 나누었다.

라티나도 대화에는 끼고 있지만 친구들은 『그녀의 취향』에 관해서는 그다지 물어보지 않았다. 라티나의 『취향』이 분명히 정해져 있다는 것과 그녀는 사람을 미추로 판단하지 않는다는 것이 그 이유였다.

라티나는 타고난 『위험을 감지하는 능력』도 있어서 겉모습보다도 그 무엇보다도, 그 사람의 내면을 가치 기준으로 삼았다.

그런 라티나의 『취향』에 꼭 맞는 것은 어려운 일이었다.

"슬슬 갈까?"

"응!"

클로에의 말에 고개를 끄덕이고 이번에야말로 메인 회장인 중앙 광장으로 향했다. 인파를 향해 걸어가는 세 소녀의 뒷모습에서도 들뜬 감정이 보이는 것 같았다.

†

안토니는 아직 고등학교에 다니고 있었다. 그런 그가 영주관 근처인 이곳에서 사교적으로 미소 짓고 있는 것은 아빠의 상관과 동료들이 주위를 둘러싸고 있기 때문이었다.

안토니의 아빠는 영주관의 하급 관리로 일하고 있지만 그렇다고 안토니가 학교를 졸업하면 아빠와 똑같은 일자리를 얻을 수 있는 것은 아니었다.

하지만 가능성이 전혀 없지도 않았다. 그『가능성』을 조금이나마 높이기 위해 아빠를 따라 인사를 다니고 있었다.

"안토니."

오랜만에 듣는 목소리가 이름을 불러서 안토니는 뒤돌아보았다.

"안토니! 오랜만이야!"

목소리 주인을 착각할 리도 없었다.

어릴 때부터 변함없는 순수한 얼굴로 생글생글 웃고 있는 라티나와 그 뒤에 선 클로에와 실비아라는 삼인조였다.

단박에 이해했다.

모르는 어른들에게 둘러싸여 있는 지금 자신의 모습은 친구들이 보기에 말을 걸기 어려운 상황일 터였다. 그렇기에 이럴 때『라티나』였다.

아마도 실비아가 뒤에서 조종했을 것이다.

라티나 본인은 자각하지 못하는 것 같았지만 그녀의 외모는 다소 엉뚱한 일을 벌여도 주위의 입을 막는 위력을 발휘했다.

실제로 지금 자신의 아빠를 비롯한 주위 어른들은 멍한 얼굴이 되어 있었다.

"아버지, 『노랑의 신』 초등학교에서 함께 공부했던 **친구**들이에요."

일부러 『친구』라는 점을 강조한 것은 여러 가지 의미에서 제 신변의 안전이 중요하기 때문이었다.

"어…… 오……?"

안토니의 아빠도 클로에는 알아차린 것 같았다. 집이 가까워서 어릴 때 같이 놀던 사이라는 것은 아빠도 알고 있었다.

"……『요정 공주』야."

친구의 이명을 입에 담자 아빠뿐만 아니라 그 주위에 있던 어른들도 술렁였다.

"무슨…… 『저게』 소문의……."

"실재했던 건가……."

아무래도 소꿉친구는 진귀한 짐승이나 도시 전설 급 취급을 받고 있는 것 같았다.

영주관에도 그녀의 소문은 들려오고 있었다.

이 『크로이츠』라는 마을에서 『모험가』들의 동향은 중요한 의미를 지니고 있다.

이 마을의 통치자를 섬기는 영주관 관리들이 그런 모험가들을 중심으로 지지를 모으는 『존재』에게 주의를 기울이지 않을 턱이 없었다.

모험가는 대단히 큰 무력을 가진 존재다. 그런 그들을 선동하는 반란 분자가 될 가능성을 경계하는 것도 무리는 아니었다.

『요정 공주』의 경우에 한해서는 영주관에 소속된 헌병들에게서 「무해하므로 문제없다.」라는 보고도 올라와 있었기에 문제시하지는 않았다.

—설마 헌병들의 대장이 친위대 투톱 중 한 명이며, 「대장님.」 하고 살짝 혀짤배기소리로 불릴 때마다 얼굴이 흐물흐물 풀어진다는 사실을 아는 자는 영주관 관리 중에 없었다.

라티나의 주요 행동 범위도 『춤추는 범고양이』가 있는 남구와 상업 지구인 동구였다. 관리들 대부분이 사는 서구에는 갈 기회가 없고, 그곳에 사는 사람들은 무뢰배가 모이는 『범고양이』 같은 가게를 방문하지 않았다.

라티나의 『존재』가 어디까지나 『소문』으로 머물러 있던 이유였다.

"여기 오기 전에 마르셀네 들렀더니 안토니가 여기 있다고 했거든."

생글생글 웃는 라티나는 상당히 어른스러워지기는 했으나 웃는 모습 등은 변함없었다.

"진짜 다들 오랜만이네. 여전해 보이니 다행이야."

"안토니는 키가 컸네."

"뭔가 내려다보는 게 짜증 나지 않아?"

"성장은 멈출 수 없지만 꿇리면 돼."

"클로에랑 실비아도 진짜 여전하구나."

신장이나 체격에서는 남자인 자신이 유리할 텐데 왜인지 이 두 사람에게는 이길 수 있을 것 같지가 않았다. 안토니는 내심 땀을 흘렸다.

"항상 데일이랑 같이 있었던지라 어디서 축제를 보면 좋을지 잘 모르겠어. 안토니라면 알고 있을지도 모른다고 마르셀이 그랬는데……."

"아아, 그렇구나…… 여자들뿐이라면 모험가들이 모이는 곳은 위험하지……."

라티나는 매번 데일과 함께 밤 축제를 보았다. 그는 군중들에 섞여서 때로는 어린 그녀를 목말 태우고 축제를 구경했다. 아는 얼굴들이 진을 치고 있는 관람석 한구석에 낀 해도 있다. 하지만 오늘은 그런 수단을 쓸 수 없었다.

"단골손님들이 있는 곳은 데일과 같이 있는 거나 마찬가지인걸."

토라진 듯이 말하는 라티나는 안토니의 말을 그의 의도와는 다른 의미로 받아들인 것 같았다.

"라티나, 왜 이래?"

안토니가 가장 오래 알고 지낸 상대에게 슬쩍 물어보자 클로에는 쓴웃음을 짓더니 목소리를 낮추고 대답했다.

"라티나네는 다들 걱정이 많으니까. 오늘 외출에도 이런저런 말이 많았던 것 같아."

"아아, 그래서."

"라티나가 순진하니까 걱정하는 거겠지만."

이야기하다 보니 유쾌한 기분이 되었다. 『오랜만』이라는 사실을 잊어버릴 정도로 익숙한 대화였다.

"어른들한테 물어보고 올게. 너희만 싫지 않다면 이 근처에서 보고 가면 될 거야."

안토니가 그렇게 말한 것은 아빠를 비롯한 어른들이 소문의 『요정 공주』에 흥미진진한 상태임을 눈치챘기 때문이었다.

그리고 이 소꿉친구를 아무 데나 돌아다니게 했다가 만에 하나라도 일이 터지면 이곳저곳이 엉망이 되리라는 것도 안토니는 알고 있었다.

"아버지, 소개할게. 이 애는 라티나. 『초록의 신』의 깃발이 있는 가게에 살고 있어."

"처음 뵙겠습니다, 라티나예요. 가문명이 없는 지역 출신이라 이름뿐인 점 양해해주세요."

"그리고 이쪽은 실비아 팔. 헌병대의 팔 부(副)대장님네 딸이야."

"처음 뵙겠습니다."

그렇게 말하며 미소 지은 소녀들은 안토니의 생각대로 영주관 사람들이 축제를 구경하려고 확보한 장소의 한 귀퉁이로 초대받았다.

남모르게 크로이츠의 안녕을 위해 진력한 안토니의 영단이었다.

본격적인 밤 축제는 해가 진 후에 시작을 고한다.

그것은 자연계에서 찾아볼 수 있는 『빨강의 신』을 상징하는 색 ― 요컨대 불 ― 이 가장 돋보이는 시간이기 때문이었다.

정연하게 줄지어 크로이츠 거리를 나아가는 빨강 신의 신관병들이 걸친 빛나는 갑옷에 그들이 들고 있는 등불이 비쳤다.

전쟁의 신이기도 한 그 신이 자랑하는 용맹한 병사들의 정연한 행진만으로도 눈길을 빼앗는데, 대열 중간중간에서 승리를 기원하는 춤을 추는 무녀들이 얇은 명주를 나부끼며 화려한 색채를 더했다. 무녀들의 가느다란 팔이 뒤집히자 금실 자수가 놓인 심홍색 명주가 마치 의지를 가진 듯이 나란히 움직였다. 그것이 불빛을 반사하여 금빛 잔상을 남기며 반짝였다.

어른어른 일렁이면서 거리를 밝게 비추는 불은 교의의 상징 그 자체이기도 했다. 어둠 속에 숨어 못된 짓을 하려고 해도 『빨강의 신』앞에서는 숨을 수 없다고— 그렇기에 화톳불을 수많이 피워서 평소라면 밤의 정적에 감싸일 터인 거리를 일부러 밝게 비추는 것이었다.

"굉장해."

인파에 치이는 일도 없이 안전한 장소를 확보한 소녀들은 그런 『특별』한 광경을 바라보고 있었다.

많은 사람이 있지만 본질적으로는 종교 의식이기에 크게 떠드는 자는 없다. 그래도 서로 얼굴을 가까이 대지 않으면 목소리를 전할 수 없었다.

사람들의 잔물결 같은 웅성거림 속에서 그녀들은 일상과 동떨어진 분위기를 즐겼다.

그런 『특별』한 시간이기에 클로에는 절친한 친구에게 평소에는 할 수 없는 말을 던질 수 있었던 것일지도 몰랐다.

"있지, 라티나."

"응?"

"언제 고백할 거야?"

클로에의 말을 듣고 라티나는 말문이 막혔다. 빨간 불빛을 받은 라티나의 얼굴은 그 말에 어떤 반응을 나타냈는지 알 수 없었다.

"그러네. 왜 고백 안 해? 그 사람 주변에 특별한 여자가 있다는 얘기도 없잖아. 그런데 뭘 사양하고 있는 거야?"

실비아에게도 거듭 질문받자 라티나는 부끄러운지 고개를 숙였다.

"말했는걸."

앳된 느낌이 남은 말투로 그녀는 그렇게 주장했다.

"줄곧, 줄곧…… 말하고 있는걸. 데일을 정말 좋아한다고…… 누구보다도 가장 좋아한다고…… 모두와는 달리 특별하다고…… 하지만 전해지지 않는걸……!"

오래전부터 줄곧 변함없이 품고 있는 『마음』.

그렇기에 지금껏 수없이 전한 마음.

화톳불 옆이 아니었다면 귀까지 새빨갛게 물들었다는 것이 보였을 표정으로 라티나는 친구들에게 마음을 털어놓았다.

"나는 데일에게 아직 『작은 라티나』니까. ……그러니까 전해지지 않아. 『좋아한다』는 말도, 『특별』하다는 말도…… 아직…… 닿지 않아."

사랑한다는 말이 전해지지 않을 때는 어쩌면 좋을까.

단순한 『좋아해』만으로는 부족한—『제일 좋아』. 다른 사람을 향한 『호의』와는 다른 『특별한 호의』.

그 말을 거듭해도 전해지지 않는 마음은 어떻게 해야 닿는 것일까.

그리고 어째서 닿지 않는 것일까.

오래전부터 그 답을 찾던 라티나는 『어른』이 되는 것이 그 해답임을 발견했다.

어린아이인 자신의 말은 닿지 않더라도 어른이 되면, 크게 자라면 분명 전해질 것이라고 생각했다.

빨리 어른이 되고 싶었다.

그와 자신 사이에는 큰 나이 차이가 있어서 필사적으로 힘껏 발돋움해도 여전히 닿지 않았다.

하지만 적어도 자신의 마음이 전해질 정도로는 자신을 한 명의 여성으로 보아주길 원했다.

"라티나."

옆에서 클로에가 손을 꽉 움켜쥐었다. 클로에가 삼킨 그 『말』을 또 다른 친구는 주저 없이 입에 담았다.

"정말로 그것뿐이야?"

"……실비아?"

"라티나 너는 사실 왜 전해지지 않는지도 알고 있을 거야. ……하지만 무서운 거지?"

"어……?"

"지금과 똑같이 있을 수 없게 되는 게 말이야."

실비아의 말을 듣고 라티나는 놀란 얼굴을 했다.

그것은 정곡을 찔렸기 때문이라기보다 자신에게 그런 『마음』이 있다는 것을 깨달았기 때문이었다.

"나……."

라티나가 동요하면서도 자신을 냉정하게 다시 볼 수 있었던 것은 곁에 있는 클로에가 그저 말없이 몸을 기대주었기 때문이었다.

라티나가 무엇보다도 『주위 사람들을 잃는 것』을 두려워하고 있다는 사실을 친우인 클로에는 잘 알고 있었다.

"……그런 걸까."

"아마도."

잠시 후 라티나가 내놓은 결론을 실비아는 긍정했고 클로에는 묵묵히 지지해주었다.

"어른이 되기 이전에, 라티나가 자신의 마음을 전하기 위해 필요한 건 지금의 관계를 부수는 거야."

"……그런가……."

정말 좋아하는 사람이 『작고 예쁜 우리 딸』로 여겨주는 것은 지금껏 자신을 지탱해준 소중하고 편한 시간이었다.

하지만 자신이 그 이상의 관계를 바란다면 먼저 그것을 고쳐야
했다.

"하지만 괜찮을까…… 나, 데일한테 좋아한다고, 정말로 말해도
괜찮을까……?"

무슨 말을 하는 거냐며 약한 소리를 규탄하려던 실비아도 라티
나의 안타까운 표정을 보고서 말을 삼켰다. 클로에는 걱정하는 얼
굴이 되었다.

"……라티나?"

"나는 마인족이니까…… 아무리 노력해도 인간족은 될 수 없으
니까…… 그러니까……."

"그걸 포함해서 라티나는 라티나야."

클로에가 참지 못하고 말한 것은 과거에 라티나가 한 일을 알고
있기 때문이었다.

"응…… 그래서 불안해. 나랑 데일에게 흐르는 시간은 같지만 달
라. ……나는 그래도 상관없다고…… 그래도 데일이 좋다고 말해
도, 데일은 상냥하니까 분명 괴로워할 거야."

머리로는 이해하고 있는 사실. 하지만 그것은 동시에 직시하기를
계속 피해온 사실이기도 했다.

언젠가 자신은 소중한 사람들과 함께 보내는 시간에 끝을 고한다.

모두가 늙어서 떠나는 가운데 홀로 남게 된다.

피해도 도망칠 수는 없지만 지금이 행복하기에 생각하고 싶지 않

은 『현실』이었다.

"그리고…… 마인족은…… 아이가 잘 안 생기는 종족이야."

그 사실을 말한 라티나는 울 것 같은 얼굴로도 보였다.

"데일은 나한테 정말로 많은 걸 줬어. 그런데 난 데일이 내 마음을 받아주더라도…… 데일에게 아기를 보여줄 수 없어."

라티나는 데일이 아이를 좋아한다는 것을 알고 있었다.

어린 자신을 맡아서 키워준 것이 다가 아니었다.

입으로는 이러니저러니 하면서도 싫어하지 않고 테오를 돌보고 있다는 것도, 고향의 동생 부부에게서 아이가 태어났다는 이야기를 들을 때마다 온화하고 다정한 얼굴이 된다는 것도 알고 있었다.

그런 그에게 그의 아이를 보여줄 수 없는 자신은 사실 그의 곁에 있기를 원해서는 안 되었다.

그것은 오래전부터 라티나 속에 자리 잡고 있던 『생각』이었다.

─그때 콩, 하고 머리에 충격이 느껴졌다.

"아야!"

깜짝 놀라서 고개를 들자 그곳에는 절친한 친구의 화난 얼굴이 있었다.

"바보 라티나."

클로에는 다시 한 번 라티나의 정수리에 수도를 내리쳤다. 그런 행동에 멍해진 라티나의 얼굴을 보고 클로에는 맥이 빠져서 쓰게 웃었다.

"머리도 좋으면서 왜 그렇게 나쁜 방향으로 생각하는 거야."

"클로에……."

"인간족끼리도 아이 없는 부부는 드물지 않아. 그래도 행복하게 사는 사람들도 있잖아."

"하지만……."

"그런 시시한 이유로 여자의 가치를 정하는 하찮은 남자한테는 내 절친은 처음부터 아까울 뿐이야!"

클로에가 잘라 말하자 라티나의 놀란 얼굴이 다른 종류로 바뀌었다. 그것을 눈치챈 실비아가 당황한 목소리를 냈다.

"안 돼! 라티나, 울면 안 돼! 화장이 망가져서 엉망이 돼버릴 거야."

"돌아가서 『보여주고 싶은 사람』이 있잖아?"

"……응."

뜨거운 것이 흘러넘치지 않도록 시선을 위로 향한 라티나는 곁에 있는 친구들의 손을 단단히 잡았다.

이 밤의 추억도, 이 온기도, 잊어버리지 않기를―.

"……데일은 『하찮은 남자』 따위가 아니야."

"그래?"

"그러니까…… 힘내 볼게."

결심한 라티나 앞에서 축제가 최고조를 맞이하려 하고 있었다. 마법으로 만든 커다란 불이 자잘한 불똥을 튀기며 마치 생물인 것처럼 넘실넘실 춤추었다.

사람들의 흥분도 떠들썩한 소리와 함께 고조되어 불길의 열기와 동시에 피부를 태웠다.

그런 가운데 실비아는 언제나처럼 무언가를 꾸미는 듯한 짓궂은 미소를 보내왔다.

"있지, 라티나. 확실히 장수 인족은 출산율이 낮지만 가능성이 전혀 없지도 않아."

"하지만……."

"그럼 말이야, 하루라도 빨리 그런 관계가 돼서 조금이라도 가능성을 높이는 게 어때?"

"뭐?"

"그것도 그러네. 오늘 밤에라도 라티나 쪽에서 들이대 버려."

"흐아아아?!"

해도 해도 너무한 친구들의 무책임한 제안에 눈물도 쏙 들어간 라티나는 드높은 비명을 질렀다.

축제의 마지막을 매듭짓는 것은 일반적으로 『불꽃』이라고 불리는, 대규모 화염 마법으로 만든 『폭죽』이었다. 『빨강의 신』의 제례에 걸맞게 색감은 빨강으로 한정되어 있지만 큼직한 불꽃이 밤하늘을 장식하는 광경은 다른 곳에선 볼 수 없었다.

많은 사람이 모두 똑같이 하늘을 보고 있었다.

그러던 중 문득 누군가 자신을 부른 것 같아서 라티나는 뒤돌아보았다.

친구들도 그녀의 그 행동을 알아차리고 고개를 갸웃했다.

"왜 그래? 라티나."

"응…… 지금 살짝……."

돌아본 라티나의 시선 끝에는 이곳을 제공해준 영주관 관리들이 있었다. 그 가운데서 소꿉친구인 안토니의 모습을 발견한 라티나는 살짝 고개를 기울였다.

소꿉친구 옆에 헌병 제복을 입은 남성이 몇 명 있었다. 하지만 평소 『범고양이』를 방문하는 단골손님들과 비교하면 상당히 선이 가늘었다.

"헌병?"

"엑."

악의 없이 의아해하는 라티나와 달리 실비아는 확실하게 싫은 얼굴을 했다.

실비아의 부친은 크로이츠 헌병대에서 부대장을 맡고 있다. 평민이기는 했지만 『좋은 집안의 아가씨』인 실비아네 집은 그런대로 엄격한 격식을 차리는 가문이었다.

『초록의 신』의 신전이라는 『바깥 세계』로 나온 실비아에게 집안 생활은 「솔직히 말해서 숨 막히는」 것이었다.

그녀에게 헌병대는 그런 집안을 상징하는 『아빠』에게 속한 존재였다.

안토니와 이야기하고 있던 헌병 중 한 명이 이쪽을 보았다. 그러더니 움찔하고 움직임을 멈췄다.

그녀들이 자신을 보고 있다는 것에 깜짝 놀란 모양이었다. 그 옆에 있던 헌병들도 놀란 것 같았지만, 그 놀라는 모습은 의미가 조금 다르다는 인상을 받았다.

뭔가 이상한 것이라도 있나 싶어서 자신의 뒤를 확인한 라티나는 밤하늘을 올려다보는 군중의 등에서 헌병이 놀란 이유를 찾아내지 못하고 다시 갸웃, 고개를 기울였다.

"저거 루디 아니야?"

"어?"

클로에의 말에 라티나는 헌병을 다시 쳐다보았다. 그제야 겨우 라티나는 안토니와 열심히 이야기 중인 헌병이 소꿉친구임을 깨달았다.

"아."

"정말이네. 뭐야? 저 녀석 벌써 예비대에서 나왔구나."

실비아가 중얼거린 것처럼 크로이츠의 헌병대는 정규 대원이 되기 전에 예비 대원으로서 훈련과 교육을 받는다.

그곳에서 인정받아야 마침내 헌병대 제복을 입고 임무에 착수할 수 있었다. 헌병대 안에도 계급이 있지만, 한 마을의 일개 조직이기에 대규모 군대만큼 복잡하지는 않았다.

청년이라고 부르기에는 아직 믿음직스럽지 못한 풍모의 소꿉친구는 제복에 『입혀진』 분위기였다. 가느다란 체구는 성장 도중이기 때문이리라. 그래도 균형 잡힌 몸에서 그가 확실히 단련하고 있다는 것이 엿보였다.

어렸을 때 친구들보다 컸던 체격은 주위가 성장하면서 눈에 띄는 특징이 아니게 되었다. 나란히 선 안토니 쪽이 신장만 따지자면 추월했을 정도였다.

라티나는 오랜만에 본 소꿉친구 곁으로 향했다. 그 발걸음은 어릴 때부터 변함없이 『종종걸음』이라고 형용하고 싶어지는 종류였다. 그녀는 기본적으로 호기심이 강해서 흥미를 느낀 대상에게 겁내지 않고 다가갔다.

"루디, 오랜만이야. 건강해 보이네."

미소를 보내자 어릴 적 모습이 남아 있으면서도 청년으로 향해 가고 있는 용모의 소년은 왠지 묘한 표정을 지었다.

"……슬슬 『루디』는 그만두지 않을래?"

인사도 하지 않고, 소꿉친구가 기억 속에 있는 것보다도 낮은 목소리로 짜낸 말은 그런 한마디였다.

라티나는 이상하다는 얼굴로 갸웃, 고개를 기울였다.

"루디는 루디인 거 아니야?"

"……이 나이에 어린애 같은 호칭으로 불리는 것도 좀……."

"……음? 루돌프?"

라티나가 입에 붙지 않은 단어를 말하자 어째서인지 그렇게 부르길 원했을 터인 그는 또다시 움직임을 멈췄다.

"음…… 뭔가 이상해."

아주 살짝 미간에 주름을 잡고 중얼거린 라티나는 그렇게 말하고서 표정을 원래대로 돌렸다.

"루디는 루디라고 하면 안 돼?"

"……좋을 대로 해!"

코앞에서 올려다보는 라티나의 얼굴을 직시할 수 없게 되어서 루돌프는 고개를 돌리고 내뱉었다. 옛날부터 알고 지낸 친구들은 뜨뜻미지근한 표정이 되어 있었다.

"커진 건 덩치뿐인가. 어쩔 수 없지, 루디니까."

"얼간이 기질은 예비대 훈련으로도 고쳐지지 않았나 보네. 어쩔 수 없어, 루디인걸."

"클로에도 실비아도 너무 과도한 기대를 거는 건 가혹한 일이야. 루디라고."

"그러네, 가혹하지."

"맞아."

"너희들! 다 들리거든?! 그보다 숨길 생각이 없지?!"

울상이 되지는 않았지만, 대꾸하는 루돌프의 그 모습에서는 그다지 성장을 찾아볼 수 없었다.

먼저 헌병대를 찾아간 것은 안토니였다.

그는 『백금의 요정 공주』가 만에 하나 악한에게 습격받거나 여자를 꾀려는 호색한과 엮이기라도 하면 큰일이 벌어진다는 사실을 알고 있었다.

아마도 상대는 살아서 이 마을을 나갈 수 없을 것이다. ─그렇게 생각한 안토니는 그녀 주위에 있는 『보호자들』을 잘 알고 있다고 할 수 있었고, 일반인이기에 모험가들을 무서운 존재라고 곡해하고 있다고도 할 수 있었다. 하지만 『딸바보』에 한해서라면 그 인식은 완전히 틀린 것도 아니었다.

라티나는 본인이 생각하는 것 이상으로 어딘가 위태로웠다.

마법사이기도 한 그녀는 확실히 공격 능력을 가지고 있지만 공포나 놀람으로 말문이 막혀버리면 정확히 마법을 자아내지는 못할 것이다. 그렇게 되면 가냘프고 연약한 소녀가 할 수 있는 저항은 한정된다.

그런데 보아하니 이 소꿉친구들은 평소보다도 외부인이 많이 돌아다니는 밤거리를 소녀들끼리 방황할 생각인 것 같았다.

마을의 평온과 안녕을 위해 손을 써둬야 한다고 생각했다.

그래서 안토니는 헌병대 대기소에 상담하러 갔다. 생각보다 간단하게 갓 예비대를 나온 신인 몇 명을 받아낼 수 있었던 것은 안토니 이상으로 『요정 공주』의 안전을 걱정하고 있는 『대장』과 최근 집에 들어오길 싫어하는 딸을 염려하는 『부대장』의 의견이 일치한 결과였다.

단순한 직권 남용이지만 그것을 지금 지적할 수 있는 자는 이 자리에 없었다.

루돌프가 그 멤버 안에 들어가 있던 것은 상부의 의도가 작용했기 때문이었다.

그가 마음에 둔 사람이 누구인지 헌병 상층부에서 모르는 자는 없었다.

그렇기에 그는 예비대 입대 후 이 4년간 철저하게 귀여움받았다.

단골손님들이 사랑해 마지않는 『요정 공주』는 『보호자』와 스승의 영향 때문인지 굳이 따지자면 모험가들과 친숙했다. 그것이 헌병대 측 단골손님들에게는 너무나도 유감스러웠다.

그런 상황에 입대한 것이 『요정 공주』의 소꿉친구인 소년이었다.

소년을 보려고 헌병대 대기소에 매일 방문해준다면. 사랑스럽게 웃으며 상사인 자신들에게 인사해준다면. 때로는 점심을 가져와서 「다 함께 드셔주세요.」라고 말해준다면.

그런 나날이 온다면 좋겠다— 라는 아저씨들의 소망이었다. 열세 라는 점은 충분히 이해하고서, 상층부가 소년을 착실히 귀여워한 것도 그런 이유가 있기 때문이었다. 적어도 최소한 『보호자』에게 순식간에 당하지 않을 정도는 되어야 했다.

보호자 시점에서 느끼는 짜증은 한층 더 소년을 귀여워하는^{굴리는} 방향으로 발산하면 되었다.

어느 쪽이든 당사자에게는 지옥이라는 생각도 들지만, 원래부터 그가 고른 길은 가시밭길이었다.

"루디, 헌병이 됐구나. 언제부터?"

"……된 지 얼마 안 됐어. 오늘 밤 축제는 일손이 부족하니까 신 입들도 동원된 거야."

"뒤에 있는 사람들도 신입? 가게에서는 본 적 없는데."

"범…… 『그 가게』의 단골손님 헌병은 대부분 높은 지위의 사람들이니까."

"흐응. 처음 뵙겠습니다. 남구 『범고양이』에 사는 라티나예요. 루디랑은 어릴 때부터 알고 지낸 친구예요."

루돌프가 『범고양이』라는 이름을 일부러 숨긴 노력을 간단히 무시하고서 라티나는 그의 동기인 청년들에게 미소를 보냈다. 나이는 약간씩 차이 나지만 동시에 정규 헌병대로 승진한 청년들은 라티나의 모습에 아직도 깜짝 놀란 표정을 짓고 있었다.

루돌프도 사실은 매우 놀란 상태였다.

어릴 때부터 마음에 품은 그녀가 『사랑스러운 소녀』라는 사실은 알고 있었지만, 한동안 떨어져 있는 사이에 자신의 추억 보정도 들어가서 미화된 것일지도 모른다— 그런 생각도 했었다.

여러 가지로 살짝 달관해버릴 만큼 예비대 훈련은 가혹했다. 어쩐지 다른 훈련생들보다 자신의 훈련이 엄격한 것 같기도 했지만 불합리한 얼차려라고 단정 지을 수도 없었기에 뭐라 말하기 힘들었다.

그런데 라티나는 그런 자신의 상상을 뛰어넘어 아름답게 성장해 있었다.

동료들도 라티나의 외모를 보고 말을 잇지 못했다. 남성 사회인 헌병대 안에서는 어디 술집의 간판 아가씨가 미인이더라, 어디 어디에 섹시한 여자가 있다더라 하는 이야기도 자주 했다. 하지만 그녀는 그런 차원을 아득히 넘어서 있었다.

직시하기에도 너무 눈부셨다.

그런데 본인은 여전히 그런 자각이 없는 것 같았다.

"우와아!"

마지막 『불꽃』이 밤하늘 가득 피는 것을 환성과 함께 올려다보는 라티나 옆에서 그런 그녀의 얼굴을 엿보는 그가 긴장하여 딱딱한 표정을 하고 있었던 것도 무리는 아니었다.

마법으로 만든 밤하늘의 『불꽃놀이』가 끝나자 이 특별한 밤도 끝을 고했다.

군중은 웅성거리면서 각자 귀갓길에 올랐고 여행자들도 오늘 묵을 여관으로 발걸음을 옮겼다. 일상과는 달리 축제 관광객을 내다보고 늦게까지 영업하는 술집으로 향하는 자도 있을 것이다.

소녀들도 서로 작별 인사를 나누었다.

"그럼 다음에 또 봐."

"응! 가게 쪽에도 와줘."

태연하게 웃는 얼굴인 실비아에 비해 그녀가 부대장의 딸임을 들은 신입 대원의 표정은 매우 딱딱했다. 그런 수행원을 거느리고서 실비아는 서구 쪽으로 갔다.

오늘은 역시 곧장 돌아갈 생각이 든 모양이었다.

"클로에도."

"응. 라티나, 똑바로 해야 해."

그렇게 말한 절친에게 미소를 보내고 라티나는 루돌프와 함께 남구로 향했다. 옷 등의 짐은 클로에네 집에 맡긴 채이니 나중에 가지러 갈 때 이후의 경과를 말해야 할 것이다.

마지막으로 남은 클로에는 옆에 있는 청년을 올려다보고 쓴웃음을 지었다.

"미안. 어쩌다 보니 떨거지의 호위 같은 걸 맡기게 됐네."

"……아뇨. 임무는 임무니까요."

밝은 천성이 겉으로 드러난 클로에의 표정은 라티나처럼 상대의 말문을 막히게 할 만한 미모는 아니지만 충분히 매력적이었다.

절세 미녀인 라티나의 절친이라는 위치에 있으면서 자기 외모에 열등감을 품는 일 없이, 확실한 자신감을 가진 당당한 클로에라는 소녀 또한 라티나와는 다른 이유로 『매력적』이었다.

앞서가는 클로에의 한 발자국 뒤에서 걷는 청년이 그런 그녀의 미소를 보며 무엇을 생각했는지는 본인만이 아는 일이었다.

루돌프와 나란히 걷는 라티나는 호기심을 숨기지 않으며 소꿉친구를 올려다보았다.

"예비대 훈련, 힘들었어?"

"그래."

"그렇구나. 루디, 몸이 엄청 탄탄해졌어. 가게에 오는 신인 모험가들보다 훨씬 늠름해."

라티나의 웃는 얼굴은 천진난만하고 무방비했다.

그것은 주위 사람들이 자신을 어떻게 여기는지에 대한 둔감이 만들어내는 위태로움이었다.

그녀는 어릴 때부터 줄곧 한 사람만을 쫓고 있었다.

그래서 주변의 호의에 둔했고, 사랑하는 사람에게 『어린아이 취급』받고 있는 자신에 대한 평가가 낮았다. 고향에서 『추방』당했다는 과거 또한 자기 평가를 낮추는 원인 중 하나였다.

조금 더 말하자면 라티나는 『호의』 자체에는 민감했다. 자신에게 위해를 주는 존재를 감지한다는 능력을 선천적으로 가지고 있는 라티나는 『적의』에 예민한 감각을 지니고 있었다. 그 정반대 감정인 『호의』에도 결과적으로 민감했다. 반면 『호의의 내용』에는 매우 둔한 것 같았다.

루돌프도 라티나의 그런 부분은 어렴풋이 눈치채고 있었다.

몇 년이 지났어도 그런 부분은 변하지 않은 모양이라고 생각했다.

"왜 그래? 아무 말도 없이."

"아니야……."

"이상해."

눈부실 정도의 매력을 발산하는 그녀지만 역시 곁에 헌병 제복을 입은 자가 있으니 접근하는 발칙한 족속은 없었다. 그래도 라티나를 바라보는 흑심도 포함된 다수의 시선을 느끼고 루돌프는 위협을 담아서 주위를 살펴보았다.

은은한 빛을 머금고 반짝이는 긴 머리카락을 나부낀 라티나는 조금만 더 가면 목적지인 곳에서 그 발을 멈췄다.

한편 그보다 조금 전, 『춤추는 범고양이』에서는 데일이 안절부절
안절부절안절부절 불안한 모습으로 걸어 다니고 있었다.

솔직히 방해되었다.

"라티나…… 느…… 늦지 않아?"

"조금 전에 『불꽃』이 끝난 참이잖아. 중앙 광장은 북적일 테니 거
기서 돌아오려면 시간이 걸릴 거야. 게다가 라티나는 친구들을 데
려다주고서 온다고 했고."

『범고양이』 가게 안에서도 창문을 열면 밤하늘을 장식하는 『불
꽃』 일부를 볼 수 있었다. 굳이 구경하러 가지 않아도 축제 분위기
를 손님에게 안주로 제공했다.

"그런 건 알고 있지만!"

"알고 있으면 얌전히 좀 있어."

리타가 아무리 옳은 소리를 해도 데일의 행동은 고쳐지지 않았다.

그레고르와 로제를 배웅하고서 크로이츠에 돌아온 이후로 줄곧
이 상태였다. 리타의 인내심도 슬슬 한계를 맞이하려 하고 있었다.

"그렇게 걱정되면 가게 밖에서 기다리면 되잖아."

케니스가 기막히다는 얼굴로 말한 것을 의역하자면 성가시니까
시야 밖으로 나가 있으라는 뜻이었다.

반쯤 『범고양이』에서 쫓겨난 데일이 본 밤거리에는 평소와 비교
할 수 없을 만큼 사람이 많았다.

역시 찾으러 가야 할까 싶어서 몇 발자국 뗐다가 엇갈리면 의미
가 없다는 생각에 다시 돌아왔다.

목적하는 소녀의 모습을 찾고자 시선을 집중하는 데일의 무시무시한 분위기를 알아차린 통행인이 기겁하여 크게 거리를 벌렸다.

그런 데일의 표정이 어떤 이를 확인하고서 안도로 풀어진 것도 한순간, 또다시 험악하게 변한 것은 그녀가 혼자가 아니었기 때문이다.

생소한 원피스를 입고 있었지만 데일이 라티나를 잘못 볼 턱이 없었다. 그런 그녀가 옆에 있는 또래 소년에게 친근한 미소를 보내고 있었다.

헌병이든 모험가든 데일에게는 큰 차이가 없었다. 젊은 남자라는 존재는 라티나에게 추파를 보낸 단계에서 해충과 똑같았다.

"데일!"

『춤추는 범고양이』 앞에 서 있는 사람의 모습을 본 순간 나온 라티나의 목소리는 들떠 있었다.

기쁨을 다 감추지 못한 라티나의 그 목소리를 듣고 루돌프는 가슴이 괴롭게 욱신거림을 느꼈다.

알고 있던 것이었다. 그러니 이 정도로는 꺾이지 않는다.

예전에 이 가게에 놀러 왔을 때 『친구 중 한 명』으로 취급받았을 때와는 판이한 의심의 시선에 한기를 느꼈으나 견디지 못할 정도는 아니었다.

데일이 흘리는 살기와도 닮은 기운에 저항할 수 있다는 것이야말로 지옥 훈련을 견뎌낸 결과임을 알지 못한 채 루돌프는 이마에 맺힌 땀을 모른 척했다.

라티나는 데일의 기분이 나쁘다는 것은 눈치채지 못했다.

그녀에게 옆에 있는 사람은 『소꿉친구 루디』였다. 오랜만에 만난 친구와 즐겁게 수다 떠는 것도, 사이좋게 나란히 걸어서 돌아온 것도 전혀 켕기는 일이 아니었다.

데일도 라티나가 아무나 따라가는 소녀라고는 생각하지 않았다. 그래도 이렇게 무방비한 모습을 보이니 마음이 영 불편했다.

그의 언짢음은 걱정이 만들어낸 당연한 반응이었다.

"라티나."

그래서 데일이 꺼낸 목소리는 어딘가 가시 돋친 딱딱한 어조였다.

"늦었네."

데일의 말을 듣고 라티나는 이상하다는 얼굴로 고개를 갸웃했다.

그런 그녀의 행동에는 딱히 위화감도 없었다. 친구들을 데려다주지 않은 만큼 그녀는 당초 예정보다도 이른 시간에 귀갓길에 올랐다. 하지만 쌓일 대로 쌓인 『걱정』에 『안도』가 더해지고 거기에 모르는 남자가 붙어 있다는 『상황』이 불에 기름을 마구 끼얹은 결과, 피가 거꾸로 솟은 데일은 점점 더 냉정함을 잃어갔다.

"얼른 안으로 들어와!"

마치 어린아이를 대하는 듯한 데일의 모습에 라티나는 표정을 흐렸다.

냉정함을 잃었다는 점에서는 라티나 또한 마찬가지였다.

첫 『밤 나들이』, 잔뜩 고양된 축제 분위기. 그리고 친구들의 부추김으로 그녀는 평소보다 훨씬 『흥분 상태』였다.

데일의 언짢음에 호응한 것처럼 사고를 감정적으로 휘둘렀다.

다만 그것은 『분노』라는 형태로는 나타나지 않았다.

"……데일, 난 이제 쪼끄만 어린애가 아니야."

"그런 소리를 하는 동안에는 대개 어린애야."

"아니란 말이야……!"

꽉, 주먹을 쥐고 힘을 주었다.

사실은 아직 마음의 준비가 되어 있지 않았다. 하지만 친구가 등을 떠밀어 준 오늘 이날이 아니라면, 어른스러운 새 원피스와 화장의 힘을 빌릴 수 있는 지금이 아니라면 무리라고 생각했다.

자신의 마음을 전하기 위해, 지금까지의 『관계』를 바꾸기 위한 한 발자국을 내딛자고 생각했다.

자신은 이제 어리고 『작은 라티나』가 아니라고. 자신이 그에게 바라는 애정은 『작은 라티나』에게 보내는 친애와는 다른 것이라고.

"난 이제 어린애가 아니야……! 그리고!"

그래도 데일의 얼굴을 똑바로 보는 것만큼은 할 수 없었다. 눈을 꾹 감고, 마음 전부를 힘껏 소리 높여 고했다.

"데일에게 그런 말 듣고 싶지 않아······! 데일은 우리 『아빠』가 아닌걸······! 난 데일을 아빠 대신이라고 생각한 적 없어······!"

루돌프는 눈앞에서 라티나가 귀까지 새빨갛게 물들이고 단언한 말을 듣고 충격을 받았다. 알고 있어도 눈앞에서 분명하게 그녀가 마음을 말하는 것은, 그것을 듣는 것은 괴로웠다.

하지만 그는 한 발자국 물러선 위치에 있었기에 그 『현상』을 가장 먼저 눈치챘다.

"······라티나."

어깨를 쿡쿡 찌르며 소꿉친구 소녀를 불렀다.

하지만 조금도 여유가 없는 라티나는 루돌프의 지적을 알아차리지 못했다. ─눈앞의 『참상』도.

잠시 후, 데일에게서 아무런 반응이 없는 상태를 견디지 못한 라티나가 슬며시 눈을 떠 앞을 보았다.

그리고 겨우 그녀도 깨달았다.

데일은 새파랬다.

라티나는 연상의 어른으로서 자신보다 침착하고 여유 있는 그의 모습을 항상 보았다. 이렇게 창백해진 데일을 보는 것은 처음이었다.

"어?"

깜짝 놀라서 한 발자국 다가가자 도망치는 것처럼 한 발자국 뒤로 물러난 데일의 모습을 보고 울고 싶어졌다.

자신의 말은 그에게 그렇게나 받아들이기 힘든 것이었나.

하지만 울고 싶은 사람은 데일 쪽이었다.

"라티나가."

떨리는 목소리로 쥐어짠 말이 그 전부를 이야기하고 있었다.

"라티나가……! 마침내……! 반항기에……!"

어떤 의미에서 안정적으로 너무한 코멘트였다.

"뭐?"

한 박자 늦게 데일의 중얼거림을 이해한 라티나는 마음속으로 성대한 비명을 질렀다. 정말이지 해도 해도 너무해서 목소리를 낼 수가 없었다.

'뭐어어어어?!'

경직되어 내심 절규하는 라티나의 모습을 알아차리지 못한 채 데일은 울 것 같은 표정으로 머리를 싸매고 있었다. 머리를 싸매고 싶은 사람은 자신이라고 라티나는 생각했다.

대참사였다.

"개판이네."

루돌프가 무심결에 중얼거렸지만, 각각 패닉 상태인 이 자리의 남은 두 사람은 그 말을 듣지 못했다.

"라티나가 마침내 소문으로 듣던 『반항기』에……! 소문으로는 들었지만! 사춘기 소녀 특유의 반응이……! 어쩌지…… 어떻게 해야 해?!"

그렇게 말하고 다시 한 번 라티나를 본 데일은 뭐라 말할 수 없는 한심한 표정을 짓고서 몸을 휙 돌렸다.

결국 이 자리에서 도망친 것이다.

일류라는 이름이 부끄럽지 않을 기민한 움직임이라 멈출 새도 없었다.

'뭐어어어?!'

허둥대며 또다시 속으로 비명을 지르는 라티나를 보고 루돌프는 그 어깨에 툭 손을 올렸다.

간당간당한 처지에 있는 자신이 이런 말을 하는 것도 참 뭐했지만, 생각보다도 먼저 목소리가 나왔다.

"그…… 뭐냐. 힘내라?"

"흐아아아!"

루돌프는「진짜 부녀 사이는 아니지만 이상한 부분에서 닮았구나.」하고 생각했다. 뭐랄까, 남의 일은 아니었다. 정말로 자신이 이런 말을 하는 것도 뭐하지만.

라티나는 울 것 같은 얼굴로 루돌프를 보더니 조금 전 데일보다 더 한심한 목소리를 밤거리에 떨쳤다.

†

데일은「언젠가 오겠지, 언젠가 오고 말겠지.」생각하던 공포의 순간이 마침내 왔다고 생각했다.

한 번 그렇지 않을까 생각하자 최근 라티나가 어쩐지 자신과 거리를 두는 동작을 취했던 것도 그 전조였다고밖에 생각할 수 없었다.

"라티나에게……! 우리 예쁜 라티나에게, 마침내 반항기가……!"

『춤추는 범고양이』에 뛰어 들어온 데일은 피를 토하듯이 말하더니 힘없이 무너져 내렸다. 그러자 단골손님 몇 명이 스르르 그를 에워쌌다.

얼굴은 동정의 빛을 띠고 있지만 그렇게 잘라 말할 수 없을 만큼 그 등 뒤에는 검은 기운이 감돌고 있었다.

"……한창때 여자아이는 어려우니까."

"우리 집도 큰일이라고."

제각기 말하는 목소리는 데일을 위로한다기보다 불안을 조장하기 위한 것이었다.

"윽!"

"내 옷은 냄새나니까 같이 빨래하지 말라는 말을 들었어."

"윽!!"

"막 세탁한 옷이라고 말해도 내 존재 자체가 고약하다고 하면 어쩌라는 건지!"

"우리 집도 별반 다르지 않아! 아내랑 아이들이 거실에서 담소를 나누고 있다가 내가 들어간 순간 말없이 총총히 사라진다고! 내 상대는 애완 잉꼬뿐이야!"

"나도 할 말은 있어! 장기 임무를 끝내고 겨우 돌아갔더니 아이들한테 『어서 오세요, 손님.』이란 말을 들었다고!"

"마셔! 오늘은 전부 내가 낸다! 내가 전부 내겠어! 실컷 마셔도 좋아!"

진정한 『용사』는 사춘기 딸에게 매정한 대우를 받으면서도 견디는 『아버지』인 게 틀림없어!

데일의 그런 마음속 독백을 들을 수 있는 자가 있었다면 「네가 그런 소리를 하면 안 되지..」 하고 태클을 걸었을 유감스러운 모습이었다.

데일이 반쯤 따라 울면서 외쳐 세상 『아버지』들을 열광시켰을 무렵.

"리타!"

가게 주방에서는 라티나가 울며 리타에게 안겨 있었다.

"왜 그래? 라티나. 예쁘게 화장했는데 다 망가져버리겠어."

"리타……! 나, 데일한테 고백하려고 했는데……!"

"고백?"

그런 것치고 가게 홀 쪽에서 들려오는 참상은 연애와 거리가 멀었다. 그런 두근거림은 조금도 없었다.

"실패했어! 전해지지 않았어! 고백이라는 것조차 알아채 주지 않았어!"

"……우와."

리타의 얼굴에는 뚜렷하게 『저 바보 저질렀구나..』라고 적혀 있었다.

"부끄러워서 데일 얼굴 못 봐!"

착하지, 하고 라티나의 머리를 쓰다듬는 리타는 기막히다는 얼굴을 하고 있었지만 물론 그것은 눈앞의 소녀를 향한 것이 아니었다.

리타는 이 소녀가 어릴 때부터 줄곧 자신의 『보호자』를 이성으로 보고 있음을 눈치챘었다. 리타 입장에서 말하자면 눈치채지 못하는 데일 쪽이 이상했다. 남편인 케니스도 상당히 둔한 말을 하고 있었는데, 왜 남자들은 그렇게 바보들뿐일까.

뭐, 섬세함과는 담을 쌓은 모험가에게 그런 눈치를 기대하는 것 자체가 틀린 거겠지— 하고 달관할 정도로는 리타도 이 장사를 오래 했다.

"그러네, 부끄럽지. 여자가 먼저 고백하는 건 그만큼 힘든 일인걸."

리타는 쓰게 웃고서 라티나를 들여다보았다.

여동생 같은 존재라고도 할 수 있는 이 소녀에게 리타는 가게에 오는 손님들을 상대할 때와는 비교도 안 되는 자상한 얼굴을 보여주었다.

외동딸인 리타는 형제가 없었다. 어릴 적에 가끔 생각했던 『귀여운 여동생이 있으면 좋겠다.』는 소원을 구현한 듯한, 뜻밖의 경위로 얻은 이 『여동생』을 데일과는 다른 위치에서 귀여워하는 것도 당연하다면 당연한 일이었다.

평소 늘 보는 지저분한 사내놈들에게는 없는 치유를 젊은 여성인 리타가 바라는 것이 무슨 잘못이겠는가.

"도망치고 싶은 것도 어쩔 수 없는 일이야. 얼굴을 보고 싶지 않은 것도 무리는 아니지. 그치?"

—딱히 라티나는 얼굴을 보고 싶지 않다고는 말하지 않았지만, 리타 입장에서 『바보』를 향한 비난이 거센 것은 당연했다.

　"무리하지 않아도 돼. 네가 항상 노력하고 있다는 것도 나는 분명히 알고 있어."

　"리타……!"

　본격적으로 울기 시작한 라티나를 끌어안은 리타는 그녀를 가게 뒤편으로 데려갔다.

　"화장은 꼼꼼히 지워야 해. 피부에 안 좋으니까."

　"응……."

　라티나가 가게 뒤편에 있는 수도 시설에서 세수하는 것을 지켜본 리타는 주방 안으로 돌아왔다.

　남편인 케니스는 리타의 표정을 보고 자신은 절대 쓸데없는 말참견을 하지 말자고 결심했다.

　가게 안은 광란의 연회 양상을 보이고 있었다. 혼란에 빠진 데일의 모습만 보고서는 무슨 일이 일어났는지 이해하기 어려웠다. 상황을 파악하고자 라티나가 돌아온 듯한 주방으로 다시 가보았지만 아내의 모습을 보건대 『멍청한 짓을 한』 사람은 『데일』인 것 같았다.

　"리타……."

　"케니스, 내일부터 라티나한테 휴가를 줄 생각이야. 이 애는 줄곧 성실하게 일하기만 했으니까 가끔은 괜찮지?"

　그런 그녀의 『휴일』은 다름 아닌 오늘인 것 아니었나.

　하지만 생각을 표정으로 드러내는 어리석은 짓을 하지 않을 정도로는 케니스의 위기감은 현역 수준으로 작용하고 있었다.

"라티나, 그만 방에 돌아가렴. 응?"

어깨를 푹 떨구고 울상이 되어 있는 소녀에게 돌아선 아내는 다른 사람처럼 다정한 표정이었다.

라티나와 같이 계단을 올라가는 리타의 등을 바라본 케니스는 술이 들어가 수습이 되지 않기 시작한 가게 안을 보고 한숨을 쉬었다. 『밤 축제』 종료에 맞춰 내점한 새로운 손님도 가세하여 점점 더 혼돈 상태가 되고 있었다.

케니스의 한숨은 소녀에게 보내는 것과는 매우 상이한 아내의 『다른 사람 같은 표정』을 받을 터인 동생을 향한 연민이 담긴 것이었다.

본격적으로 마시며 떠든 후, 평소처럼 다락방으로 돌아온 데일은 쥐 죽은 듯 고요한 실내 모습에 꼴깍 침을 삼켰다.

라티나의 모습이 보이지 않았다.

조심조심 침대를 들여다보았다. 당연히 라티나가 토라져서 자고 있을 것이라고 생각했던 데일은 그곳도 차갑게 식은 채 아무도 없음을 확인하고 말없이 허둥거리며 주변을 살폈다.

다락에 올라온 순간 느꼈어야 했을 위화감을 간과한 것은 역시 취했기 때문이리라.

창고로 쓰는 곳의 짐 일부가 옮겨져 있었다.

다시 쌓은 짐이 벽이 되어 그곳 일부를 나누고 있는 것 같았다.

"……?!"

그래도 목소리를 내지 않고서 살며시 그 안쪽을 엿보려 했지만 데일의 그런 행동을 차단하듯 칸막이가 문 대신 서 있었다.

평소에 라티나가 옷을 갈아입을 때 쓰는 칸막이였다.

"윽! 윽!"

그것이 이미 충분한 대답인 것 같았으나 데일은 숨을 가다듬고 천천히 기척을 살폈다. 원래대로라면 그런 일을 할 필요도 없이 착각할 리 없는 그녀의 기척이지만, 그것들 전부가 데일의 당황을 나타내고 있었다.

'—으윽!! 반항기는 이렇게나 내게서 모든 치유를 앗아 가는 건가!'

결과, 두 눈에서 뜨거운 것을 줄줄 흘리며 소리가 되지 않는 절규를 내지른 데일은 힘없이 털썩 무릎 꿇었다.

—목소리를 속으로 삼킨 것은 라티나가 이미 잠든 시간이기에 한 배려였다. 그것은 어쩌지 못할 정도로 그가 뿌리부터 『딸바보』라는 증거일지도 몰랐다.

마을에 오기까지의 전일담.
어떤 멍멍이,

라반드국 중심부에서 벗어난 산골. 그『취락』은 그곳에 있었다.

대지와 풍요의 신인『주황의 신』의 신위가 강하여 비옥한 토지가 풍성한 결실을 약속하는 깊은 산속. 그곳에는 다양한 크기의 초식 동물이 수많이 생식하고 있으며 그중에는 집채만 한 멧돼지형 마수를 비롯한 거대 마수의 수도 많았다.

그 생물들의 무궁무진한 식욕 앞에서도 고갈되지 않고 무성한 숲이 유지되고 있는 모습을 보더라도 신의 깊은 은총을 느낄 수 있었다.

그리고 그것들이 많은 환경은 그것을 포식하는 생물이 많다는 뜻이기도 했다.

그들『천상랑』은 이 토지에서 먹이 사슬의 정점에 위치하는 존재였다.

"괴롭다."

그 최강의 생물에 속한 한 마리 짐승은 데굴, 구르며 억양 없는 음성으로 중얼거렸다.

"괴롭다."

"무엇이 말이냐."

회색 모피를 가진 커다란 생물이 코끝을 새끼 늑대에게 돌리고서 물었다. 그 모습은 구르면서 불만스러운 목소리를 내는 작은 짐승과 닮아 있었다.

"라티나, 없다. 괴롭다."

"……그 사람 아이인가. 그것은 좋은 『냄새』를 지닌 아이였지."

날개를 가진 거대한 회색 늑대는 음, 하고 고개를 끄덕이고서 먼 곳을 보듯 눈을 가늘게 좁혔다.

"우리 천상랑이 사람과 함께 있기로 정한 뒤 긴 시간이 흘렀지만, 그 아이처럼 희귀한 존재와 만난 것 자체가 요행이야."

엄숙하게 이야기하는 아빠 늑대의 말을 신경도 쓰지 않고 새끼 늑대는 느긋하게 일어났다.

"대디."

"뭐지?"

새끼 늑대는 아빠 늑대를 올려다보고 끝이 까만 꼬리를 흔들었다.

"라티나한테. 간다."

아빠 늑대의 꼬리가 홱 휘둘리더니 튕겨 나간 새끼 늑대가 하늘을 날았다. 새끼 늑대는 허공에서 한 번 날개를 움직여 아무 일도 없었던 것처럼 지상에 내려왔다.

"대디?"

"내 아이야. 너는 아직 어리다. 바깥 세계에 나가기에는 아직 힘이 부족해."

"싫다. 간다."

또다시 꼬리가 홱 휘둘렸다. 새끼 늑대는 이번엔 조금 전보다 더
높이 날았다.

"아직 이르다고 하지 않느냐."

"싫다."

이어서·새끼 늑대를 향해 휘둘린 아빠 늑대의 꼬리는 폴짝 뛰어
서 피했다. 하지만 즉시 반복된 움직임에는 대응하지 못하고 새끼
늑대는 이번엔 반대쪽으로 날아갔다.

"라티나한테, 간다!"

"네게는 아직 일러."

"쓰다듬, 잔뜩, 독차지!"

"괘씸하게 부러운 소리 말아라!"

무심결에 본심이 새어 나오고 있었다.

마주 선 부자는 똑같이 등 털을 곤두세웠다. 그 부자 사이에 둥
실둥실 빠진 털이 날아올랐다. 직후, 똑같은 동작으로 동시에 목
언저리를 뒷발로 벅벅 긁었다. 역시 아빠와 아들이라고 할 만큼 닮
은 모습이었다.

더욱 날아오른 털은 솜뭉치 모양을 하고 있었다. 그들에게는 보
기만 해도 『가려워지는』 광경이었다.

"으으음……."

그는 무심코 신음했다. 제 자식의 주장도 모르는 바는 아니었다.

이 시기가 올 때마다 떠올렸다. 그 소녀의 기적 같은 조화가 이루어내는 지극히 행복한 시간을. 인간족보다 긴 수명을 가진 그가 지금껏 살아온 결코 짧지 않은 시간 속에서도 경험한 적 없는 편안함이었다.

하지만 그렇다고 어린 제 새끼를 사람의 영역에 보낼 수도 없었다.

그리고 무엇보다 그 행복한 브러싱을 독차지하여 1년 내내 받다니, 제 자식이기에 더욱 간과할 수 없었다.

못마땅하다.

낮고 위엄 있는 멋들어진 목소리로 무심코 그렇게 중얼거릴 것 같았다.

"마미한테 말한다."

"부인에게 고자질하겠다니 비겁하구나!"

경직되는 사태에 제 자식이 꺼낸 말을 듣고 아빠 늑대의 목소리가 날카로워졌다.

동서고금, 종의 차이조차 관계없이 남편은 아내의 안색을 살필 필요가 있는 모양이었다.

"그렇게까지 말하겠다면 네가 어엿한 성체라는 증거를 보여라."

"푸우?"

아빠의 말에 새끼는 고개를 갸우뚱했다.

그가 그렇게 다시 제안을 꺼낸 것은 무리의 정점에 군림 중인 그가 무리라는 집단을 원활하게 통괄하기 위해 암컷에게 위신을 세

우려고 몹시 애쓰고 있다는 것, 그리고 그것이 얼마나 중요한 일인가를 제 새끼에게 간곡히 이야기한 뒤였다.

"어여탄 성체?"

"사냥감을 잡을 수 있게 되면 제구실을 한다고 말할 수 있지. 아빠가 본보기를 보여주마. 따라오너라."

자리에서 일어선 아빠 늑대는 여유롭게 꼬리를 흔들며 걷기 시작했다. 그 뒤를 새끼 늑대가 몇 걸음 뒤처져서 아장아장 쫓아갔다. 어린 새끼 늑대는 중간중간 다양한 것에 주의를 돌렸다. 어쩔 수 없이 아빠는 도중에 제 새끼의 목덜미를 물고 걷기 시작했다.

달랑달랑 흔들리는 이동 중, 즉 목덜미를 물려 있는 동안에는 본능적으로 얌전해졌다. 새끼 늑대는 아빠가 날개를 펼치고 한창 하늘을 나는 중에도 그대로 대롱대롱 흔들렸다.

"잘 보아라."

그렇게 말하고 아빠 늑대가 나무 위에서 내려다본 곳에는 거대한 멧돼지형 마수가 있었다. 천상랑들에게는 사냥감이 맛있나 맛없나, 사냥하기 쉬운가 어려운가가 문제이지 어떤 종류의 어떠한 생물인지는 신경 쓸 사항이 아니었다.

저 짐승은 빈번히 보이고 먹을 양도 많아서 아끼는 생물이었다. 그 대신 거구에 걸맞은 파워를 자랑하기에 사냥하기 쉬운 편은 아니었다.

새끼 늑대도 이미 작은 동물을 사냥하는 법은 알고 있었다. 놀이와 간식을 겸한 뜻깊은 시간 활용법으로 천상랑 새끼들은 취락 부근 산속에서 그렇게 시간을 보냈다.

하지만 그것만으로는 먹이 사슬의 정점인 환수의 『사냥』으로 인정할 수 없었다. 무리 전체의 식욕을 만족시킬 만한 사냥감을 잡을 수 있게 되어야 비로소 강인한 수컷 성체로서 주위에게 인정받을 수 있었다.

나무 꼭대기에 새끼 늑대를 둔 채 아빠 늑대는 사뿐히 지상으로 향했다. 날갯짓조차 최소한으로 하여 희미한 소리도 내지 않는 움직임이었다. 바람이 부는 쪽을 골라 사냥감의 사각지대에 위치한 상공에서 대기했다.

"『바람이여.』"

한마디 말하며 마력을 다듬었다.

마수라고 불리는 짐승 중에서도 『마법』 현상을 일으키는 종류가 있다. 『의미 있는 음의 나열로 주문 형식을 갖추는 것』을 경험으로 터득하여 본능적으로 전수하는 생물들이었다. 마수들에게는 구애 행동이나 위협과 다를 바 없는 행동이라 그렇게 울면 그런 일이 일어난다는 본능이었고, 그것이 결과적으로 『주문』 형식이 되어 다룰 수 있게 된 것이었다. 내용을 이해하지 못해도 주문 형식과 마법 속성이 합치하여 마력을 사용하면 마법 현상을 일으키는 것도 가능했다.

하지만 환수라고 불리는 생물은 또 이야기가 다르다. 그들은 그 높은 지능으로 마법이라는 기술을 다루는 방법을 이해하고서 사용했다. 용도나 상황에 따라 마법을 자유자재로 구사하는 것도 가능하기에 그들은 『평범한 마수』 따위와 비교도 안 되는 강력함과 위험성을 가지고 있었고, 그렇기에 다른 생물들이 두려워했다.

"「내 앞에 복종하여 나약한 것에게 내 굉음을 떨치라. 《낭후(狼吼)》.」"

모험가라고 불리는 존재도 두려워하는 늑대 계통 마수의 특기인 《낭후》는 생물이 본능적으로 가지고 있는 공포심을 부추기는 마법이었다. 냉정함을 잃고 공황 상태에 빠진 존재는 문자 그대로 고분고분한 『사냥감』이 된다.

강한 의지로 대항하려고 해도 이런 기습에는 대처하기 어려웠다.

대지를 진동시킬 만큼 강대한 포효는, 거구를 자랑하며 이 땅에서 최강의 근력을 자랑하는 생물에게서 신체의 자유를 빼앗았다. 그대로 아빠 늑대는 무방비한 숨통에 이빨을 박았다. 그곳은 두꺼운 피하 지방으로 보호되어 있어서 강인한 턱이 만들어낸 예리한 이빨의 일격으로도 간단히 상대를 죽이지는 못했다. 거대한 멧돼지는 뜻대로 움직이지 않는 몸을 그래도 필사적으로 흔들어서 아빠 늑대를 털어내려고 했다. 하지만 단단히 파고든 이빨은 그 시도를 쉽사리 성공시키지 않았다.

마지막 저항으로 멧돼지가 자신의 거구를 이용해 아빠 늑대를 깔아뭉개려고 몸부림쳤지만, 아빠 늑대는 냉정하게 날개를 한 번 움직여 도약해서 위기를 벗어났다. 무리한 움직임으로 자세가 무너진 순간에 아빠 늑대가 가한 추격타를 견뎌낼 여유는 멧돼지형 마수에게 더는 남아 있지 않았다.

"이처럼 사냥을 무난히 성공시켜야만 어엿한 성체라 할 수 있다. 알았느냐? 내 아이야."

"푸우."

순조로운 사냥 성과를 제 새끼에게 자랑해 보이자 역시 그 체격의 짐승 상대로는 자신의 이빨도 발톱도 결정타가 되지 않음을 이해하고 있는지, 새끼 늑대는 불만스러운 목소리로 대답했다.

참고로 그들 천상랑에게 이 거대한 멧돼지형 마수는 사냥보다도 사냥한 후에 취락으로 옮기는 쪽이 큰 과제였지만, 그것은 지금 새끼 늑대에게 알려줄 일은 아니었다.

취락의 성체가 총동원되어 바람 마법으로 해체한 후, 가지고 돌아가서 맛있게 먹었다는 조그마한 소동이 되었다.

그리고 그로부터 불과 반년 뒤의 일이다.

"잡았다—."

작은 사지를 거대한 사냥감 위에 올리고 새끼 늑대는 승리의 함성을 질렀다.

"……벤델가르드여."

"왜 그러지."

아빠 늑대인 천상랑의 우두머리는 옛날부터 이어온 맹약의 상대인 사람 취락의 우두머리이며 오랜 친구인 암컷 사람에게 시선을 돌렸다.

그녀와는 맹약의 유무와 관계없이 친구로서 교제를 유지하고 있었다. 사람의 가치관을 뛰어넘은 그녀와의 대화는 그에게도 꽤 흥미로웠다. 또한 취락의 천상랑들이 인간족에게 품고 있었던 「맹약을 계속 맺을 가치가 없는 나약한 생물이지 않은가.」라는 의심도 벤델가르드는 혼자서 불식해 보였다. 젊은 그녀는 그 주먹만으로 취락의 수컷 늑대 절반의 꼬리를 가랑이 사이로 말아 넣게 만들었다.

당시 그녀가 반려로 데리고 있던 수컷 사람은 「아니 아니, 벤델가르드가 규격을 벗어났을 뿐, 평범한 녀석이 할 수 있는 일이 아니니까.」라고 말했지만, 그렇게 말한 수컷 자신도 천상랑의 우두머리인 그와 맞붙어 그 힘을 인정하게 할 만한 강자였다.

벤델가르드는 옆에 있는 병을 여유롭게 입가로 가져가면서 그와 함께 새끼 늑대의 도전을 바라보고 있었다.

"저건 네 짓이로군."

"재밌지 않아?"

기죽지도 않고 껄껄 웃는 벤델가르드와 그가 보고 있는 새끼 늑대의 사냥감은 그 거구보다도 커다란 구멍 속에 빠져 있었다. 아무리 봐도 자연스럽게 생긴 구멍은 아니었다.

새끼 늑대는 마법으로 만든 바람 뭉치를 날려서 멧돼지형 마수의 주의를 끌고 직접 뛰쳐나가 마수를 의도한 곳으로 유도했다. 직전까지 유인한 다음, 날개를 펼쳐서 하늘로 도망쳤다. 그 직후, 마수의 발밑은 무너졌다. 교묘하게 숨겨져 있다는 부자연스러움은 없었다. 아마도 지상 일부를 남겨둔 채 마법으로 내부를 비운 것 같았다. 거대한 멧돼지형 마수의 무게로 발동하는 함정이었다.

새끼 늑대는 거기서 옆에 준비해두었던 밧줄 몇 개를 바람 마법으로 절단했다.

구멍 속에 쏟아진 것은 화살이라고 하기에는 투박한, 끝을 뾰족하게 만든 말뚝의 비였다. 새끼 늑대의 이빨로는 감당할 수 없는 두꺼운 피부도 쉽사리 뚫어버리는 공성 병기 급 공격이었다.

그리고 파닥파닥 날개를 움직여서 동작을 멈춘 사냥감 위에 내려선 뒤, 새끼 늑대는 승리의 함성을 지른 것이었다.

아빠 늑대의 못마땅한 눈길에도 벤델가르드는 주눅 들지 않았다.

"자신의 능력을 정확하게 파악하여 주위에 조력을 구하는 것도 하나의 힘이야. 쓸 수 있는 건 쓰면 돼. 그걸 가지고 최선을 이끌어낼 수 있다면 만만세지."

"으으음……."

"혼자 사냥에 성공하는 걸 조건으로 걸고서 사냥 수단은 묻지 않은 네 패배야. 장래가 기대되는 아이로군."

"으으윽……."

그 밥상을 차린 장본인에게 들으니 석연치 않은 기분도 들었지만 딱 잘라 부정할 수도 없었다. 천상랑의 오랜 역사 속에서도 전례 없는 일이었다.

뭐, 이런 규격을 벗어난 이웃이 있다는 것 자체가 전례 없는 일이겠지만.

"그리고."

거기에 한층 더 결정타가 가해졌다.

"저 아이가 머지않아 가끔 고향으로 돌아올 때, 라티나를 데리고 올지도 모르지."

"……."

회색 꼬리가 살랑 흔들렸다.

술병을 기울이는 벤델가르드와의 사이에 미묘한 침묵이 내려앉았다. 그동안 생각에 잠긴 아빠 늑대의 꼬리는 파닥파닥 분주하게 움직여서 상당히 즐거운 상상을 하고 있음이 엿보였다.

"오…… 올까?"

"오지 않을까? 우리 바보 손자는 그런대로 바쁘니까 시간을 낼수 없겠지만, 라티나는 확실한 호위가 있다면 그 정도는 해내겠지."

"으…… 음……."

"매일 브러싱 하다 보면…… 분명 더 능숙해질 테고……."

그 지극히 행복한 조화가 더욱 지고해진다니, 맙소사.

행복하게 살랑살랑 흔들리는 꼬리는 그가 이미 마음속으로 확실한 결정을 내렸음을 나타내고 있었다.

벤델가르드는 재미있다는 얼굴로 『친구』의 그 모습을 바라보고서 다시 술병을 자신의 입가로 가져갔다.

새끼 늑대는 취락 주변의 나무 중에서도 가장 전망이 좋아 새끼들에게 인기인 나무 위에 사뿐히 내려섰다. 몇 번인가 가지를 차서

추진력을 얻었지만 또래 천상랑 새끼들 사이에서 가장 잘 나는 그에게는 그다지 어려운 일이 아니었다.

코끝을 하늘로 향하고 움직였다.

킁킁, 그 행동을 몇 번인가 반복했다.

일찍이 라티나 자신이 가리켰던 북서쪽을 중심으로 코를 움직여 갔다. 머지않아 귀가 크게 쫑긋거렸다.

"있다."

바람에 실려 온 것은 아득히 먼 곳에서 날아와 희미하기는 했지만 틀림없이 『좋은 냄새』였다.

"라티나한테, 간다."

크게 날개를 펼친 뒤, 바람을 두르고 하늘을 날았다. 기류의 흐름을 잘 이용하여 취락 위를 크게 선회하고서 목적지를 향해 이동을 개시했다.

크로이츠에 『그』가 도착하여 한바탕 소동이 일어나는 것은 이로부터 이틀 뒤였다.

「축제 음악이 들렸으니 한잔 마시고 돌아가자.」 그런 글러먹은 발상에 이르는 글러먹은 어른이 되리라고는 그 무렵 나는 예상하지 못했다— 라고 단언할 수 없는 것은 왜일까 싶은 요즘입니다.

많은 분께는 안녕하세요, 혹시 어쩌면 처음 뵙겠습니다. CHIROLU라고 합니다. 이번에 이렇게 졸작 『우리 딸을 위해서라면 나는 마왕도 쓰러뜨릴 수 있을지 몰라』 3권을 골라주셔서 진심으로 감사합니다.

현재 저는 관동 어딘가에 생식하고 있습니다만, 나고 자란 곳은 도내의 모 변두리였습니다. 자라면서 세상의 기준과 자신의 상식이 어긋나 있음을 자각했을 정도로, 축제나 행사만 잔뜩 열리는 지역이었습니다. 축제 노점을 두 달에 한 번 어디선가 보는 것은 당연했습니다. 어릴 적에 친구와 「이번 주에는 우리 신사 축제에 가고 다음 주에는 저쪽 신사 축제에 가자.」라는 대화를 나눈 기억이 있습니다.

그 지역에서 지내던 기억이 너무 강하여 제 안에서 『축제』라는 것은 초여름 이벤트입니다. 일반적으로는 가을에 많이 열리지 않을까요. 이번 권 집필도 무의식중에 『축제 무대는 초여름』이라는 전제

301

로 썼습니다. 편집자분께 지적받아 눈치챘습니다만, 저 자신은 전혀 의문을 품지 않고 집필한 것을 보면 몸에 밴 『상식』은 상당히 뿌리 깊게 박혀 있는 모양입니다.

노점에서 군것질하는 것뿐만 아니라, 축제 음악과 활기 넘치는 분위기 속에서 어슬렁어슬렁 산책하는 것도 습관이 되었습니다. 토리노이치[2] 같은 계절 축제 같은 경우는 안 가면 겨울이 안 올 것 같은 착각에 빠집니다. 초여름을 맞이해도 똑같은 심경이 되어서 타코야키 팩을 앞에 두고 캔 츄하이를 한 손에 드는 것이 제 나름의 빼먹을 수 없는 연중행사입니다. 설령 약간의 초생강과 가루만 가지고 만든 타코야키더라도 전문점에는 없는 좋은 점이 있다고 생각합니다. 문어 한 마리가 들어갔다는 선전 문구에 이끌려서 봤더니 주꾸미가 삐져나와 있었을 때는 뿜음과 동시에 납득도 했습니다.[3] 다만 먹기 힘들었다는 아쉬움도 기억에 남아 있습니다.

노점도 유행을 좇는지라 세간에서 팬케이크 붐이 일고 있을 때는 그런 노점이 발생했었습니다. 금방 사라졌습니다만. 그런 차이를 찾으며 걷는 것도 제 나름의 즐거움입니다. 최근 몇 년은 에스닉 계통의 가게가 늘어났다는 인상입니다. 베트남 쌀국수 노점도 추운 계절에 누군가 먹기 시작하면 줄이 생기기도 합니다. 꽝일 때도 있지만 의외로 괜찮습니다.

참고로 앞날개 프로필에 적은 『폿포야키』는 오징어가 아닙니다.[4]

#2 토리노이치(酉の市) 11월에 열리는 축제.
#3 문어 한마리가~ 일본어로 문어는 타코(蛸). 주꾸미는 이이다코(飯蛸)
#4 『폿포야키』는 오징어가 아닙니다. 오징어구이 중에 『오징어 폿포야키』라는 음식이 있다

니가타 현 카에츠 지방 한정의 전형적인 노점 음식입니다. 똑같은 니가타더라도 다른 지역 출신자분은 모른다고 했으니, 상당히 지역이 한정된 존재인 것 같습니다. 어떤 음식이냐고 물으신다면 대답하기가 어렵습니다. 흑설탕 맛이 나는 납작한 갈색 음식인데 부드럽다기보다 찰진 식감입니다. 수많은 축제를 경험한 저도 카에츠 지역의 행사에서 나란히 선 다섯 노점 중에 세 곳이 풋포야키를 파는 모습을 봤을 때는 충격받았습니다. 반수를 넘다니, 얼마나 좋아하는 걸까요.

축제와는 다른 이야기입니다만, 2권의 작가 후기에서도 말씀드렸듯이 저희 집안의 나들이는 경치 좋은 곳을 산책하는 것이었습니다. 그런 곳에서 먹으며 돌아다니는 것도 평소 생활 속에서는 할 수 없는 즐거움 중 하나였습니다. 나이 차이 나는 제 형제는 젓가락으로 생선 먹는 법을 배우기 전에 은어 소금구이를 꼬치에서 떨어뜨리지 않고 먹는 법을 배웠을 정도입니다. 그런 어린아이를 보았기 때문인지 지금의 『뼈가 있어서 생선을 싫어하는 사람이 늘고 있다.』는 풍조에도 고개를 갸우뚱하는 저입니다.

저희 부모님은 먹어보지도 않고 싫어하는 타입과는 정반대인 태도를 가지고 계셔서 본 적도 없는 음식을 솔선하여 드시는 습성이 있습니다. 여행지에서 먹으며 돌아다니기를 즐기기 위한 기반은 거기에 있다는 생각도 듭니다. 저번에 가족끼리 갔던 뷔페 스타일 레스토랑에서 다들 접시 위에 야자 새순을 담은 것을 본 순간, 저희 부모님의 교육이 널리 미치고 있음을 느꼈습니다. 식감은 죽순과 닮았었다고 기록해두겠습니다.

생각해볼 것도 없이, 졸작의 『딸』이 먹보 설정 캐릭터가 아닐 텐데도 정신이 들고 보면 이것저것 먹기만 하는 이유는 저 자신에게 문제가 있기 때문인 듯합니다.

그래도 지어가는 이야기 속에 제가 느꼈던 두근거림이나 일상을 벗어난 특별한 느낌이 담겼으면 좋겠다고 생각하는 저입니다.

고생하신 관계자분들. 변함없이 제 묘한 고집에 따라 『딸』을 사랑스럽게 그려주신 케이 님. 그리고 무엇보다도 수많은 작품 중에서 이 작품을 골라주신 여러분께 진심으로 감사드릴 따름입니다.

조금이나마 『우리 딸』을 보며 마음이 따뜻해지셨기를 바랍니다.

2016년 2월 CHIROLU

우리 딸을 위해서라면, 나는 마왕도 쓰러뜨릴 수 있을지 몰라. 3

1판 1쇄 발행 2017년 3월 10일
1판 7쇄 발행 2020년 1월 15일

지은이_ CHIROLU
일러스트_ Kei
옮긴이_ 송재희

발행인_ 신현호
편집장_ 김은주
편집진행_ 김기준 · 김승신 · 원현선 · 권세라
편집디자인_ 양우연
국제업무_ 정아라 · 전은지
관리 · 영업_ 김민원 · 조은걸 · 조인희

펴낸곳_ (주)디앤씨미디어
등록_ 2002년 4월 25일 제20-260호
주소_ 서울시 구로구 디지털로 26길 111 JnK디지털타워 503호
전화_ 02-333-2513(대표)
팩시밀리_ 02-333-2514
이메일_ lnovelpiya@naver.com
L노벨 공식 카페_ http://cafe.naver.com/lnovel11

UCHINO KONO TAMENARABA, OREHA MOSHIKASHITARA MAOUMO TAOSERU
KAMOSHIRENAI. 3
ⓒ2016 CHIROLU
Originally published in Japan in 2016 by HOBBY JAPAN Co., Ltd.

ISBN 979-11-278-4048-8 04830
ISBN 979-11-278-2428-0 (세트)

값 9,800원

우로보로스 레코드 1권

야마시타 미나토 지음 | 시노 토코 일러스트 | 김성래 옮김

오브닐 백작가의 차남 토리우스는 현대 일본에서 죽음을 맞이한 뒤
검과 마법이 지배하는 판타지 세계에서 새로운 삶을 살아가는 전생자였다.
그의 바람은 단 하나, 「다시는 죽고 싶지 않다.」는 것이었다.
그런 망집에 사로잡힌 그는 경지에 이르면
불로불사마저도 실현시킬 수 있다는 마법 《연금술》에 매달렸다.
하지만 연금술은 과대망상의 허황된 짓거리라고
세간으로부터 업신여김을 당하고 있는 마법이다.
심지어 토리우스가 수행하고 있는 연금술 연구의 내용은
정도(正道)를 벗어나 있었다. 세뇌, 개조, 인체 실험…….
저러한 비정상적인 실험을 수없이 거듭하는 사이에
주위의 두려움과 혐오를 사게 되지만, 그는 전혀 아랑곳하지 않는다.
모든 것은 불로불사의 실현을 위해.
노예 메이드 유니와 함께 토리우스는 자신의 길을 나아간다…….

살기 위해서라면 어떤 짓이라도!!
인간의 욕망, 불로불사를 향한 진정한 다크 판타지!!

라이트노벨의 새로운 빛! L노벨의 신간은 매월 10일에 발매됩니다. http://cafe.naver.com/lnovel11

고블린 슬레이어 1권

카규 쿠모 지음 | 칸나츠키 노보루 일러스트 | 박경용 옮김

"나는 세상을 구하지 않아. 고블린을 죽일 뿐이다."
그 변경의 길드에는 고블린 토벌만 해서
은 등급까지 올라간 희귀한 모험가가 있다…….
모험가가 되어 처음 짠 파티가 괴멸하고 위기에 빠진 여신관.
그때 그녀를 구해준 자가 바로 고블린 슬레이어라 불리는 남자였다.
그는 수단을 가리지 않고, 수고도 마다치 않으며 고블린만을 퇴치한다.
그런 그에게 여신관은 휘둘려 다니고, 접수원 아가씨는 감사하며,
소꿉친구인 소치기 소녀는 기다린다.
그런 가운데 그의 소문을 들고서 엘프 소녀가 의뢰를 하러 나타났다—.

압도적 인기의 Web 작품이 드디어 서적화!
카규 쿠모 × 칸나츠키 노보루가 선물하는 다크 판타지, 개막!

라이트노벨의 새로운 빛! ㄴ노벨의 신간은 매월 10일에 발매됩니다. http://cafe.naver.com/lnovel11